Sündenwolf

EDITION-TZ.DE

*»Als wir genügend Schafe hatten,
gab es genug für uns und die Wölfe.«*

Bulgarisches Sprichwort

Petra Spielberg

Sündenwolf

Roman

EDITION-TZ.DE

Die Handlung und alle Personen sind völlig frei erfunden;
Ähnlichkeiten wären rein zufällig

© EDITION-TZ.DE

Originalausgabe 2024

Alle Rechte, auch diejenigen der Übersetzung, vorbehalten.
Kein Teil dieses Buches darf in irgendeiner Form (Druck, Fotokopie, Mikrofilm oder ein anderes Verfahren) ohne die schriftliche Genehmigung des Verlages reproduziert oder unter Verwendung elektronischer Systeme verarbeitet, vervielfältigt oder verbreitet werden.

Die Deutsche Nationalbibliothek verzeichnet diese Publikation in der Deutschen Nationalbibliografie; detaillierte bibliografische Daten sind im Internet über http://dnb.dnb.de abrufbar.

Layout & Druck: TZ-Verlag & Print GmbH, 64380 Roßdorf

Autorinnenporträt: Foto von Julia Imhoff, Wiesbaden

EDITION-TZ.DE

Tel. 0 61 54 / 8 11 25
E-Mail: service@tz-verlag.de
www.edition-tz.de

ISBN 978-3-96031-045-7

Schweigend saß der Großvater vom Stamm der Cherokee mit seinem Enkel am Lagerfeuer und schaute nachdenklich in die Flammen. Die Bäume um sie herum warfen lange Schatten und das Feuer knackte, während die Flammen in den Nachthimmel loderten. Nach einer gewissen Zeit hob der Großvater zum Sprechen an: »Flammenlicht und Dunkelheit sind wie die zwei Wölfe, die in unseren Herzen wohnen.«

Fragend schaute ihn der Enkel an.

Der alte Cherokee erzählte seinem Enkel daraufhin eine sehr alte Stammesgeschichte: »In jedem von uns lebt ein weißer und ein schwarzer Wolf. Der weiße Wolf verkörpert alles, was gut, der schwarze, alles, was schlecht in uns ist. Der weiße Wolf lebt von Gerechtigkeit und Frieden. Er ist Freude, Liebe, Hoffnung, Freundlichkeit, Güte, Mitgefühl, Großzügigkeit, Wahrheit und all das Lichte in uns. Der schwarze Wolf lebt von Wut, Angst und Hass. Er steht für Zorn, Neid, Trauer, Angst, Gier, Arroganz, Selbstmitleid, Schuld, Groll, Minderwertigkeit, Lüge und falscher Stolz. Beide Wölfe sind im ständigen Widerstreit miteinander. Dieser Kampf findet in jedem Menschen statt, auch in dir. Denn wir alle haben diese beiden Wölfe in uns.«

Der Enkel dachte kurz nach. Dann fragte er seinen Großvater: »Und welcher Wolf gewinnt?«

Der alte Cherokee antwortete: »Der, den du fütterst. Aber bedenke: Wenn du nur den weißen Wolf fütterst, wird der schwarze hinter jeder Ecke lauern und auf dich warten. Wenn du abgelenkt oder schwach bist, wird er auf dich zuspringen, um die Aufmerksamkeit zu bekommen, die er braucht. Je weniger Aufmerksamkeit er bekommt, umso stärker wird er den weißen Wolf bekämpfen. Wenn du auch ihn dagegen beachtest, ist er zufrieden und somit ist auch der weiße Wolf glücklich. Die große Herausforderung besteht darin, das innere Gleichgewicht herzustellen. Fütterst du nur den einen, wird der andere unkontrollierbar oder verkümmert. Wenn du aber beide fütterst und pflegst, wird es ihnen guttun und ein Teil von etwas Größerem werden, das in Harmonie wachsen kann. Füttere beide und du wirst deine Aufmerksamkeit nicht auf deinen inneren Kampf verwenden müssen. Nur so kannst du die innere Stimme der alles wissenden Führer hören, die dir in jeder Situation den richtigen Weg weisen. Frieden, mein Sohn, ist die Mission der Cherokee, ist das Leben. Ein Mann, der den schwarzen und weißen Wolf in Frieden in sich hat, der hat alles. Ein Mann, der in seinen inneren Krieg gezogen wird, der hat nichts. Dein Leben wird davon bestimmt, wie du mit deinen widerstreitenden Kräften umgehst. Lass nicht den einen oder anderen verhungern. Füttere sie beide. Dann werden beide gewinnen.«

Alte Indianerweisheit der Cherokee

Prolog

Herbstein, im Februar

Er nahm sich das alte Märchenbuch, dessen Einband vom vielen Gebrauch schon ganz abgegriffen war, setzte seine Lesebrille auf und machte es sich in seinem Lehnstuhl vor dem Kamin bequem. Im Zimmer war es behaglich warm, während ein eisiger Wind um das Haus pfiff und den Schnee bei allem, was sich ihm in den Weg stellte, zu großen Haufen auftürmte. Seit Wochen lag die Landschaft unter einer dichten weißen Decke, die beinahe jeden Laut verschluckte. Die Bewohner des kleinen Dorfs Herbstein im Vogelsberg hatten sich in ihre Häuser verkrochen und gingen nur vor die Tür, wenn es unbedingt sein musste.

Obwohl er die Geschichten der Gebrüder Grimm in- und auswendig kannte, hatte er es sich angewöhnt, allabendlich aus dem Werk, das ihn seine ganze Kindheit hindurch begleitet hatte, vorzulesen. Der Hund, dem das Ritual vertraut war, legte sich wie immer zu seinen Füßen nieder und schlief augenblicklich ein.

Krachend fiel ein Scheit im Kamin in sich zusammen, als er laut zu lesen anfing.

»Es war einmal eine alte Geiß, die hatte sieben junge Geißlein, und hatte sie lieb, wie eine Mutter ihre Kinder lieb hat. Eines Tages wollte sie in den Wald gehen und Futter holen, da rief sie alle sieben herbei und sprach: *Liebe Kinder, ich will hinaus in den Wald, seid auf eurer Hut vor dem Wolf, wenn er hereinkommt, so frisst er euch mit Haut und Haar. Der Bösewicht verstellt sich oft, aber an seiner rauen Stimme und an seinen schwarzen Füßen werdet ihr ihn gleich erkennen.* Die Geißlein sagten: *Liebe Mutter, wir wollen uns schon in Acht nehmen, Ihr könnt ohne Sorge fortgehen.* Da meckerte die Alte und machte sich getrost auf den Weg. Es dauerte nicht lange, da klopfte jemand an die Haustür und rief: *Macht auf, ihr lieben Kinder, eure Mutter ist da und hat jedem von euch etwas mitgebracht!* Aber die Geißlein hörten an der rauen Stimme, dass es der Wolf war. *Wir machen nicht auf,* riefen sie, *du bist unsere Mutter nicht, die hat eine feine und liebliche Stimme, deine Stimme aber ist rau; du bist der Wolf.*«

Der Mann hob den Kopf und richtete seinen Blick auf den gegenüberliegenden Lehnsessel. Sein kantiges Gesicht nahm einen zärtlichen Ausdruck an. »Hab keine Angst, mein Liebchen. Er wird dir nichts tun«, flüsterte er. Versonnen schaute er eine Weile vor sich hin. Kurze Zeit später wandte er sich wieder dem Buch zu, das offen auf seinem Schoß lag, und fuhr mit dem Vortragen der Lektüre fort.

Als der Wind zu einem bedrohlichen Heulen anschwoll, zog der Mann die Stirn kraus und unterbrach sich ein weiteres Mal. Ein eigentümlicher Ausdruck stahl sich in seine Augen und sein Blick wurde starr. Er legte die Hand hinter sein Ohr und lauschte. »Hörst du, mein Liebchen? ... Hörst du ihn ...? Er ist bereits ganz nah ...« Ein ärgerlicher Zug breitete sich um seinen Mund aus. »Sei still, hörst du. ... Du sollst still sein, verdammt noch mal!«, schimpfte er. Alle Sanftheit war aus seiner Stimme gewichen. Mahnend hob er die rechte Hand, als würde er zu einem Schlag ausholen und sprang im selben Moment so abrupt auf, dass sich der Hund jaulend in eine Ecke flüchtete. Gehetzt sah der Mann sich um. »Du hast wohl gedacht, dass ich nicht merke, wie du um mein Haus schleichst«, schrie er. »Doch ich weiß, was du vorhast. Ich kenne dich! Oh ja! Ich kenne dich. Aber du kriegst mich nicht, du verfluchte Bestie, ... nein, du kriegst mich nicht!«

Ein unmenschlicher Schrei entrang sich seiner Kehle. Mit zwei Schritten war er am Fenster und starrte angestrengt in die Dunkelheit hinaus. »Dort hinten ist er. Da! ... Komm her und sieh selbst.« Er drehte sich um und machte eine gebieterische Geste.

Doch niemand erhob sich, um seiner Aufforderung Folge zu leisten.

»Siehst du seine gelben Augen? Siehst du, wie sie leuchten?« Der Mann wandte sich vom Fenster ab und eilte durch die Stube. »Ich darf keine Zeit verlieren«, stieß er atemlos hervor.

Er warf das Märchenbuch, das er noch in der Hand hielt, auf den Tisch und verschwand im hinteren Teil des Hauses. Kurz darauf stürzte er mit einem Jagdgewehr zurück ins Zimmer. Ein Zischen fuhr durch den Kamin, als er die Eingangstür mit einem Ruck aufriss. Ohne sich noch einmal umzudrehen, verließ er das Haus und stapfte entschlossen durch den Tiefschnee hinaus in die Nacht.

1

An einem warmen Frühsommerabend Ende Mai

»Bea, guck mal! ... *Hiieer!* Bea, hier ist das Bällchen.« Mit einer ungelenken Bewegung schleuderte Valerie den faustgroßen roten Ball durch den Garten.

Die Labradorhündin spurtete los und schnappte sich das Wurfgeschoss, ehe es den Boden berührte. Am Ende des Grundstücks ließ sie sich im Schatten eines mächtigen Apfelbaums nieder und fing an, beherzt auf dem Ball herumzukauen.

»Nein, Bea, nicht, ... du sollst nicht darauf herumbeißen! Bring's her zu mir. Na los, bring's!« Valerie näherte sich ihrer Hündin, die aufsprang, kaum, dass das Mädchen sich in Bewegung gesetzt hatte, und in großen Bögen mit ihrer Beute im Fang durch den Garten vor ihr davonlief. Mit einem glockenhellen Lachen rannte Valerie ihr hinterher. Ihre Locken schimmerten golden in der untergehenden Frühsommersonne, die das Ferienhaus ihrer Eltern in Herbstein in ein warmes Licht tauchte.

Valeries Vater, Dirk Kleinke, ein bekannter Wiesbadener Staatsanwalt, hatte den alten Fachwerkbau vor drei Jahren erstanden und aufwendig renovieren lassen. Fast jedes Wochenende kamen er und seine Frau mit Valerie von der hessischen Landeshauptstadt in den Vogelsberg gefahren, um auszuspannen und die gute Höhenluft zu schnuppern.

Das Haus lag am Rande des Dorfs, nahe dem sagenumwobenen Hochwald, in dem neben Rehen, Hirschen, Wildschweinen, Füchsen und Waschbären seit einiger Zeit auch wieder Wölfe lebten. So jedenfalls erzählten es sich die Bewohner von Herbstein, auch wenn bislang niemand von ihnen eins der Raubtiere leibhaftig zu Gesicht bekommen hatte. Doch die Funde gerissener Rehkitze, Kälber und Schafe sprachen den Jägern zufolge eine eindeutige Sprache und man munkelte, es sei nur eine Frage der Zeit, bis die Wölfe sich auch über Menschen hermachten.

Claudia Kleinke öffnete das Küchenfenster und schaute Valerie und Bea eine Weile zu. »Valerie, mein Schatz, kommst du bitte herein. Das Abendessen ist gleich fertig«, rief sie.

Valerie bedachte ihre Mutter mit einem treuherzigen Blick aus ihren großen blauen Augen. »Och, bitte, Mama, noch ein paar Minuten. Wir spielen gerade so schön.« Ihre Lippen verzogen sich zu einem Schmollmund.

Claudia Kleinke seufzte. »Na gut, meinetwegen. Aber wirklich nur noch ein paar Minuten«, ermahnte sie ihre Tochter. »Sonst gehst du heute Abend hungrig ins Bett. Hast du verstanden?«

Doch Valerie tobte bereits wieder mit Bea durch den Garten und hörte die Worte ihrer Mutter nicht mehr.

Kopfschüttelnd und mit einem nachsichtigen Lächeln auf den Lippen schloss Claudia Kleinke das Fenster und ging zum Backofen, um ihn auszuschalten, damit die Lasagne nicht anbrannte. Valerie war ihr Ein und Alles, ein absolutes Wunschkind. Fünf Jahre lang hatten sie und ihr Mann Dirk versucht, ein Kind zu bekommen, und jeden Monat war sie stets aufs Neue enttäuscht und frustriert gewesen, wenn ihre Regel einsetzte. Erst, als sie schon gar nicht mehr daran geglaubt hatte, schwanger zu werden, hatte es endlich geklappt. Das war vor knapp sieben Jahren gewesen. Sie hatte ihr Glück kaum fassen können und der Niederkunft regelrecht entgegengefiebert, um endlich ihr ersehntes Kind in den Armen halten zu können. Auch Dirk liebte seine Tochter abgöttisch. Mittlerweile konnten sie beide sich nicht mehr vorstellen, je ohne Valerie gewesen zu sein.

Nur in puncto Erziehung gerieten sie bisweilen aneinander. Claudia Kleinke schaffte es einfach nicht, Valerie einen Wunsch abzuschlagen. Dirk hingegen war überzeugt, dass ihnen ihr Sprössling eines Tages gehörig auf der Nase herumtanzte, wenn sie ihn weiterhin so maßlos verwöhnten. Er war daher zunächst auch strikt dagegen gewesen, dass sie einen Hund anschafften, nur, weil Valerie unbedingt einen vierbeinigen Spielkameraden haben wollte. Aber Valerie hatte so lange gebettelt und geweint, bis auch er sich schließlich geschlagen gegeben hatte, um seines lieben Friedens willen. Und so war Bea vor drei Monaten in ihr Leben getreten.

Gedankenverloren fuhr sich Claudia durch die Haare. Sie hatte sich vor Kurzem ihre dunkelblonden Locken abschneiden lassen und gegen eine modische Kurzhaarfrisur getauscht, da sie regelmäßig Sport trieb und ihr die viele Pflege lästig geworden war, die sie in ihre langen Haare investieren musste. Sie fühlte sich wohl mit ihrem neuen Look. Er ließ sie jünger aussehen. Nur gelegentlich griff sie noch instinktiv nach dem Pferdeschwanz, den sie jahrelang getragen hatte und den es nun nicht mehr gab.

Um die Zeit bis zum Abendessen zu überbrücken, ging sie ins Schlafzimmer und räumte die restlichen Pullover und Hosen in den Schrank, die sie für den Wochenendaufenthalt mitgebracht hatte. Leise summte sie eine Melodie vor sich hin.

Valerie tollte unterdessen weiter mit Bea im Garten herum. Aus ihren straff geflochtenen Zöpfen hatten sich zahlreiche Strähnen gelöst, die wild von ihrem Kopf abstanden. Sie hüpfte zur Schaukel, setzte sich auf das Brett und begann, kräftig Schwung zu holen. Jedes Mal, wenn sie steil himmelwärts flog, kreischte sie laut vor Vergnügen.

Bea, die ein wenig abseits stand, nahm plötzlich mit erhobener Nase Witterung auf. Irgendetwas schien ihre Aufmerksamkeit zu erregen. Nur Sekunden später stob sie wie von der Tarantel gestochen durch das angelehnte Gartentor hindurch davon, den Feldweg entlang Richtung Wald.

Valerie blickte ihr verdutzt hinterher und hopste mit einem großen Satz von der Schaukel. »Hey, Bea! ... Warte! Wo willst du denn hin?« So schnell sie konnte, folgte sie der Hündin.

Aber Bea war flink und so wurde ihr Vorsprung von Sekunde zu Sekunde größer. Schon bald tauchte sie in den Wald ein und verschwand aus Valeries Blickfeld.

Valerie dachte nicht im Traum daran, umzukehren, sondern tat es Bea nach. Immer tiefer drang sie in den Wald vor, den allein zu betreten ihre Eltern ihr strikt verboten hatten. Doch sie verschwendete weder einen Gedanken an das Verbot noch daran, dass ihre Mutter mit dem Abendessen auf sie wartete. Sie hatte nur Bea im Kopf und rannte immer weiter und weiter. Erst nach etwa zehn Minuten blieb sie stehen, um Atem zu schöpfen. Ihr zarter Brustkorb hob und senkte sich wie der Kolben eines Motors.

Sie formte die Hände zu einem Trichter und hielt sie sich vor den Mund, um Bea zu rufen. Als die Hündin nicht auftauchte, wirbelte Valerie mit ausgebreiteten Armen wie ein Brummkreisel mehrmals um ihre eigene Achse, bis ihr ganz schwindelig wurde. Anschließend nahm sie ihr Umfeld in Augenschein. Sie war umgeben von riesigen Laub- und Nadelbäumen. Schimmerndes Moos und in unterschiedlichen Farbtönen schillernde Flechten überzogen die Stämme nahe dem Boden wie ein Teppich und überall wuchsen ihr unbekannte Büsche und Sträucher. Lautes Vogelgezwitscher erfüllte die Luft. Fasziniert legte Valerie den Kopf in den Nacken und starrte hinauf in das zartgrüne Blätterdach, durch das sich die letzten Strahlen der Abendsonne ihren Weg bahnten.

Ein kleiner blaugrauer Vogel mit einer ockerfarbenen Brust, der kopfüber einen Stamm hinunterkletterte, zog sie in ihren Bann. Valerie staunte. So einen Vogel hatte sie noch nie gesehen. Sie musste Mama nachher unbedingt fragen, wie er hieß.

Eine Zeitlang irrte sie neugierig durch den Wald und ließ sich vollkommen von der märchenhaften Umgebung gefangen nehmen, strich hier über ein weiches Moos oder fuhr dort mit den Fingern über das gefiederte Blatt eines Farns. Sie stellte sich vor, wie kleine zarte Elfen mit durchscheinenden Flügeln zwischen den Bäumen hindurch schwebten, bis sie mit einem Mal bemerkte, dass sie sich verlaufen hatte.

Unsicher drehte sie sich um. Etwa fünfzig Meter hinter ihr befand sich eine Weggabelung. War sie eben von dort gekommen? Eilig lief sie zur Kreuzung und versuchte, sich zu orientieren. Doch sie wusste nicht, ob ihr Zuhause rechts von ihr oder links oder vor oder hinter ihr lag. Ratlos verweilte sie einen Moment auf der Stelle, bis sie in der kühlen Abendluft anfing zu frösteln. Ihre Freude über den unerlaubten Ausflug schwand so schnell, wie sie gekommen war, und ihr wurde ein wenig bang.

In der Ferne erspähte sie plötzlich, halb verborgen zwischen hohen Tannen, einen Schatten von der Größe eines Schäferhundes, der auf leisen Sohlen in einem eleganten Trab über den Waldboden huschte. Valerie stieß einen kleinen erschrockenen Schrei aus. Das Tier, durch das Geräusch aufmerksam geworden, blieb stehen, wandte den Kopf und blickte neugierig zu ihr herüber. Für einen kurzen Moment sahen die beiden sich wie gebannt an, bevor sich das hochbeinige Wesen lautlos entfernte.

Ängstlich verfolgte Valerie es mit den Augen. »Bea?«, rief sie noch einmal zaghaft, in der Hoffnung, dass ihre Labradorhündin in der Nähe wäre, um sie nach Hause zu führen. Aber ihre vierbeinige Kumpanin ließ sich nicht blicken.

Unschlüssig ging Valerie ein Stück weiter, bis sie auf einer kleinen Anhöhe auf einen Basaltfelsen stieß, der aus dem Waldboden ragte. Der dunkle Stein mutete mit seiner bizarren, zerklüfteten Form wie der Thron eines Riesen an. Behände kletterte Valerie auf das Vulkangestein und ließ sich nieder. Sie umschlang ihre Beine, steckte den Kopf zwischen die Knie und dachte mit zusammengekniffenen Augen angestrengt nach. Bestimmt würden Mama und Papa bald kommen, um sie zu holen. Sie müsste nur ganz fest daran glauben. Sie ballte ihre Hände zu Fäusten und umklammerte die Daumen, wie sie es immer tat, wenn sie sich etwas von ganzem Herzen wünschte.

So saß sie eine Weile, bis ein leises Rascheln ihre Aufmerksamkeit weckte und sie ihm mit den Augen folgte. Ein winziger, leuchtend grüner Laubfrosch hüpfte über den Waldboden. Entzückt krabbelte Valerie vom Felsen hinunter und ging in die Hocke, um ihn zu fangen. Doch jedes Mal, wenn sie den Frosch mit den Händen packen wollte, sprang er fort. Valerie kicherte und vergaß für einen Moment ihre Angst.

Sie wollte gerade erneut nach dem kleinen Lurch greifen,

als ein lauter Gewehrschuss sie zusammenzucken ließ. In ihren Ohren begann es zu summen. Eingeschüchtert kauerte sie sich hinter den Felsen und schlug die Arme über dem Kopf zusammen. »Mama«, schluchzte sie leise. Kurz darauf peitsche ein zweiter Schuss durch die abendliche Dämmerung. Diesmal schrie Valerie laut auf.

***

»Valerie? ... Bea?« Claudia Kleinke lief nun schon zum x-ten Mal über das Grundstück auf der Suche nach ihrer Tochter. Atemlos rannte sie die alte Holztreppe hinauf und riss die Tür zum Arbeitszimmer ihres Mannes auf, ohne anzuklopfen.

»Sind Valerie und Bea bei dir?«

Verdutzt starrte Dirk sie an. »Bei mir? Nein ... Wieso?«

»Ich kann die beiden nirgends finden.«

Dirk Kleinke, ein großer, slawischer Typ mit hohen Wangenknochen und dunklen Augen, stand auf und ging zu seiner Frau, die einen reichlich aufgelösten Eindruck auf ihn machte. »Nun beruhige dich erst einmal. Was ist denn passiert?« Zärtlich legte er beide Arme um sie.

Doch Claudia wand sich aus seiner Umarmung. »Sie hat bis eben mit Bea im Garten gespielt. Ich habe ihr gesagt, dass sie zum Abendessen ins Haus kommen soll. Und nun ist sie weg ... und Bea auch«, stammelte sie aufgebracht.

»Das wird sich schon aufklären. Du weißt doch, wie unsere Kleine ist. Wahrscheinlich hat sie sich mit Bea irgendwo versteckt und die Zeit darüber vollkommen vergessen.«

»Nein, ... nein, das glaube ich nicht!« Claudia schüttelte energisch den Kopf. »Ich habe schon überall nach ihr geschaut.«

Dirk seufzte. Er kannte seine Tochter. Sie würde gewiss

bald wieder auftauchen, ohne den Hauch eines schlechten Gewissens, weil sie mal wieder nicht auf ihre Mutter gehört hatte, und alle Aufregung wäre umsonst. »Warte, ich komme mit runter und helfe dir beim Suchen«, sagte er, um seine Frau zu beruhigen.

Er folgte Claudia ins Erdgeschoss und gemeinsam durchkämmten sie noch einmal das Haus. Sie schauten in sämtlichen Schränken nach, stellten den Keller auf den Kopf und durchsuchten die Abstellkammer. Selbst den alten, verstaubten Dachboden ließen sie nicht aus, obwohl Dirk sich nicht vorstellen konnte, wie es seiner Tochter gelungen sein sollte, Bea, die offensichtlich mit ihr zusammen verschwunden war, die steile Treppe nach oben zu bugsieren.

Danach gingen sie in den Garten. Nachdem sie auch dort die entlegensten Winkel abgesucht und Dirk sogar auf allen vieren krabbelnd die Hecken inspiziert hatte, blieb er vor dem offenen Gartentor stehen und richtete seinen Blick zum Forst. »Meinst du, die beiden könnten in den Wald gelaufen sein?«, fragte er.

»Was? ... Ich weiß nicht, ... es wird doch bald dunkel.« Claudia Gesicht war schreckensbleich. »Außerdem haben wir es ihr verboten«, fügte sie entschieden hinzu.

Dirk zog spöttisch die Augenbrauen hoch.

Claudia, die ahnte, was er sagen wollte, hob abwehrend beide Hände. »Ich glaube, jetzt ist nicht der richtige Augenblick, um zu streiten.« Sie war den Tränen nah und ihre Stimme bebte.

»Ich habe doch gar nichts gesagt«, lenkte Dirk ein, obwohl ihm durchaus eine kritische Bemerkung auf der Zunge gelegen hatte. Aber da auch er langsam anfing, sich ernsthaft Sorgen zu machen, hielt er lieber den Mund. »Pass auf, du bleibst beim Haus, für den Fall, dass Valerie und Bea zurückkommen. Und ich fahre in den Wald und suche dort nach den beiden. Okay?«

Claudia nickte, während sie gleichzeitig versuchte, den Kloß in ihrer Kehle herunterzuschlucken, der ihr fast die Luft zum Atmen nahm.

Dirk machte auf dem Absatz kehrt und ging ins Haus, um den Autoschlüssel zu holen. Er war gerade im Begriff, seine Jacke überzustreifen, als ein Schuss fiel.

»Dirk! ... Oh Gott, ... Dirk!«

Dirk Kleinke hastete nach draußen. Im selben Moment krachte es erneut.

Claudia stand leichenblass am Gartentor, die Hände vor den Mund geschlagen und starrte voller Entsetzen in den Wald. »Das waren Schüsse ... Oh, mein Gott! Da hat jemand geschossen ... Was, wenn meinem Mädchen etwas passiert ist?« Von Panik ergriffen, wollte sie losrennen.

Dirk hielt sie am Arm zurück. »Liebes, werde bitte nicht kopflos. Wir wissen doch gar nicht, ob Valerie und Bea überhaupt im Wald sind. Außerdem ist Jagdsaison. Die Schüsse galten bestimmt einem Stück Wild. Niemand würde auf ein Kind schießen.«

Er drehte Claudia zu sich herum, nahm ihren Kopf zwischen seine Hände und sah sie eindringlich an. »Beruhige dich, *bitte*! Und bleibe in Gottes Namen hier. Einer von uns muss zu Hause sein, wenn Valerie und Bea wieder auftauchen. Hast du verstanden?«

»Ja«, hauchte Claudia unter Tränen und deutete ein Nicken an.

»Gut. Dann fahre ich jetzt los«, sagte Dirk und bestieg seinen schwarzen SUV.

Er war kaum losgefahren, als Bea mit hängender Zunge zurück zum Grundstück gerannt kam. Allein.

2

Polizeidirektor Klaus *Frettchen* Frensdorf, wie ihn seine Kollegen wegen seines wieselartigen Aussehens nannten, hängte seine Dienstjacke über die Stuhllehne und lockerte seine vom langen Sitzen verhärtete Schultermuskulatur. Während er den obersten Knopf seines weißen Hemds mit den drei goldfarbenen Sternen auf den Schulterklappen öffnete, richtete er sich innerlich auf eine lange Nacht ein. Wieder einmal. Wie so oft in letzter Zeit. Wobei ihn im Grunde nichts mehr nach Hause trieb. Seit seine Frau ihn verlassen hatte und zu ihrem Liebhaber gezogen war, scheute er sich, nach Feierabend die leere, trostlose Wohnung zu betreten. Die bösen Worte, die bei ihrem Auszug gefallen waren, hingen noch wie Tapetenkleister an den Wänden. Egozentrisch, unnachgiebig, kaltschnäuzig, kompromisslos - es gab kaum ein negatives Attribut, mit dem Franziska ihn nicht belegt hatte, bevor sie die Wohnungstür mit einem lauten Knall hinter sich geschlossen hatte. Ein bühnenreifer Abgang. Das musste er ihr lassen.

Angespannt fuhr sich Frensdorf über seine stoppelkurzen Haare mit den grauen Schläfen, während sein knurrender Magen ihm zu verstehen gab, dass es ihn nach Nahrung verlangte. Kurz überlegte er, ob er sich eine Pizza bestellen sollte, verwarf den Gedanken aber wieder. Ihm war mehr nach süß als nach herzhaft, eine leidige Folge des Nikotinentzugs, dem er sich seit einigen Wochen unterzog, nachdem ihm sein Hausarzt dringend nahegelegt hatte, wegen seines hohen Blutdrucks mit dem Rauchen aufzuhören. Seither überfielen Frensdorf in regelmäßigen Abständen Heißhungerattacken auf Schokolade, mit der Folge, dass er bereits vier Kilo zugenommen hatte. Wirklich gesünder war das nicht. Eigentlich hätte er genauso gut weiter qualmen können. Aber er redete sich ein, dass sich sein Verlangen nach Zucker irgendwann von selbst wieder legen würde, und somit verglühte sein schlechtes Gewissen so schnell wie eine Sternschnuppe, die vom Himmel fiel, als seine Hand zur obersten Schublade seines Schreibtisches wanderte. Er beförderte seine Lieblingssorte, eine Tafel Trauben-Nuss, ans Tageslicht, von der er gleich ein halbes Dutzend gebunkert hatte, brach sie in der Mitte durch und biss hinein, wie in ein Krüstchen Brot. Während er kaute, schaute er auf die Uhr: Es war kurz vor acht. Der Suchtrupp musste sich beeilen, wenn sie die Kleine noch vor Einbruch der Dunkelheit finden wollten. Spätestens in gut zwei Stunden wäre es im Wald stockfinster. Außerdem war der Forst riesig und die Eisheiligen machte ihrem Namen dieses Jahr alle Ehre. Vor allem in den Abendstunden war es bitterkalt. Ohne ausreichend warme Bekleidung bestand für das Mädchen die Gefahr, dass sie schnell unterkühlte, sollte sie im Freien herumirren.

Frensdorf hasste Fälle, in die Kinder verwickelt waren. Auch wenn er den Ruf hatte, ein harter Knochen zu sein, verbarg sich hinter seinem ungehobelten Auftreten eine weiche Seite. Zwar kannte er mit keinem Verbrecher Mitleid. Aber Menschen, die es wagten, unschuldigen Kindern etwas anzutun, waren bei ihm völlig unten durch. Für sie konnte seiner Ansicht nach keine Strafe hoch genug sein und es bereitete ihm geradezu körperliche Schmerzen, wenn er erfuhr, dass die empfindsame Seele eines Kindes Schaden genommen hatte.

Sentimentalitäten waren in seinem Job allerdings völlig fehl am Platze. Es galt, einen kühlen Kopf zu bewahren. Er kniff die Augen zusammen und rekapitulierte im

Schnelldurchlauf noch einmal die Fakten, die ihm vorlagen, während er sich einen weiteren Schokoladenriegel in den Mund schob.

Vor einer halben Stunde war in der Polizeidirektion Vogelsberg in Lauterbach, die er leitete und die zum Polizeipräsidium Osthessen gehörte – einem der sieben Flächenpräsidien Hessens – die Meldung eingegangen, dass ein Ehepaar Kleinke aus Herbstein ihre sechsjährige Tochter Valerie vermisste. Bei den Eltern handelte es sich um einen Staatsanwalt aus Wiesbaden und seine Frau. Die zwei Streifenpolizisten der Polizeistation Schotten, die unmittelbar nach Eingang des Notrufs zu den Eltern gefahren waren, um sich vor Ort umzuschauen, hatten bestätigt, dass sich das Kind weder im Haus noch auf dem Grundstück aufhielt. Somit kamen vorläufig nur drei Erklärungen in Betracht. Möglichkeit Nummer eins: Claudia und Dirk Kleinke selbst oder einer von den beiden steckte hinter dem Verschwinden von Valerie. Das Ehepaar hatte sich zwar nach Aussage der Kollegen aus Schotten äußerst besorgt gezeigt. Doch das musste nichts heißen. Die Beweggründe für Verbrechen, die Eltern ihren eigenen Kindern antaten, waren manchmal so abstrus, dass Frensdorf diese Möglichkeit nicht außer Acht lassen durfte. Möglichkeit Nummer zwei: Das Kind war, aus welchen Gründen auch immer, von zu Hause ausgebüxt, hatte sich verlaufen oder gar verletzt und war nicht in der Lage, aus eigenem Antrieb zu seinen Eltern zurückzukehren. Und schließlich Möglichkeit Nummer drei: Valerie war von einem Fremden entführt, missbraucht oder gar getötet worden. Zwar deutete bislang nichts darauf hin. Dennoch musste er auch dies in Erwägung ziehen, um zügig reagieren zu können, sollten sich entsprechende Hinweise ergeben. Um keine Zeit zu verlieren, hatte er umgehend angeordnet, so viele Kräfte wie möglich von den umliegenden Polizeistationen, der Feuerwehr und dem örtlichen Rettungsdienst für eine Suchaktion im Herbsteiner Forst zusammenzutrommeln. Vor zehn Minuten war die Suchmannschaft gestartet. Frensdorf blieb vorläufig nichts anderes übrig, als zu warten, bis sich der Leiter des Suchtrupps mit, wie er hoffte, guten Nachrichten bei ihm meldete. Doch bei diesem Fall hatte er seltsamerweise auf Anhieb ein ungutes Gefühl, das er sich selbst nicht so recht erklären konnte.

***

Wie flüchtige Tiere huschten die Lichtkegel der Taschenlampen der einhundertzwanzig Männer und Frauen, die sich Meter für Meter unter lauten »Valerie«-Rufen in einer geraden Linie durch den Forst arbeiteten, über Baumstämme, Wurzeln und bodennahen Bewuchs oder drangen in Hecken und Büsche, während der Scheinwerfer des Hubschraubers, der knatternd über der Suchmannschaft schwebte, sich seinen Weg durch die Baumwipfel bahnte. Die Mitglieder der Rettungshundestaffel liefen mit einigem Abstand mit ihren Vierbeinern vornweg, um zu verhindern, dass die Helfer wichtige Spuren zertrampelten und die Arbeit der Hunde beeinträchtigten.

Es war wie ein Stochern im Nebel. Einer der Hunde, ein junger belgischer Schäferhund, hatte zwar unmittelbar an der Grundstücksgrenze des Ferienhauses der Familie Kleinke eine Fährte von Valerie aufgenommen, die er seither eifrig verfolgte. Doch das Mädchen blieb wie vom Erdboden verschluckt. Selbst die Wärmebildkamera des Helikopters hatte bislang keine brauchbaren Treffer geliefert, sondern lediglich einige Wildtiere erfasst, die, aufgescheucht von der ungewohnten Ruhestörung, vor der Suchkette Reißaus genommen hatten. Zu allem Unglück wurde die Sicht von Minute zu Minute schlechter.

Dann endlich, nachdem sie etwa vierhundert Meter zurückgelegt hatten, schlug der Malinois-Rüde an.

»Fund«, brüllte Beate, seine Besitzerin, deren Haare ebenso drahtig waren wie ihre Figur.

Sofort stoppte Matthias den Trupp. Er atmete einmal tief durch und ging zu den beiden hinüber. Dass Frensdorf ihn dazu bestimmt hatte, die Leitung der Suchaktion zu übernehmen, erfüllte den jungen Polizeibeamten mit Stolz. Trotzdem bebten seine Nasenflügel vor Nervosität, als er sich im Schein seiner Taschenlampe das Fundstück besah, das an einem fingerdicken Ast hing: rote Strickfasern, die allem Anschein nach von einem Kleidungsstück stammten. Ein erster wichtiger Hinweis, dass Valerie, die nach Aussage ihrer Mutter einen roten Strickpulli trug, hier entlanggekommen sein könnte. Schnell streifte Matthias sich ein Paar Handschuhe über und verstaute die Wollfäden in einem Papierbeutel. Danach gab er der Suchmannschaft ein Zeichen, dass sie sich wieder in Bewegung setzen konnte.

In zügigem Tempo stöberte der Schäferhund durchs Unterholz, vorbei an einem auf einer kleinen Anhöhe gelegenen Basaltfelsen, wo er kurz suchend innehielt, bevor er weiterlief, bis er mit einem Mal unvermittelt stehenblieb, den Boden für einige Sekunden beschnüffelte und sich dann hinsetzte.

Mit einem Handzeichen machte Beate Matthias erneut auf sich aufmerksam. Sie zeigte auf den Boden. »Cup hat seine Suche abgebrochen. Offensichtlich endet Valeries Fährte hier. Schauen Sie, da sind Reifenabdrücke.«

Matthias ging in die Hocke.

»Vielleicht ist das Mädchen hier in ein Auto eingestiegen -«, begann Beate.

»Oder gegen ihren Willen in ein Auto verfrachtet worden«, beendete Matthias ihren Satz. Er fertigte ein paar Fotos von den Reifenabdrücken an und stemmte sich hoch. Sein linkes Knie, das er sich vor wenigen Tagen beim Joggen verdreht hatte, protestierte mit einem unangenehmen Ziehen. Matthias unterdrückte einen Schmerzenslaut und zückte sein Handy.

Nach nur einem Läuten nahm Frensdorf ab. »Ja?«

»Ich fürchte, ich habe keine allzu guten Nachrichten«, sagte Matthias. »Wir haben frische Reifenspuren gefunden, genau an der Stelle, an der sich die Fährte des Mädchens verliert. Vermutlich hat jemand die Kleine mitgenommen.«

Frensdorf sog hörbar die Luft ein. »Verflucht! ... Brich die Suche ab und schick die Helfer nach Hause, bis auf zwei, die bei dir bleiben sollen, um das Gebiet zu sichern. Und sende mir die Geodaten von eurem Standort. Ich informiere den Kriminaldauerdienst in Fulda.«

Matthias legte auf. »Leute, Dank an euch alle, wir beenden die Aktion hier.« Seine Augen suchten die Kette ab. »Karsten und Melanie, ... ihr bleibt bitte bei mir.« Er winkte die Angesprochenen zu sich herüber und informierte den Hubschrauberpiloten über Funk, dass sie die Suche abbrachen.

Die Helfer entfernten sich unter leisem Gemurmel und ließen die drei allein zurück. Die Dunkelheit senkte sich endgültig über den Wald und zog die Schatten in die Länge, bis sie mehr und mehr zu einer dichten Schwärze miteinander verschmolzen. Unterdessen vertrieben sich die Polizisten die Zeit mit Plaudereien aus ihrem Berufsalltag.

Nach einer guten Stunde traf die Verstärkung aus Fulda ein. Nachdem die Beamten des Kriminaldauerdienstes das Areal mit Trassierband abgesichert und weiträumig ausgeleuchtet hatten, machten sie sich daran, die Reifenabdrücke zu untersuchen.

»Komm mal einer von euch hier herüber!«, rief Karsten plötzlich. Er stand im Schlagschatten einer Buche. »Da liegt eine Patronenhülse.« Der Beamte im weißen Schutzanzug, der Karstens Wink gefolgt war, krabbelte unter dem Trassierband hindurch. Im starken Licht der Lampen hob sich die Kupferummantelung des Projektils deutlich vom Waldboden ab. Während der Kriminaltechniker die Hülse einsammelte, suchte Karsten das Areal weiter ab. »Warte. Da ist noch eine.« Er wies nach rechts.

»Und hier ist Blut ...«, kam es von etwa fünfzig Meter oberhalb von einem der Mitarbeiter der Spurensicherung. »Da sind auch Gewebefetzen und Knochensplitter. Wahrscheinlich von einem Wildtier«, mutmaßte er.

Matthias trat mit einem flauen Gefühl in der Magengegend zu ihm. Er wollte lieber nicht in Betracht ziehen, dass das Blut von dem Kind stammte. »Hoffen wir, dass du recht hast und die Schüsse, die Valeries Eltern gehört haben, galten nur einem Reh oder einem Wildschwein.« Matthias ignorierte sein albernes Knie und ging erneut in die Hocke, um die Stelle näher in Augenschein zu nehmen. »Die Reifenabdrücke gehören jedenfalls zu einem Geländewagen, so wie es aussieht«, schloss er.

»Aber welchen Grund sollte ein Jäger gehabt haben, neben seiner Beute auch das Mädchen mitzunehmen?« Melanie hatte sich zu den beiden gesellt und knetete ihre kalten Hände.

»Vielleicht ist sie ihm nach den Schüssen in die Arme

gelaufen, weil sie Hilfe gesucht hat. Und als ihm klar wurde, dass sie allein im Wald unterwegs war und sich verirrt hat, hat er ihr angeboten, sie nach Hause zu bringen.«

»Und warum hat er es dann nicht getan oder sich bei der Polizei gemeldet?« Forschend blickte Melanie Matthias ins Gesicht. »Das ergibt doch keinen Sinn.«

»Was weiß ich.« Matthias zuckte ratlos mit den Schultern.

3

Im Halbschlaf hatte sie eine vage Bewegung wahrgenommen. Schläfrig langte sie auf die andere Seite des Bettes und ertastete seine muskulöse Brust. Die Morgensonne stahl sich durch die Schlitze der Jalousien und malte ein Streifenmuster auf ihre Schlafstätte. Aus den Baumwipfeln vor dem Fenster erklang munteres Vogelgezwitscher. Milde Frühsommerluft erfüllte den Raum.

»Bleib«, murmelte sie, ohne die Augen zu öffnen, und kroch näher an ihn heran. Sie schlang ihren Arm um seinen Oberkörper und schmiegte sich eng an ihn. Ihr linkes Bein ruhte auf der Bettdecke. Mit dem rechten Fuß fuhr sie sanft an seinem nackten Unterschenkel entlang nach oben.

»Habe ich dich geweckt?« Langsam drehte Bernd sich um und streichelte Hellas Wange.

Seine zärtlichen Berührungen entlockten ihr einen langgezogenen wohligen Seufzer. »Nicht wirklich«, sagte sie mit leicht verschleiertem Blick und gähnte. »Wo wolltest du denn so früh schon hin?«

»Brötchen holen«, antwortete Bernd, während seine Hand Hellas Hals zum Dekolleté hinunterwanderte. »So früh ist es außerdem gar nicht mehr. Es ist schon nach acht. Du hast fast zehn Stunden geschlafen.« Winzige Lachfalten breiteten sich in seinen Augenwinkeln aus. In kleinen, kreisenden Bewegungen fuhr er mit seinen Liebkosungen fort.

»So, so«, murmelte Hella. Ihre Lebensgeister erwachten unter Bernds zärtlichen Berührungen zusehends. Sie öffnete die Augen, schlug die Bettdecke beiseite und rollte sich über ihn. Ihre Nasenspitzen berührten sich. Sie spürte Bernds warmen Atem auf ihrer Haut. Ein neckisches

Grinsen überzog ihr Gesicht. Mit der Spitze ihres rechten Zeigefingers strich sie über seine rechte Augenbraue. »Ich bin sicher, die Brötchen werden sich ihrer Festnahme nicht entziehen, wenn Sie sie noch ein wenig warten lassen, Herr Kriminalhauptkommissar Lohmann.« Ihre schokoladenbraunen Augen blitzten verführerisch.

»Wenn Sie das sagen, Frau Dr. Ohlsen, wird das wohl stimmen«, flüsterte Bernd. Mit einer schnellen Bewegung drehte er Hella auf den Rücken. Überrascht lachte sie auf. Bernd stemmte sich auf die Matratze und fixierte ihre Handgelenke neben dem Kopfkissen. »Ansonsten mache ich Sie für unseren Hungertod verantwortlich«, hauchte er, bevor er sich hinunterbeugte und ihre halb geöffneten Lippen mit einem Kuss versiegelte.

***

Mit einem langgezogenen *Rrrring* kündigte die Ladenglocke sein Eintreten in die Bäckerei an. Unmittelbar hinter der Eingangstür blieb Bernd stehen, da bereits zwei Kunden darauf warteten, bedient zu werden. Das winzige Geschäft mit dem abgenutzten Mobiliar und den mit zahllosen Grundnahrungsmitteln vollgestopften Regalen, das im Hinterzimmer die Postfiliale des Ortes beherbergte, erinnerte ihn an einen alten Krämerladen. Mit einem Blick in die gläserne Auslage stellte er erleichtert fest, dass es noch frische Brötchen gab und er nicht sämtliche Bäckereien des Ortes abklappern musste.

Nach einem leidenschaftlichen Liebesakt hatten Hella und er sich erst gegen halb zehn aus den Federn geschwungen. Bernd war immer wieder überrascht, zu welcher Hingabe Hella fähig war. Vor einem Dreivierteljahr, als sie einander das erste Mal begegnet waren, hätte er sich nicht träumen lassen, dass Hella überhaupt Interesse an einer Beziehung finden könnte. Ihre Arbeit als Tierschutzbeauftragte des Landes Hessen ging ihr über alles. Damals hatte er die Ermittlungen in einem ungewöhnlichen Mordfall geleitet. Bei einem der Täter hatte es sich um einen entlaufenen Zirkuselefanten gehandelt. Das Tier hatte einen Jogger getötet und eine Kette von Verwicklungen ausgelöst, bei der weitere Menschen, darunter auch Hella, zu Schaden gekommen waren. Hella war eine wichtige Zeugin in dem Fall gewesen, da der Elefant jahrelang unter schlechten Haltungsbedingungen gelitten hatte. Die Tatsache, dass sie aufgrund ihrer Arbeit selbst Ziel eines Angriffs geworden war, hatte sie jedoch nicht davon abgehalten, sich in die Ermittlungen einzumischen. Wenn sie an einer Sache dran war, konnte sie sich darin verbeißen, wie ein Jagdhund in seine Beute. Dabei scheute sie nicht davor zurück, sich Feinde zu machen. Auch wenn Bernd ihre eigenmächtigen Querschüsse nicht gutgeheißen hatte, musste er eingestehen, dass Hella maßgeblich zur Lösung des Falls beigetragen hatte. Bernd schmunzelte, als er daran dachte, wie Hellas eigenwilliger Terrier Jagger ihm bei ihrer ersten Begegnung auf einem Feld in der Nähe von Bad Schwalbach ans Bein gepinkelt hatte. Die beiden passten zusammen, wie die Faust aufs Auge. Seit er und Hella ein Paar waren, hatte Hella zwar nichts von ihrem Biss verloren. Aber sie bemühte sich, in ihrer Freizeit den Job wenigstens zeitweilig hinter sich zu lassen und abzuschalten. Es war sogar ihre Idee gewesen, über ihren fünfundvierzigsten Geburtstag zum Wandern eine Woche in den Vogelsberg zu fahren.

»..., dass das Kind von einem Wolf gerissen wurde«, holte ihn die Stimme der Kundin, die gerade ihre dünnen

Arme über den Verkaufstresen streckte, um ihr Brot entgegenzunehmen, aus seinen Gedanken.

»Ja, schrecklich. Stellen Sie sich das nur mal vor! Das arme Kind.« Die Verkäuferin schüttelte fassungslos den Kopf und fasste sich mit beiden Händen an ihr rotwangiges Gesicht. »Mein Mann und ich haben erst gestern Mittag beim Essen darüber gesprochen, dass man sich, seitdem die Wölfe wieder im Vogelsberg heimisch geworden sind, gar nicht mehr in den Wald traut. ... Macht zwei Euro fünfundvierzig«, fügte sie in geschäftsmäßigem Ton hinzu und reichte der Kundin den Kassenbon, bevor sie wieder ins Schwadronieren verfiel. »Unseren Hund lassen wir jedenfalls nicht mehr ohne Leine laufen. Wenn der einem dieser Raubtiere begegnet, nicht auszudenken ... Außerdem hört man immer wieder, dass Wölfe sogar bis in Wohnsiedlungen vordringen, um in Mülltonnen nach Futter zu suchen. Ich wüsste nicht, was ich machen würde, wenn so ein Vieh plötzlich vor mir stünde.« Sie griff sich mit beiden Händen an die Brust und schnappte theatralisch nach Luft. »Ich verstehe einfach nicht, warum niemand dem Einhalt gebietet. Das sind Raubtiere, die passen nicht in unsere Kulturlandschaft. Die haben in der Nähe von Menschen nichts zu suchen.«

Bernd runzelte die Stirn. Er konnte die Bedenken der Frau einerseits nachvollziehen. Andererseits erschien ihm der Naturpark Vogelsberg ein ideales Refugium für Wölfe. Wenn sich die Raubtiere irgendwo heimisch fühlten, dann ganz bestimmt in einem dünn besiedelten Landkreis wie diesem, in dem sich im sprichwörtlichen Sinne Fuchs und Hase gute Nacht sagten. Urwüchsige Mischwälder, von Bächen und Flüssen ausgewaschene Täler, üppige Grünlandflächen und mystisch anmutendes Vulkangestein prägten das Bild der Region. Die aus Holzschindeln oder Fachwerk erbauten

Häusern der Örtchen gruppierten sich um monumentale Kirchen herum. Selbst kleinste Dörfer hatten ein eigenes Gotteshaus. Industrieunternehmen gab es nur wenige und das auch nur in den beiden einwohnerstärksten Städten Lauterbach und Alsfeld.

»Ist denn überhaupt sicher, dass das Mädchen tot ist?«, mischte sich der Mann, der vor Bernd stand, in das Gespräch ein. Der Rücken seines neongelben Oberteils war nass geschwitzt. Die Bäckerei lag offenbar auf seiner morgendlichen Laufrunde. Mit dem Ärmel wischte er sich die Schweißperlen von der Stirn, wobei sein fragender Blick zuerst die Kundin an der Ladentheke und anschließend Bernd streifte.

Bernd zuckte leidlich mit den Schultern. Er hatte keine Ahnung, wovon die Rede war. Hella und er waren gestern Abend nach langen Arbeitstagen erst gegen zweiundzwanzig Uhr in Herbstein eingetroffen und bald danach todmüde ins Bett gefallen, ohne jemanden gesehen oder gesprochen zu haben. Den Schlüssel für die Ferienwohnung hatten sie einem Versteck entnommen, das die Vermieterin im Vorfeld mit ihnen vereinbart hatte. Ein von einem Wolf gerissenes Kind? Das klang für ihn nach einem Ammenmärchen. Wölfe waren Raubtiere, ja, schon. Aber, dass Kinder auf ihrem Speiseplan standen, war ihm neu. Er dachte zudem nicht im Traum daran, sich an wilden Spekulationen über ein mögliches Verbrechen zu beteiligen. Er hatte Urlaub. Die Welt da draußen konnte getrost acht Tage lang auf ihn warten.

Der Jogger wandte sich wieder an die Verkäuferin. »Soweit ich gehört habe, hat die Polizei die Kleine doch noch gar nicht gefunden. Woher wollen Sie dann wissen, was vorgefallen ist? Womöglich ist sie inzwischen wieder putzmunter bei ihren Eltern gelandet und war einfach nur abgehauen.«

»Ein sechsjähriges Mädchen! Das glauben Sie doch selbst nicht«, verteidigte sich die Angesprochene. Ihr missfiel sichtlich, dass ihre Version der Geschichte in Zweifel gezogen wurde. »Und das viele Blut, das man gefunden hat, wie erklären Sie sich das?«, fragte sie spitz. »Diese Bestie hat schon reihenweise Schafe und Wildtiere gerissen. Die schreckt doch vor nichts zurück.«

»Also, ich glaube nur das, was die Polizei sagt«, bekräftigte der Mann und nannte im nächsten Atemzug seine Kaufwünsche.

Zehn Minuten später verließ Bernd um sechs Brötchen, ein Rosinenbrot und den neuesten Tratsch und Klatsch aus ihrem Urlaubsort reicher die Bäckerei und fuhr zurück zur Ferienwohnung.

***

»Gib her!« Lachend nahm Hella Bernd, der von Jagger so stürmisch begrüßt wurde, als wäre er Wochen weg gewesen und nicht nur eine halbe Stunde, die Brötchentüte aus der Hand und füllte den Inhalt in den bereitstehenden Brotkorb. Prüfend glitt ihr Blick über den Frühstückstisch. Irgendetwas fehlte: die Milch! Sie ging zum Kühlschrank, holte den Liter heraus, den sie von zu Hause mitgebracht hatte, und stellte ihn zwischen die Käseplatte und die Butterdose. Dann goss sie sich beiden ein Glas Orangensaft ein und nahm Platz.

Ihr Teint wirkte rosig und frisch, nicht so blass wie sonst, obwohl sie gänzlich ungeschminkt war. Nach dem Gassigang hatte sie sich eine helle Haushose übergestreift und ihr kinnlanges Haar zu einem Zopf zurückgebunden. Ihr kupferroter Schopf bildete einen hübschen Kontrast zu ihrem flaschengrünen Pullover.

Nachdem er seine Jacke an die Garderobe gehängt hatte, setzte Bernd sich ebenfalls hin. Entspannt lehnte er sich zurück und sah aus dem Fenster. Der Tag versprach trotz der kühlen Temperaturen wunderbar zu werden. Die Maisonne lachte von einem strahlend blauen Himmel und erhellte die geschmackvoll eingerichtete Wohnküche ihres Feriendomizils. Bernd freute sich unbändig darauf, acht Tage lang mit Hella tun und lassen zu können, wonach ihnen der Sinn stand - kein Vorgesetzter, der etwas von ihnen wollte, kein Termin, der auf sie wartete, nichts. Versonnen betrachtete er Hellas Profil. Sie beugte sich hinunter und befahl Jagger mit einer Geste, sich abzulegen. Als sie sich wieder aufrichtete, lächelte sie ihn an und kräuselte die Nase, was ihre zahllosen Sommersprossen zum Tanzen brachte. Bernd fischte zwei Brötchen aus dem Korb, schnitt sie durch und reichte Hella zwei Hälften. Dann erzählte er ihr in groben Zügen, was er in der Bäckerei erfahren hatte.

»Ein Wolf soll ein Kind getötet haben? So ein Quatsch!« Hella lachte laut auf und winkte ab.

»Die Bäckerin schien aber fest davon überzeugt zu sein und hat kräftig gegen die Wölfe gewettert.« Bernd goss erst Hella und dann sich Kaffee ein.

»Das glaube ich gerne«, pflichtete Hella ihm bei. »Wie kommt sie denn darauf, dass ein Wolf etwas mit dem Verschwinden des Mädchens zu tun haben könnte?«

»Sie meinte, ein Wolf habe bereits mehrere Schafe in der Gegend gerissen. Außerdem hat die Polizei wohl bei der Suche nach dem Mädchen im Wald Blut gefunden, woraus sie schloss, Isegrim müsse das Kind im Blutrausch getötet haben.«

»Oje. Und die Großmutter wahrscheinlich gleich mit. Die Gebrüder Grimm lassen grüßen«, spöttelte Hella.

Bernd schmunzelte. »Stammten die beiden nicht sogar hier aus der Gegend?«

»Ja, ihr Geburtshaus steht in Hanau. Die meiste Zeit ihres Lebens haben sie aber, wenn mich meine Erinnerung nicht trügt, in Kassel verbracht, wo sie begonnen haben, alte Volkslieder, Märchen und Sagen zu sammeln. Wir befinden uns sozusagen mitten im Rotkäppchenland.« Hella tat, als würde sie sich ein Häubchen aufsetzen und klimperte in gespielter kindlicher Unschuld mit den Wimpern. »Trotzdem muss man nicht jeden Unsinn glauben, den die Leute erzählen.«

»Aber, dass es Wölfe im Vogelsberg gibt, ist kein Märchen, oder?«

»Nein, das ist keine Mär. Wolfsexperten haben im letzten halben Jahr in den Wäldern rund um Herbstein mehrfach Kot, Haare und Rissspuren gefunden, deren DNA eindeutig ein und demselben Wolf zuzuordnen ist. Allem Anschein nach handelt es sich um eine Fähe. Das beweist, dass eine Wölfin hier ansässig geworden ist. Wahrscheinlich wird es nicht mehr allzu lange dauern, bis sich ein Rüde zu ihr gesellt und die beiden Nachkommen zeugen, falls das nicht sogar schon geschehen ist.«

»Ich dachte immer, Wölfe bleiben ein Leben lang bei ihrem angestammten Rudel und ziehen mit dem umher.« Bernd kippte seinen Orangensaft in einem Zug herunter. Mit dem Handrücken wischte er sich den Mund ab.

»Nein. Sobald die Jungtiere alt genug sind - das ist in der Regel mit ungefähr zwei Jahren der Fall - verlassen sie ihre Familie und machen sich auf die Suche nach einem neuen, eigenen Revier. Dabei legen sie mehrere hundert Kilometer zurück, vereinzelt sogar über tausend. Solange es den Eisernen Vorhang gab, haben sie sich nur innerhalb Osteuropas ausbreiten können. Aber seit der Aufhebung der Grenzen zwischen Ost und West rücken sie verstärkt auch wieder in unsere Breitengrade vor.« Unter den aufmerksamen Blicken von Jagger, der sich heimlich aufgesetzt hatte, schmierte Hella sich eine dicke Schicht Quark auf ihr Brötchen. »Nach offiziellen Zahlen gibt es deutschlandweit inzwischen etwa einhundertfünfundachtzig Rudel, siebenundvierzig Wolfspaare und über zwanzig sesshafte Einzeltiere. In Hessen konnten bislang sieben Wolfsterritorien bestätigt werden. Wölfe sind aber extrem scheu und meiden die Nähe von Menschen. Nur Jungtiere lassen sich schon mal von ihrer Neugier leiten und nähern sich Menschen an. Aber auf einen direkten Kontakt lassen auch sie es in der Regel nicht ankommen. Schon deshalb halte ich es für ziemlich abwegig, dass die Wölfin aus dem Herbsteiner Wald das Kind angefallen und getötet haben soll.« Sie gab einen Löffel Kirschmarmelade auf die Quarkschicht.

»Aber kann man das bei einem Raubtier immer mit Sicherheit ausschließen?«

»Natürlich kann man das nie mit hundertprozentiger Sicherheit ausschließen, genauso wenig übrigens wie bei Wildschweinen, Luchsen, Waschbären oder Füchsen, vor denen die meisten seltsamerweise keine große Angst haben.« Hella bedachte Bernd mit einem bedeutsamen Blick. »Menschen fallen aber per se nicht unter das Beuteschema von Wölfen. Weltweit hat es in den letzten zwanzig Jahren gerade mal gut zwei Dutzend Angriffe von Wölfen auf Menschen mit tödlichem Ausgang gegeben, meistens, weil die Tiere die Tollwut hatten, die bei uns aber schon lange ausgerottet ist. Solange Wölfe ausreichend viele natürliche

Beutetiere finden und sich nicht aus Futtermangel in menschliche Nähe begeben, um sich von Aas, Müll oder Haustieren zu ernähren, besteht für sie kein Grund, sich unsereinem gegenüber aggressiv zu verhalten, außer es treibt sie jemand in die Enge oder bedroht sie.«

Mit einem strengen Seitenblick auf Jagger, mit dem sie ihm deutlich machte, dass er sich seine Bettelei sparen konnte, biss Hella von ihrem Brötchen ab. Eine Weile kaute sie nachdenklich vor sich hin, wobei sich auf ihrer Stirn eine kleine Falte bildete.

Bernd, der sie aufmerksam beobachtete, nahm sich zwei Scheiben Gouda von der Käseplatte und legte sie auf seinen Tellerrand. Dann zog er die Butter zu sich heran. »Worüber denkst du nach?«

Hella zögerte einen Moment, als müsse sie sich ihre Worte erst zurechtlegen. »Wurde in der Bäckerei darüber gesprochen, wo die Herbsteiner Wölfin die Schafe gerissen hat?«

Bernd verneinte. »Warum fragst du?« Er öffnete den Deckel der Butterdose und kratzte eine Messerspitze voll Butter ab.

»Ach, nur so.« Hella tat betont gleichgültig.

Bernds Augen verengten sich zu schmalen Schlitzen, aus denen er sie intensiv musterte. »Nur so«, wiederholte er. »Wer's glaubt, wird selig«, setzte er hinzu, während er eine Brötchenhälfte mit dem Käse belegte.

Hella schmunzelte, was das Grübchen in ihrer rechten Wange zum Vorschein brachte, hielt seinem Blick aber stand. »Ich dachte, wenn die Wölfin hier ganz in der Nähe Schafe gerissen hat, dann könnten wir doch einen Ausflug dorthin machen und ich schaue mich mal ein wenig vor Ort um.«

»Und dann?«

»Nichts und dann. Interessiert mich nur.«

Im Stillen fürchtete Hella jedoch, dass sich die Geschichte zu einer wahren Hetzjagd gegen Wölfe ausweiten und die unterschwellige Hysterie, die die Debatten um die in Deutschland wieder heimisch gewordenen Raubtiere prägte, noch weiter anstacheln würde. Ihr graute jetzt schon vor den neuerlichen politischen Auseinandersetzungen im hessischen Landtag über die Frage, ob man Wölfe dem Jagdrecht unterstellen sollte, um ihre weitere Ausbreitung einzudämmen, wenn das Kreise zöge. Und das würde es. Das war so sicher wie das Amen in der Kirche.

»Mmh, mmh.« Bernd nickte bedächtig. Er wusste: Wenn die hellen Einsprengsel um Hellas Pupille anfingen zu leuchten, dann hieß es, Obacht geben! Dann führte sie irgendetwas im Schilde. Mit einem beherzten Schlag köpfte er sein Frühstücksei. »Vergiss es, Hella!«, sagte er, ohne aufzublicken. »Acht Tage nur du, ich und Jagger. Das war die Abmachung. Keine dienstlichen Telefonate, kein Internet -«

»Siehst du hier irgendwo ein Laptop?«, fragte Hella mit einem verschmitzten Lächeln und reichte ihm den Salzstreuer.

»Nein, aber ich sehe dich und ich weiß, was das verräterische Funkeln in deinen Augen zu bedeuten hat. Du willst der Sache nachgehen und so, wie ich dich kenne, mischst du dich dann ein und lässt so lange nicht locker, bis du erfahren oder erreicht hast, was du willst.« Er führte einen Löffel Ei zum Mund.

»Touché!« Hella lachte ertappt. »Also gut. Ich halte mich raus und füge mich ganz deinen Wünschen.« Sie warf ihm über den Tisch eine Kusshand zu.

Bernd setzte ein schräges Grinsen auf, während er mit dem Zeigefinger wedelte. Er traute dem Braten nicht. »Ich warne dich, Hella Ohlsen.«

4

Das Gasthaus in der Obergasse war, wie an den meisten Tagen, auch heute gut besucht. Das rustikal eingerichtete Restaurant, das seine Gäste mit gut bürgerlichen Speisen verwöhnte, war bei Einheimischen wie Touristen gleichermaßen beliebt. Der Raum war erfüllt von Stimmen und Gelächter und die Luft geschwängert vom Duft deftiger Speisen.

Zu den Gästen gehörten auch die Landwirte Jochen Brunner, Christoph Pranschke, Dieter Warnke und Thomas Semmler. Sie hielten dem Wirt schon seit Jahren die Treue und hatten sich, sofern es ihnen ihre Arbeit erlaubte, wie an jedem Sonnabend, auch an diesem Samstag um neunzehn Uhr an ihrem Stammtisch in der Ecke des Gasthauses versammelt.

»So kann das mit Hans nicht weitergehen«, sagte Pranschke, nachdem er sich den Pilsschaum vom Mund gewischt hatte. »Der kann sich doch nicht ewig auf seinem Aussiedlerhof verkriechen. Ich verstehe ja, dass er unter dem Tod seiner geliebten Marie leidet. Die beiden hingen schließlich immer zusammen, wie die Kletten. Aber es ist nun ein fast ein halbes Jahr her, dass Marie das Zeitliche gesegnet hat. Irgendwann muss doch mal Schluss sein mit der Trauer. Davon wird sie auch nicht wieder lebendig. Außerdem hätte Marie sicherlich nicht gewollt, dass ihr Hans dauerhaft Trübsal bläst. Ich werde die nächsten Tage mal nach ihm schauen.« Sein Bauch spannte sich unter seinem Hemd und der Lodenweste mit der dreireihigen Knopfleiste.

»Lass es lieber. Das letzte Mal, als ich mit ihm gesprochen habe, war er so mies gelaunt, dass ich dachte, er schmeißt mich vom Hof. Ich wollte ihn überreden, mit zur Bockjagd zu gehen. Aber er hat es vorgezogen, sich weiterhin auf seinem Hof zu verschanzen und seine Wunden zu lecken. Der wird sich irgendwann schon wieder von selbst einkriegen, glaub mir. Du weißt doch, wie Hans ist. Wenn ihm irgendwas an die Nieren geht, macht er das am liebsten mit sich selbst aus«, warf Brunner mürrisch ein und verzog sein wettergegerbtes Gesicht mit dem grauen Backenbart.

»Deine Laune scheint aber heute auch nicht die beste zu sein.« Semmler lachte fett und entblößte dabei seine gelben Zähne. »Welche Laus ist dir denn über die Leber gelaufen? Oder bis du immer noch sauer wegen deiner Schafe?« Er rollte das *R* in typisch mittelhessischer Manier.

»Ei, natürlich.« Brunner hieb wütend mit seiner Faust auf den Tisch, die den Umfang eines mittelgroßen Boxhandschuhs hatte. »Nur, weil unsere Landesregierung einen auf Artenschutz macht, müssen wir uns gefallen lassen, dass diese scheiß Wölfe unsere Tiere töten. Wenn das so weitergeht, bin ich ruiniert. Meine Herde bricht seit dem Vorfall bei jeder Kleinigkeit in Panik aus. Da muss nur ein Karnickel durchlaufen und schon wollen alle übern Zaun springen. Ich hoffe, die beruhigen sich wieder, sonst bin ich am Arsch, wenn plötzlich dreihundert Schafe auf der Straße herumrennen und einen Unfall verursachen. Von der Versicherung sehe ich dann nämlich keinen Cent.«

»Apropos: Was kriegst du denn an Schadenersatz für deine toten Tiere?«, wollte Pranschke wissen. Er drehte sich um und blickte über die Schulter. »Inge, bringst du mir noch ein kühles Blondes«, rief er der Bedienung durch den Gastraum zu und zeigte auf sein leeres Bierglas.

»Nichts.« Genervt winkte Brunner ab. Sein Leib- und

Magengericht, Hähnchen mit Pommes, hatte er noch nicht angerührt, so sehr war ihm der Ärger auf den Appetit geschlagen.

»Wie *nichts*? Hat das etwa diese Herdenschutzberaterin, die sie dir geschickt haben, gesagt?«, erkundigte sich Semmler, während er sein Schnitzel in viele kleine Stücke zerteilte. Er hatte die Angewohnheit, sein gesamtes Essen zunächst in mundgerechte Portionen zu zerlegen, bevor er es sich einverleibte.

»Ja. Die behauptet, dass die Koppel unzureichend gesichert war und ich daher keinen Anspruch auf Entschädigung habe.«

»Hattest du denn keinen Strom auf den Litzen?« Semmler schichtete erst die Bratkartoffeln mit der Gabel zu einem Haufen, pickte dann ein sorgsam ausgewähltes Fleischstückchen auf und zog es durch die Soße.

»Doch, Mann. Aber das reicht angeblich nicht. Das scheiß Vieh ist wohl über den Zaun gesprungen, ohne eine gewischt zu kriegen. Du siehst nur Kröten vom Land, wenn du mehr Litzen anbringst und die Zaunoberkante durch ein stromführendes Breitband zusätzlich absicherst. Außerdem bist du verpflichtet, auf einen sicheren Bodenabschluss und einen zuverlässigen Unterwühlschutz zu achten, damit sich nirgends ein Schlupfloch ergibt. Nach den Vorschriften der Landesregierung darf die unterste Stromleitung maximal zwanzig Zentimeter über den Boden geführt werden. Ich habe ihr gesagt: Sie haben gut reden. Können Sie mir mal sagen, wie das funktionieren soll bei unseren Böden mit dem ganzen Vulkangestein, den vielen Mulden und Hängen?«

»Und?«

»Nichts *und*. Darauf hatte sie natürlich keine Antwort. Ach ja, und dann sollst du mit deinen mobilen Zäunen auch immer schön brav Abstand zu Böschungen oder Erhöhungen halten.«

»Wieso das denn?«, erkundigte sich Pranschke.

»Ei, damit die scheiß Wölfe von da aus nicht einspringen können.«

»Die spinnt doch. Weiß die, wie viel Arbeit das ist? Kannst ihr ja mal sagen, dass sie das alles jedes Mal aufs Neue für dich machen soll, wenn du deine Herde umstellst. Dann quatscht die bestimmt nicht mehr so neunmalklug daher«, warf Warnke mit halbvollem Mund ein. »Außerdem nützt das eh nichts. Die Biester sind doch viel zu clever. Die springen unter Garantie auch über einen zwei Meter hohen Zaun oder buddeln sich unten drunter durch, wenn sie Hunger haben, Unterbodenschutz hin oder her. Da wette ich beim Leben meiner Alten drauf.« Er spülte seinen Bissen mit einem großen Schluck Bier herunter und stieß leise auf. »Ich schwör' euch: Wenn so ein Rudel auf Dauer bei uns heimisch wird oder gleich mehrere, dann können wir einpacken. Dann wird es hier bald keine Weidetierhaltung mehr geben und auch kein Vogelsberger Lamm. Statt Grünland mit hochwertigen und vitaminreichen Wiesenkräutern sieht es hier in ein paar Jahren aus wie im Busch. Was das für Insekten und Schmetterlinge bedeutet, muss ich euch ja nicht erzählen.« Er fuhr sich die nächste Gabel mit Bratkartoffeln in den Rachen.

»Da sagst du was, Dieter. Ich habe letzthin übrigens gehört, dass sie Wölfe jetzt schon in Polen einfangen und mit Lastwagen zu uns karren, um sie hier freizulassen, damit sie sich ja schön weiter verbreiten. Am besten, man knallt so ein Vieh ab, wenn man es sieht. Dann kann es keinen Schaden anrichten«, ereiferte sich Brunner.

»Es darf nur keiner mitkriegen, sonst bist du dran. Eine

saftige Geldstrafe ist das Mindeste, was sie dir aufbrummen. Im schlimmsten Fall wanderst du für ein paar Monate in den Knast. Und deinem grünen Lappen kannst du auch auf Nimmerwiedersehen sagen«, gab Semmler zu bedenken.

»Ach Quatsch. Du musst halt aufpassen und den Kadaver so schnell wie möglich entsorgen, an einem Ort, wo ihn niemand finden kann, notfalls, indem dir einer dabei hilft. Aber dafür sind Freunde ja da, nicht wahr?« Brunner sah auffordernd in die Runde und hob sein Glas.

»Recht hast du, Jochen!« Pranschke nickte heftig und langte ebenfalls nach seinem Glas. »Auf die Freundschaft!« Er prostete Brunner zu. »Was ist mit euch?« Er wandte sich an Semmler und Warnke.

Die beiden zögerten. Doch schließlich beschworen alle vier Stammtischbrüder ihre Freundschaft und stießen über den Tisch hinweg klirrend miteinander an.

5

Sie schlief. Endlich. Warum hatte sie geweint? Er hatte ihr doch geholfen. Sie gerettet. Der Bestie entrissen. So, wie er es ihr versprochen hatte. Kannte sie etwa keine Dankbarkeit? Wiederholt hatte er versucht, ihr klarzumachen, dass sie keine Angst mehr haben müsste. Die Bestie war tot, mausetot. Sie konnte ihr nichts mehr anhaben. Trotzdem wollte sie zu ihrer Mutter, die sie schmählich im Stich gelassen hatte. Wut stieg in ihm auf und er ballte die Faust. War es nicht die Aufgabe von Müttern, auf ihre Kinder aufzupassen, damit ihnen kein Leid geschah? Stattdessen hatte die Mutter ihr Kind in den Wald geschickt, allein, dorthin, wo das Böse auf sie lauerte, sie mit Haut und Haar zu verschlingen drohte. Völlig durchgefroren war sie gewesen, einsam und verlassen. Hatte geschrien und sich vor ihm gefürchtet. Wusste nicht wohin. Später hatte er ihr vorgelesen, damit sie begriff, dass er recht hatte. Dass es besser wäre, wenn sie bei ihm bliebe. Eingeschlafen war sie jedoch erst, nachdem er ihr eine heiße Schokolade gemacht hatte, mit einem kräftigen Schuss Rum.

Er sah auf die Uhr. Kurz vor Mitternacht. Leise schlich er zur Kammer, vergewisserte sich, dass sie auch wirklich fest schlief. Er schloss die Tür, drehte den Schlüssel zweimal um und steckte ihn ein. Sicherheitshalber. Er hatte noch etwas zu erledigen. Wenn er zurück wäre, würde er ihr begreiflich machen, dass nun endlich alles gut wäre.

Er wies den Hund an, auf sie aufzupassen, und verließ das Haus. Die Kühe muhten, als er in seinen blutbesudelten Stiefeln über den Hof zu seinem Auto ging. Mit einem Tuckern sprang der Motor an. Die Reifen knirschten leise auf dem Kies, als er langsam durchs Tor hinausrollte.

6

Seit Tagen war der Garten wie verwaist. Kein Kinderlachen erfüllte mehr die Luft. Keine fröhlichen »Bea«-Rufe erschallten. Nur die zwischen den beiden mächtigen Kastanien befestigte Schaukel bewegte sich sacht hin und her, was aber ausschließlich dem Wind geschuldet war, der in Böen vom Wald über die offenen Felder bis in die Siedlung fegte. Wären die in leuchtenden Farben erstrahlenden Blumenbeete nicht, könnte man meinen, alles Bunte, Lebendige wäre mit Valeries Verschwinden vom Anwesen der Kleinkes gewichen.

»Liebes, bitte setz dich endlich hin und iss etwas.« Dirk saß auf der Wohnzimmercouch und sah Claudia flehentlich an. »Was nützt es, wenn du bald auch noch vor Schwäche zusammenbrichst?«

»Wie soll ich etwas essen, wenn unsere Kleine verscharrt im Wald liegt oder irgendeinem kranken Irren in die Hände gefallen ist, der wer weiß was mit ihr anstellt«, antwortete Claudia mit heiserer Stimme. Von einer inneren Unruhe getrieben, lief sie im Wohnzimmer auf und ab. Heiße Tränen rannen ihr über die Wangen.

Dirk seufzte ergeben, schnitt sich zwei Scheiben von der Ahlen Wurscht ab, die er heute früh beim Metzger besorgt hatte, und nahm sich eine dicke Scheibe Brot. Er hatte für sich und Claudia eine kleine Platte mit Aufschnitt und Käse hergerichtet, liebevoll garniert mit hartgekochten Eiern, Tomaten, Mozzarella und Basilikum und einer Handvoll grüner und schwarzer Oliven. Doch seine Frau würdigte das Essen keines Blickes.

Claudia blieb am Fenster stehen und starrte mit leeren Augen hinaus. Ihre Lider waren vom vielen Weinen rot und geschwollen und es kostete sie unendlich viel Mühe, sie aufzuhalten. Sie hatte gedacht, längst keinen Tropfen Flüssigkeit mehr in sich zu haben, um neue Tränen produzieren zu können. Doch ihr Körper schien seltsamerweise über ein unerschöpfliches Reservoir an Nachschub zu verfügen.

Als sie vorgestern von der Polizei erfahren hatten, dass Valerie vermutlich zu einem Fremden ins Auto gestiegen war, ob freiwillig oder gezwungenermaßen hatte Frensdorf ihnen nicht sagen wollen oder können, war ihre Welt endgültig zusammengebrochen. Sie hatte geglaubt, in den Schlund der Hölle zu blicken, und konnte sich seither nicht einmal mehr zu den einfachsten Tätigkeiten aufraffen.

Am Vormittag war sie nur Dirk zuliebe aufgestanden. Gegen zehn war er zu ihr ins Zimmer gekommen, hatte sich auf die Bettkante gesetzt, ihr den verschwitzten Pony aus dem Gesicht gestrichen und sie inständig gebeten, zu duschen und nach unten zu kommen, um eine Kleinigkeit zu essen. Sie hatte zunächst getan, als hörte sie ihn nicht. Das Bett ihrer Tochter zu verlassen, schien ihr ein Ding der Unmöglichkeit. Dies war der Ort, in dem sie sich Valerie am nächsten fühlte. Eingerollt wie ein Embryo, mit dem Kopfkissen vor der Brust, in dem noch der Duft von Valeries Locken hing, konnte sie sich hier, von Weinkrämpfen geschüttelt, vollkommen ihrem Schmerz überlassen, der von Stunde zu Stunde zuzunehmen schien, je mehr Zeit verstrich, ohne dass sie etwas von Valerie hörten. Die winzigen Hoffnungsschimmer, die anfangs noch wie kleine Blitze das Dunkel erhellt hatten, das sie seit Valeries Verschwinden umgab, waren verblasst.

Doch Dirk war hart geblieben und hatte sie, ganz gegen seine Art, schließlich sogar angeschrien. »Jetzt reiß dich gefälligst zusammen. Oder glaubst du etwa, du bist die

Einzige, die hier leidet?« Sein Wutausbruch hatte Claudia kurzfristig aus ihrer Lethargie geholt. Mühsam hatte sie die Augen geöffnet und wie durch eine Nebelwand sein Gesicht betrachtet, das von Müdigkeit ebenso gezeichnet war, wie das ihre. Auch er hatte seit über achtundvierzig Stunden kein Auge zugetan. Doch sein Leid drang nicht wirklich zu ihr durch. Dennoch war sie ihm zuliebe gegen elf aufgestanden und hatte sich mit roboterhaften Bewegungen ins Bad geschleppt. Zu ihrer eigenen Verwunderung musste sie sich eingestehen, dass das heiße Wasser ihr gutgetan und ihre Lebensgeister kurzzeitig geweckt hatte. Der kleine Anflug von Energie war unterdessen aber wieder gänzlich verpufft. Und an Essen mochte sie erst gar nicht denken. Sie bekam einfach keinen Bissen herunter und sehnte sich nur noch zurück ins Bett.

Noch immer starrte sie auf den sonnenüberfluteten Rasen, beschwor in Gedanken ihre geliebte Tochter dorthin, sah sie vergnügt und unbeschwert mit Bea herumtollen. War das erst gut zwei Tage her? Es kam Claudia vor wie eine Ewigkeit. Und jetzt? ... Wo um in alles in der Welt steckte Valerie? Warum gab es kein Lebenszeichen von ihr? Ihr Mädchen durfte nicht tot sein. Sie musste noch leben. Aber wo war sie und wie ging es ihr? Bekam sie genug zu essen und zu trinken? Hatte sie es warm oder musste sie frieren? Bestimmt hatte sie große Angst. Sie fürchtete sich doch so sehr im Dunkeln. Noch bis vor wenigen Monaten war Claudia immer so lange an ihrem Bett sitzen geblieben, bis sie eingeschlafen war. Erst seit Bea bei ihnen lebte und mit ihrer Tochter in einem Zimmer schlief, war es besser geworden, hatte sich Valeries Panik, von ihrer Mama getrennt zu sein, mehr und mehr gelegt. Aber jetzt hatte Valerie niemanden mehr. Jetzt war sie mutterseelenallein. Claudia schluchzte leise. Die Ungewissheit über das Schicksal ihrer Tochter trieb sie in den Wahnsinn.

Erschöpft schloss sie die Lider, was dazu führte, dass nur noch schlimmere Bilder vor ihrem inneren Auge aufflammten. Was, wenn der Perverse, der ihr Kind verschleppt hatte, sie geschändet hatte? Die Vorstellung raubte ihr schier den Verstand. Dass ihr Kind einem Wolf zum Opfer gefallen sein könnte, wie die Leute behaupteten, wollte sie erst gar nicht in Erwägung ziehen. Als sie von dem Gerücht gehört hatte, war sie einer Hysterie nahe gewesen. Ihr Kind von einem Raubtier in Stücke gerissen. Das konnte, nein, das durfte einfach nicht sein. Sie hatte sich die Ohren zugehalten, immerzu den Kopf geschüttelt und »nein, nein, nein«, geschrien, bis Dirk sie an den Schultern gepackt und ihr befohlen hatte, damit aufzuhören.

Sie stöhnte leise und fasste sich mit beiden Händen an den Schädel, hinter dem ein hämmernder Kopfschmerz tobte. Es kam ihr vor, als ob all die grauenvollen Gedanken, die seit Tagen ihr Gehirn beherrschen, mit Macht nach außen drängten. Ihre Sehnsucht, ihr Mädchen in den Armen zu halten, um sie zu trösten, war mit einem Mal so groß, dass sie, die Hände noch immer am Kopf, anfing, sich hin und her zu wiegen und das Schlaflied zu summen, das sie Valerie immer beim Einschlafen vorgesungen hatte.

Dirk stand auf und verließ das Wohnzimmer. Von der Anrichte im Flur schnappte er sich seinen Autoschlüssel. Er wollte sich seine Sonnenbrille aus dem Handschuhfach seines Wagens holen, um sich einen Moment auf die Bank vor dem Haus zu setzen und die Zeitung zu lesen. Claudias schwermütiger Anblick war für ihn auf Dauer nur schwer zu ertragen. Auch an ihm nagten Angst und Ungewissheit. Aber er wehrte sich nach Kräften dagegen, sich von ihnen vereinnahmen zu lassen.

Genau in dem Moment, als er die Haustür öffnen wollte, klingelte das Mobiltelefon in seiner Hosentasche. Er zog es heraus und warf einen Blick auf das Display. Die Nummer war unterdrückt. »Kleinke?«, meldete er sich. Seine Augen hafteten auf der in einem zarten Grauton gestrichenen Wand des Flurs. »Hallo ...?«, fragte er, als sich niemand meldete. Nur ein leises Atmen drang an sein Ohr. »Wer ist denn dort?« Noch während er die Worte aussprach, breitete sich die Erkenntnis, dass der Anruf nichts Gutes zu bedeuten hatte, in seinem Bewusstsein aus wie eine schwarze Wolke, die sich vor die Sonne schob. Schnell vergewisserte er sich, ob Claudia etwas mitbekommen hatte, öffnete leise die Haustür und trat ins Freie, während er weiter angespannt in den Hörer lauschte. »*Hallo?*«, wiederholte er eindringlich, sobald er draußen stand. »So antworten Sie doch!«

»750.000 Euro. In drei Tagen. Sonst siehst du deine Tochter nie mehr lebend wieder«, erklang plötzlich eine männliche Stimme vom anderen Ende der Leitung. Die Worte kamen nur gedämpft an, wie durch ein Tuch oder einen Schal gesprochen.

Dirk lief es eiskalt den Rücken herunter. Er schluckte schwer. In seinem Kopf überschlug sich alles. »750.000 Euro?... Aber wieso? ... Was? ... Wer sind Sie? Was wollen Sie von uns?«, fragte er, darum bemüht, so gefasst wie möglich zu klingen.

»Du hast mich schon verstanden. Und keine Bullen, klar? Sonst war es das mit deiner Kleinen.«

»Halt! ... Bitte! ... Haben Sie Valerie entführt? ... Wo ist sie? Wie geht es ihr?«, beeilte Dirk sich, zu sagen.

Doch der Anrufer hatte bereits aufgelegt.

Als Dirk sich umdrehte, stand seine Frau hinter ihm, den Mund zu einem stummen Schrei geöffnet.

7

Hella hatte Mühe, der näselnden Stimme der Studentin, eine zierliche Person namens Sandra mit filzigen Rasterlocken, die sie wie zu einem Turban aufgebauscht hatte, zu folgen. Die Natur- und Geoparkführerin war zusammen mit Hella und Bernd sowie fünfzehn anderen Touristen vor einer guten halben Stunde von dem großen Wanderparkplatz nahe des Hoherodskopfs, einem Gipfel inmitten des bewaldeten Vulkangebiets, zu ihrem acht Kilometer langen Rundgang durch den Naturpark Breungeshainer Heide gestartet. Sie trug einen riesigen Trekkingrucksack, der sie fast unter sich begrub. Hella fragte sich, was Sandra darin transportierte, vielleicht eine Hängematte und einen Schlafsack, um später im Wald zu übernachten?

Während sie im Gänsemarsch einen mit Moosen, knorrigen Bäumen und Farnen durchsetzten Laub- und Nadelwald durchwanderten, erläuterte Sandra der Gruppe, dass das Vogelsberg-Massiv das größte zusammenhängende Basaltmassiv in Mitteleuropa war. »Es besteht aus zahlreichen Einzelvulkanen und setzt sich aus einer Vielzahl von übereinander geschichteten Basaltdecken zusammen, die durch schnelles Erkalten der Lavaströme an der Erdoberfläche entstanden sind«, näselte sie.

Hella, die mit Jagger das Schlusslicht der Karawane bildete, betrachtete unterdessen interessiert die hufförmigen Zunderschwämme, die wie treppenförmige Gebilde an den Baumrinden geschwächter Rotbuchen hingen. Vorsichtig strich sie mit den Fingern über die dünne Kruste einer der Fruchtkörper. Sie fühlte sich trocken an. Anschließend ließ sie ihre Hände in die Jackentaschen gleiten, bis sie fand, wonach sie suchte: ihre geliebten Pfefferminzbonbons. Sie riss die Rolle auf und entnahm ihr zwei Pastillen. Der frische Minzgeschmack breitete sich in ihrem Mund aus wie ein kühler Windhauch und belebte augenblicklich ihre Geister.

»Einer alten Volksüberlieferung nach hatten sich vor langer Zeit zwei Riesen am Taufstein, der höchsten Erhebung des Vogelsbergs, zu der wir gegen Ende unserer Tour kommen, niedergelassen«, hörte sie Sandra mit Verweis auf die urtümlichen Basaltbrocken, die überall wahllos herumlagen, sagen. »Die Riesen lebten in ständiger Zwietracht miteinander. Eines Tages stritten sie so heftig, dass sie sich so lange mit Felsbrocken bewarfen, bis der Boden des Kampfplatzes mit Gestein übersät war ...«

Hella musterte die grauschwarzen Findlinge, wobei ihre Gedanken erneut abdrifteten. Der Vogelsberg steckte voller Mythen, Märchen und Sagen. Der Glaube an Geister, Hexen, Drachen und Toten, die in den Wäldern ihr Unwesen trieben, war tief verwurzelt. Auch erzählte man sich, dass einstmals harmlose Söhne, Väter, Knechte und treusorgende Ehegatten von einem Fluch besessen waren und sich an Vollmonden in Werwölfe verwandelten, Ungeheuer mit gelben Augen und langen, scharfen Zähnen, die unschuldige Lebewesen verschlangen, um ihre Gier nach Blut zu stillen. Nur, wenn es jemandem gelang, einen Werwolf mit einer silbernen Gewehrkugel zu töten, war der Bann gebrochen. Hella schüttelte verhalten den Kopf. Solche Märchen waren ein geradezu idealer Nährboden, um die Angst vor der Ausbreitung der Wölfe zu schüren, und die Menschen glauben zu machen, die Raubtieren machten sich über kleine Kinder her.

Sie blieb stehen und schloss den Reißverschluss ihrer Jacke. In der Nacht war ein kräftiges Regengebiet durchgezogen. Aus dem Geäst der Bäume tropfte es und der empfindlich kühle Wind kroch ihr unter die Kleider. Als sie sich wieder aufmachte, um den anderen zu folgen, ließ sie unter Sandras monotonem Näseln ihre Gedanken weiter schweifen. Das verschwundene Mädchen, die kleine Valerie, ging ihr einfach nicht aus dem Kopf. Erinnerungen an den Tod ihrer jüngeren Schwester Carla vor über dreißig Jahren hallten in ihr nach wie ein fernes Echo. Im Radio hatten sie heute Früh vermeldet, dass die Polizei mittlerweile von einem Verbrechen ausging, da nach über zwei Tagen und trotz erneuter großräumiger Suche weiterhin jede Spur von dem Mädchen fehlte. Ob sie noch lebte, war ungewiss. Hella gruselte es bei der Vorstellung, dass Valerie vielleicht einem Kinderschänder in die Hände gefallen sein könnte, der sich an ihr vergangen und sie anschließend getötet hätte. Heimlich eine Kinderleiche in den Tiefen der Wälder rund um das Vogelbergmassiv zu vergraben, wäre kein großes Kunststück. Überall gab es einsame Ecken, in die sich unter Garantie selten jemand verirrte, sodass es womöglich Wochen oder Monate dauern würde, bis man Valeries Leiche fand - wenn überhaupt.

Hella unterbrach ihren Gedankengang, da Jagger sich nicht von einer allem Anschein nach besonders interessant riechenden Stelle loseisen konnte. »Jagger, komm, heb dein Beinchen, wir müssen weiter.« Sie zog genervt an der Leine.

Als der Terrier sich endlich wieder in Bewegung setzte, kam Bernd auf die beiden zu. Die Gruppe hatte einige Meter weiter vorn an einer Infotafel Halt gemacht.

»Was ist, langweilst du dich?« Er legte seinen Arm um Hella.

»Nein, ich war nur kurz mit den Gedanken woanders?« Sie lehnte ihren Kopf an seine Schulter. Bei Bernd fühlte sie sich erstmals in ihrem Leben richtig angekommen. Er gab ihr das Gefühl, immer für sie da zu sein, wenn sie ihn brauchte, ohne sie einzuengen oder sie zu etwas zu drängen. Das betraf auch die Frage, ob sie vielleicht eines Tages zusammenzögen. Sie hatten bislang kein Wort darüber verloren und Hella spürte instinktiv, dass Bernd ihr die Entscheidung überlassen wollte, was sie ihm hoch anrechnete. Für den Augenblick war sie zu einem derartigen Schritt noch nicht bereit. Aber, was nicht war, konnte ja noch werden. Die Vorstellung, mit Bernd unter einem Dach zu leben, gewann für sie, zu ihrem eigenen Erstaunen, zusehends an Reiz.

»Lass mich raten«, bemerkte Bernd in ihren Scheitel hinein, »du denkst über den Wolf und die gerissenen Schafe nach.«

»Ja und nein! Ich habe vor allem an das verschwundene Mädchen gedacht.« Sie sah zu ihm auf. »Was, wenn sie Opfer eines Pädophilen geworden ist?«

Bernd seufzte. »Hella. Wir hatten uns darauf geeinigt, uns aus allem herauszuhalten und den Urlaub zu genießen«, erinnerte er sie.

»Denken wird doch wohl noch erlaubt sein.« Hella grinste unschuldig.

Bernd rollte ergeben die Augen.

»Gleich kommen wir an die Niddaquelle«, ließ Sandra die Gruppe nach einigen Gehminuten wissen. Kurz hinter einer Biegung machte sie an einem hölzernen Geländer Halt, jenseits dessen sich in einem schmalen Graben ein kleiner Wasserlauf schlängelte.

»Das soll die Niddaquelle sein?«, erkundigte sich eine ältere Frau zweifelnd. Sie sah aus wie das faltige Spiegelbild ihrer Tochter, die sie begleitete. Skeptisch starrte sie in das Rinnsal, während sie sich tief über das Geländer beugte.

»Die Frage ist berechtigt. Die ursprüngliche Quelle befindet sich einen guten Steinwurf weiter südlich«, klärte Sandra sie auf. »Verschiebungen im Sediment haben, so vermutet man jedenfalls, den Lauf des Wassers mit der Zeit behindert, sodass sich die Nidda irgendwann einen neuen Ursprung gesucht hat, und zwar genau hier. Das heißt: Der Punkt, an dem wir uns befinden, war zunächst tatsächlich eine Quelle, während er heute nur noch eine willkürliche Stelle im Bachlauf der Nidda markiert. Etwas weiter oben, circa zweihundert Meter von hier«, Sandra wies mit der Hand in den Wald, »befindet sich eine weitere Quelle, der so genannte Landgrafenborn, der allerdings seit Jahren vertrocknet ist und um den es einen interessanten historischen Streit zwischen dem hessischen Landgrafen und dem Geschlecht der Riedesel, Freiherren zu Lauterbach, gab. Beide wollten sich nämlich gerne ein möglichst großes Stück des wildreichen Waldgebietes sichern, um dort die Jagd auszuüben.«

»Hey, Jagger, was ist denn nun schon wieder los?« Hella betrachtete irritiert ihren Hund, der nervös auf allen vieren hin und her tänzelte, dabei den Kopf in den Nacken warf und wie ein Blasebalg ein- und ausatmete.

»Vielleicht hat er sich beim Stichwort *wildreich* gedacht, dass es allmählich an der Zeit sei, sich sein Mittagessen zu sichern«, sagte Bernd mit einem Augenzwinkern.

Jagger fing an, kräftig an der Leine zu ziehen, und winselte leise vor sich hin.

Bernd schüttelte amüsiert den Kopf. »Da will aber einer auf Teufel komm raus seinen Kopf durchsetzen. Von wem er das wohl hat?«

»Ich weiß nicht«, erwiderte Hella. »Schau dir nur mal sein gesträubtes Nackenfell an. Das macht er nur, wenn ihm etwas nicht geheuer ist.« Sie überlegte kurz. »Ich gehe mal nachschauen, ob ich ergründen kann, warum er sich so seltsam benimmt. Sagst du den anderen Bescheid, dass wir nachkommen.«

»Nein, Hella, bleib hier. Es geht bestimmt gleich weiter«, versuchte Bernd sie aufzuhalten.

Doch Hella war bereits losgelaufen und achtete nicht auf ihn.

»Verdammt«, schimpfte Bernd. Warum nur musste Hella allen Dingen immer sofort auf den Grund gehen? Ihretwegen durfte er sich jetzt etwas einfallen lassen, um der Gruppe zu erklären, warum sie plötzlich verschwunden war. Er konnte ja schlecht sagen, dass Hella glaubte, Jagger sei einem geheimnisvollen Duft auf der Spur. Wahrscheinlich hatte der Terrier eh nur ein Stück Aas oder Ähnliches gewittert. Ein leichter Groll erfasste Bernd. Am liebsten wäre er einfach mit den anderen weitergelaufen, ohne Hella zu entschuldigen. Sollte sie doch sehen, wo sie blieb.

Zügig folgte Hella Jagger, der sie abseits des ausgewiesenen Pfads geradewegs zum nahegelegenen Hochmoor zog.

»Da können wir nicht rein. Das ist Sumpfgebiet«, sagte sie, nachdem sie den Rand des Moors erreicht hatten.

Doch der Terrier zerrte sie noch ein Stück weiter, bis er mit einem Mal unvermittelt stehenblieb, den Blick starr aufs Moor gerichtet. Seine Nasenflügel vibrierten.

Hella, die sich mit der Leine in den Schilfrohren am Randbereich des Moors verfangen hatte, fluchte leise. Sie sah an sich herunter. Ihre Schuhe waren dreckverschmiert und ihr Hosensaum durchnässt. »Ich hoffe, du hast einen triftigen Grund für dein -« Sie brach abrupt ab, nachdem sie aufgeblickt und entdeckt hatte, worauf sich Jaggers Aufmerksamkeit richtete. Im sumpfigen Morast lag ein Kadaver. Sein massiger Rumpf ließ auf ein größeres Säugetier schließen.

»Was ist denn das?« Erschrocken betrachtete sie die Moorleiche. »Ach du Scheiße!«, entfuhr es ihr, als sie erkannte, was sie vor sich hatte. Sofort zog sie ihr Mobiltelefon hervor, um Bernd zu informieren.

»Wie kommt denn ein Wolf hierher?«, fragte Bernd erstaunt, als er Hella und Jagger wenig später erreichte. Sein Groll war zwar nicht gänzlich verflogen. Trotzdem musste er Hella zähneknirschend zubilligen, dass ihr Instinkt sie wieder einmal nicht getrogen hatte. Mit einer solchen Entdeckung hätte er nicht gerechnet.

»Sicherlich ist er nicht freiwillig ins Moor gegangen!« Hella gab einen spöttischen Laut von sich. »Ich vermute, dass er illegal getötet und dann entsorgt wurde. Hast du unserer Naturparkführerin Bescheid gegeben?«

»Nein. Ich wollte zunächst mit dir reden und habe sie vorerst nur gebeten, kurz auf uns zu warten.«

»Bist du so lieb und sagst ihr, sie soll beim Wolfszentrum Hessen anrufen und den Fund melden. Ich informiere unterdessen die Polizei.«

Bernd nickte und verschwand wieder auf dem Höhenrundweg.

Hellas Gedanken fuhren Karussell, während sie den Notruf wählte. Erst ein auf mysteriöse Weise verschwundenes Kind und nun ein toter Wolf. Gab es da vielleicht einen Zusammenhang, wenn auch einen ganz anderen, als die Leute vermuteten? Und wenn ja, welchen?

8

Martina Herold streifte sich ein Paar sterile Gummihandschuhe über, bevor sie sich über das tote Tier beugte, das ein fauliger Geruch nach Aas, toten Pflanzen und Schlamm umwehte. Die Wolfsberaterin war vom Wolfszentrum Hessen in die Breungeshainer Heide geschickt worden und vor zehn Minuten eingetroffen, kurz nachdem die Feuerwehr den Kadaver aus dem Moor geborgen hatte. Missbilligend schüttelte sie den Kopf, ihre halblangen brünetten Haare unter einer schwarzen Baskenmütze verborgen. »Entsorgt wie ein Stück Müll.« Sie zischte ärgerlich durch die Zähne. »Hier ...« Mit ihrer behandschuhten Hand zeigte Herold auf den Längsschnitt, der entlang der Unterseite des Wolfs verlief und sah dabei zu Hella auf, die hinter ihr stand. »Das Tier wurde ausgenommen. Alle Eingeweide, samt Schlund, fehlen.«

Hella trat einen Schritt näher und blickte Herold über die Schulter. »Ein Jäger?«

»Oder ein Metzger. Der- oder diejenige hat das auf jeden Fall nicht das erste Mal gemacht. Das sieht sehr fachmännisch aus.«

»Aber warum entfernt jemand erst alle Innereien, bevor er das Tier wegwirft?«, wunderte sich Hella.

»Um seine Beute leichter zu machen. Ein ausgewachsener Wolf wiegt immerhin gut und gerne bis zu fünfzig Kilo und mehr. Selbst für einen starken Mann ist es ein hartes Stück Arbeit, einen Kadaver von dem Gewicht mehrere Meter zu tragen und dann auch noch im Hochmoor zu versenken.«

»Das stimmt.« Hella wies mit dem Kinn auf das tote Tier. Ihre Hände hatte sie zum Schutz vor dem kalten Wind in ihren Jackentaschen vergraben. »Ist das die Herbsteiner Wölfin?«

»Ich nehme es an. So voller Schlamm, wie sie ist, kann ich es zwar nicht mit hundertprozentiger Sicherheit sagen, da die Fellfärbung kaum zu erkennen ist. Doch da es in letzter Zeit keine weiteren offiziellen Wolfssichtungen in der Gegend gegeben hat, kann es sich eigentlich nur um unsere Fähe handeln. Ich werde Gewebeproben entnehmen und sie ins Senckenberg-Institut nach Gelnhausen schicken. Die Auswertung der DNA-Analyse wird uns Gewissheit geben, ob es sich um die Herbsteiner Wölfin oder ein neu zugewandertes Tier handelt.«

Hella ging in die Hocke. Nachdenklich betrachtete sie die tote Fähe. »Ich würde darauf wetten, dass sie trächtig war. Schauen Sie.« Mit der Hand näherte sie sich dem Gesäuge.

Entsetzt folgte Herold Hellas Blick. Vorsichtig tastete sie die Milchleiste ab. »Verdammt. Sie könnten recht haben. Das Gesäuge ist auffallend stark ausgeprägt.« Missmutig verzog sie das Gesicht. »Wenn sie tatsächlich trächtig war, dann stand die Geburt kurz bevor. Immerhin haben wir bereits Mitte Mai. Verdammte Scheiße! Einen Wolf illegal zu schießen, ist bereits eine riesige Sauerei. Aber dann auch noch eine hochträchtige Fähe. Ich fasse es nicht!«

»Allerdings«, grummelte Hella. »Das könnte aber ebenfalls erklären, warum der Täter sie ausgenommen hat.«

»Das heißt aber auch, dass sich vermutlich ein Wolfsrüde im Forst aufhält, der bislang nur noch nicht gesichtet wurde. Ich muss nachher die Wildkameras überprüfen und werde bei der Gelegenheit schauen, was die hergeben oder ob ich frische Fährten oder Kot von einem männlichen Tier finde. Vielleicht treibt sich der Rüde noch in der Gegend herum. Wenn ja, wäre auch er in großer Gefahr, falls wir es mit einem Wolfshasser zu tun haben.«

»Stimmt.« Hella seufzte. »Wenn ich Ihnen in irgendeiner

Form helfen kann, sagen Sie mir bitte Bescheid. Ich -«

»Hella, kommst du bitte noch mal.« Bernd winkte ihr von Weitem zu. Er unterhielt sich mit einem Polizeibeamten mittleren Alters, dem Hella zuvor bereits eine Zusammenfassung der Geschehnisse gegeben hatte. Bernds schwarze Haare glänzten vom Nieselregen, der vor einer Viertelstunde eingesetzt hatte.

Hella entschuldigte sich bei Herold und gesellte sich zu den beiden Männern.

Zögerlich näherte sich ein zweiter Polizist, ein rotblonder Kerl mit wasserblauen Augen und farblosen Wimpern, der Wolfsberaterin. Er betrachtete den Kadaver aus sicherem Abstand, als sei ihm das tote Tier nicht geheuer und rümpfte die Nase. »Woran ist er gestorben?«, fragte er.

»Es ist eine *Sie*«, klärte Herold ihn auf. »Ich denke, sie ist erschossen worden. Hier, das dürfte der Einschuss sein.« Sie bohrte ihren behandschuhten Zeigefinger in ein Loch kurz hinter dem Schulterblatt und umfasste dann den Rumpf. »Und hier ...« Mit einer Leichtigkeit, die eine überraschende Kraft für ihre zarte Statur erahnen ließ, rollte sie die Wölfin auf den Rücken. Die Leichenstarre bewirkte, dass die schlammverkrusteten Läufe des Tiers für einige Sekunden senkrecht zum Himmel standen, bevor der Kadaver mit einem dumpfen, schmatzenden Geräusch auf die andere Seite fiel. Die Wölfin hatte die Augen und den Fang leicht geöffnet. Es sah aus, als bleckte sie die Zähne, um sie in ihre Beute zu schlagen. Der Beamte wich instinktiv einen Schritt zurück. »... das sieht nach dem Ausschuss aus.« Herold zeigte auf ein blutverkrustetes faustgroßes Loch. »Ein weiterer Schuss hat den Vorderlauf getroffen.« Sie deutete auf den unnatürlichen Winkel, in dem das linke Vorderbein der Wölfin abstand. »Ich muss die Wölfin zur rechtsmedizinischen Begutachtung ins Leibniz-Zentrum für Zoo- und Wildtierforschung nach Berlin schicken. Könnten Sie veranlassen, dass das so schnell wie möglich geschehen kann? Denn je stärker die Verwesung, umso schwieriger die Untersuchungen.« Fragend blickte sie zu dem Polizisten, um sein Einverständnis zu erbitten.

Der Beamte nickte knapp. Er schien kein Freund großer Worte zu sein.

9

Nachdem Frensdorf Hella und Bernd mit einem festen Händedruck begrüßt hatte, bedeutete er ihnen, Platz zu nehmen. »Mir wurde gesagt, Sie sind ein Kollege?« Er sah Bernd fragend an. Seine Stimme verriet nicht, ob er die Tatsache guthieß.

»Ja, Kriminalhauptkommissar Bernd Lohmann aus Wiesbaden. Und das ist meine -«

»Welche Abteilung?«, fiel ihm Frensdorf ins Wort.

»K 11.«

»Ah, Kapitaldelikte.« Der Polizeidirektor nickte. In seinen Augen blitzte Anerkennung auf. »Und Sie machen hier Urlaub, in unserem schönen Vogelsbergkreis?« Er sah weiterhin nur Bernd an.

»Wir sind seit Freitagabend in Herbstein, um ein paar Tage auszuspannen und zu wandern«, gab der ihm bereitwillig Auskunft.

»Und als Erstes stolpern Sie über einen toten Wolf?« Es klang beinahe wie ein Vorwurf.

»Streng genommen ist mein Hund über den Wolf gestolpert«, brachte Hella sich in die Unterhaltung ein. Sie bedachte Frensdorf mit einem gewinnenden Lächeln, als der sich ihr erzwungenermaßen zuwandte.

»Ihr Hund?«

»Ja. Mein Hund, Jagger, ein irischer Terrier. Und ich heiße Dr. Hella Ohlsen und arbeite als Landestierschutzbeauftragte für das Hessische Umweltministerium.«

Frensdorf taxierte Hella einige Sekunden lang, als wäre sie eine Ware, deren Wert er auf Anhieb nicht richtig einschätzen konnte. »Also gut, dann erzählen Sie mal«, forderte er sie mit einer Handbewegung auf. Er lehnte sich zurück und verschränkte die Arme vor der Brust.

In wenigen Worten fasste Hella zum zweiten Mal innerhalb der letzten Stunden die Ereignisse vom Vormittag zusammen.

Frensdorf hörte aufmerksam zu, ohne eine Miene zu verziehen. Als Hella geendet hatte, herrschte Schweigen. Der Polizeidirektor schien über etwas nachzusinnen. Er fuhr sich gedankenverloren mit der Zunge über seine Schneidezähne und blickte aus dem Fenster. Es regnete inzwischen Bindfäden.

»Offensichtlich gibt es einen Zusammenhang zwischen dem Verschwinden des Mädchens und dem Tod des Wolfs«, bemerkte Hella in die Stille hinein.

Frensdorf stellte die Betrachtungen der Außenwelt ein. Mit einem schnalzenden Geräusch unterbrach er sein Zungenspiel. Stattdessen begann er, mit den Fingern seiner rechten Hand auf der Arbeitsplatte seines Schreibtisches zu trommeln, die unter Stapeln von Akten ächzte. Seine wieselartigen Augen huschten von Hella zu Bernd und wieder zu Hella. »Wie kommen Sie darauf?«

»Das liegt doch auf der Hand. Ein Mädchen verschwindet spurlos im Wald, genau in der Gegend, in der bereits mehrfach ein Wolf gesichtet wurde. In Herbstein geht daraufhin das Gerücht um, der Wolf habe das Kind getötet und drei Tage später taucht eine erschossene Fähe auf.« Sie brach ab.

»Und weiter?«, animierte Frensdorf sie.

»Einer Reihe von Landwirten und Schäfern passt die Anwesenheit der Wölfe nicht in den Kram. Sie fürchten um ihre Nutztiere und ihre Existenz. Das ist hier wie andernorts überall dasselbe. Es könnte daher doch möglich sein, dass ein Bauer oder Hirte zur Waffe gegriffen hat, um zu zeigen, wie man das Problem mit den Wölfen am besten löst.«

»Aha. Und wie, bitte schön, passt das Ihrer Meinung nach mit dem Verschwinden des Kindes zusammen?« Frensdorf hatte die Hände hinter dem Nacken verschränkt. Sein Bauch wölbte sich unter seinem hellblauen Oberhemd leicht vor.

»Was wäre, wenn das Mädchen den illegalen Abschuss mitbekommen hat. Der Schütze hat sie bemerkt – vielleicht hat sie geschrien oder versucht, davonzulaufen - und er hat sie daraufhin kurzerhand mit zu sich nach Hause genommen.«

»Warum sollte er das getan haben?«

»Weil er davon ausgehen musste, dass sie jemandem erzählen würde, was sie gesehen hat und dann herauskommen würde, dass er eine schwere Straftat begangen hat. Vielleicht hat er sich aber zunächst auch nichts dabei gedacht und wollte Valerie später bei ihren Eltern oder der Polizei abliefern.«

»Später?«

»Na ja, ich nehme an, er hat abgewartet, bis es dunkel ist. Er konnte schlecht mit einem toten Wolf in einem Anhänger oder auf einem Wildberger durch die Gegend fahren. Und in einen Kofferraum wird ein so großes Tier wohl kaum passen. Und dann hat er womöglich über die Medien erfahren, dass wie verrückt nach dem Kind gesucht wird, hat es mit der Angst zu tun bekommen und sich nicht mehr getraut hat, Valerie bei der Polizei abzuliefern, weil ihn das in arge Erklärungsnöte gebracht hätte.«

Frensdorf lachte auf, was seinem frettchenhaften Aussehen etwas Spitzbübisches verlieh. »Interessante Theorie, Frau Dr. Ohlsen.« Er beugte sich wieder vor. »Nur leider helfen uns Ihre wilden Spekulationen nicht weiter.« Sein Blick wanderte zu Bernd, der fragend die Stirn runzelte.

»Also gut. Ich will Sie nicht länger auf die Folter spannen«, hob Frensdorf an. Er hatte entschieden, die Karten auf den Tisch zu legen. »Wir haben unsere Fahndungen nach dem Mädchen mittlerweile auf ein Maximum ausgeweitet und jedes Laubblatt und jeden Stein mindestens zweimal umgedreht, da die Zeit gegen uns arbeitet. Bislang blieb unsere Suche jedoch erfolglos, wie Sie ja wissen. Und seit heute Vormittag ...«, er machte eine kleine Pause, bevor er fortfuhr, »... müssen wir von einem geplanten Verbrechen ausgehen.«

»Schau an, hat also doch nicht der böse Wolf Valerie auf dem Gewissen«, konnte Hella sich nicht verkneifen einzuwerfen.

»Moment!«, fuhr Frensdorf scharf auf. »Lassen Sie mich weiter ausführen. Ich bin noch nicht fertig.«

Hella machte eine entschuldigende Geste.

»Nur, um das klarzustellen: Nach unserem bisherigen Kenntnisstand ist es nahezu ausgeschlossen, dass Valerie einem Wolfsangriff zum Opfer gefallen ist«, führte der Polizeidirektor aus. Sein Ton war wieder milde. »Das Blut, das wir bei unserer ersten Suche im Wald gefunden haben, stammt jedenfalls nicht von einem Menschen. Ob es jedoch zu der toten Wölfin aus dem Moor gehört oder zu einem anderen Wildtier, werden wir sehen. Die Untersuchungen laufen noch«, sagte er und sah Hella dabei streng in die Augen, um zu verhindern, dass sie ihm erneut ins Wort fiel. »Warum wir nunmehr aber davon ausgehen, dass jemand Valerie gezielt verschleppt hat, hat folgenden Grund: Valeries Vater hat vor etwa zwei Stunden einen anonymen Anruf erhalten. Dabei hat ein Mann mit verstellter Stimme behauptet, Valerie in seiner Gewalt zu haben. Für die Freilassung des Kindes fordert er 750.000 Euro.« Frensdorf wartete einen

Moment, um Bernd und Hella die Möglichkeit zu geben, die Information sacken zu lassen. »Sollte die Familie seiner Forderung nicht nachkommen, will er das Kind töten.«

Hella war plötzlich eiskalt.

Bernd pfiff durch die Zähne. »750.000 Euro sind kein Pappenstiel.«

»Zum einen das. Zum anderen stellt eine Entführung ein enorm großes Risiko dar. Der Täter darf nichts dem Zufall überlassen, schon gar nicht die Lösegeldübergabe. Alles muss im Vorfeld akribisch geplant werden, sonst fliegt die Sache ganz schnell auf. Wir haben es ergo entweder mit einem Profi zu tun, der es bewusst auf die Familie abgesehen hat, oder aber mit jemandem, der sich einen üblen Scherz erlaubt.«

»Ein Trittbrettfahrer«, konstatierte Hella.

»Wie gesagt, beides ist denkbar.« Frensdorf zuckte mit den Schultern. Er wandte sich wieder an Bernd. »Ich nehme an, Sie kennen Dirk Kleinke, Herr Lohmann, oder?«

»Nun ja, eher flüchtig«, wand sich Bernd. »Ich war zwei oder drei Mal als Zeuge bei einem Strafprozess geladen, in dem er als Staatsanwalt aufgetreten ist.«

»Können Sie mir trotzdem sagen, wie Sie ihn einschätzen?«

Bernd überlegte einen Moment, bevor er antwortete. »Ich würde ihn als einen hochqualifizierten, fairen, aber auch sehr ehrgeizigen Staatsanwalt beschreiben. Man sagt ihm nach, dass er gute Chancen auf eine steile Karriere hat und einen Posten am Landgericht anstrebt.«

»Kennen Sie seine letzten Fälle oder wissen Sie, woran er gerade arbeitet?«

»Nein.« Bernd schüttelte bedauernd den Kopf. Er hatte sich vorgelehnt und musterte Frensdorf eindringlich. Seine Augen verrieten Neugier, aber auch einen Hauch Skepsis.

»Mit Verlaub, Herr Frensdorf, warum erzählen Sie uns das alles?«, platzte er heraus, bevor der Polizeidirektor weiterreden konnte.

Frensdorf holte Luft. »Die Frage ist berechtigt.« Über sein Gesicht huschte ein verlegenes Lächeln. »Ich will ehrlich sein. Ich wollte Sie um Hilfe bitten.«

Bernds Augenbrauen schnellten nach oben. »Mich? Um Hilfe?«

»Ja. Ich weiß, Sie haben Urlaub und die Bitte ist zugegebenermaßen etwas ungewöhnlich. Aber wären Sie bereit, mein Team und mich kurzfristig zu unterstützen?«

Bernd schüttelte irritiert den Kopf. »Inwiefern? ... Warum sollte ich? Ich bin sicher, Ihr Präsidium verfügt über einen großen Pool an hervorragend ausgebildeten Spezialkräften«, wehrte er sich.

»Natürlich tut es das.« Frensdorf nahm seine Brille ab und rieb sich die Nasenwurzel. Die Brillenpads hatten tiefe Druckstellen hinterlassen. Ohne seine Sehhilfe ähnelten seine dunklen, runden Augen noch mehr denen eines Wiesels. Er setzte die Brille wieder auf. »Aber ich bräuchte jemanden, der morgen nach Wiesbaden fährt und bei der Landeszentralbank das Lösegeld besorgt. Leider habe ich wegen Krankheit und Urlaub aktuell einen personellen Engpass und kann daher kurzfristig keinen meiner Mitarbeiter mit dieser Aufgabe betrauen. Daher dachte ich an Sie.«

Bernd blies die Wangen auf und ließ die Luft langsam entweichen. »Das heißt, sie planen eine fingierte Übergabe mit markiertem Geld, sollte sich der Erpresser noch einmal bei den Kleinkes melden?«

Hella sah erwartungsvoll von einem zum anderen.

»Ganz recht.« Frensdorf nickte langsam. »Wären Sie

bereit, mir den Gefallen zu tun und das Geld zu holen? Und, wenn Sie schon einmal in Wiesbaden wären, wäre es möglich, dass Sie bei der Gelegenheit vor Ort Erkundigungen einholen könnten, ob der Erpresser aus dem beruflichen oder privaten Umfeld der Kleinkes stammen könnte?«

Bernd zögerte noch immer. Er dachte nach. Aus den Augenwinkeln bemerkte er, wie Hella sich abwandte. Trotzdem blieb ihm ihr heimliches Grinsen nicht verborgen. Sie wusste genau, dass es ihm schwerfiel, Frensdorf die Bitte abzuschlagen. Du immer mit deinem Helfersyndrom, hatte sie ihm schon mehr als einmal unter die Nase gerieben. Sollte er zusagen, könnte er von ihr allerdings nicht länger verlangen, sich während ihres Urlaubs aus allem herauszuhalten. Er atmete tief ein. »Na meinetwegen. Ich schaue, was ich machen kann. Sie wissen aber, dass das nicht so ohne Weiteres geht und ich hierfür die ausdrückliche Erlaubnis meines obersten Dienstherrn benötige.«

»Selbstverständlich. Und ich weiß Ihre Bereitschaft sehr zu schätzen, Herr Lohmann, glauben Sie mir«, bekräftigte Frensdorf.

*»Es sieht der Mensch die Welt fast immer
durch die Brille des Gefühls, und je nach der Farbe des Glases
erscheint sie ihm finster oder purpurhell.«*

Hans Christian Andersen

10

Haben Wölfe ein Kind auf dem Gewissen?
Entwickeln sich die im Vogelsberg ansässigen Raubtiere zu einer Gefahr für Leib und Leben? In Herbstein herrscht große Unsicherheit hinsichtlich der Frage, wie gefährlich die Wölfe für Landwirte, Förster, Jäger und Spaziergänger sind. Viele Bürger der knapp 5000 Einwohner zählenden Gemeinde halten das Risiko, dass ein Wolf einen Menschen angreift und tötet, für wahrscheinlich. Anlass ist das Verschwinden der kleinen Valerie. Die Sechsjährige war am Freitagabend nach einem Spaziergang im Wald nicht mehr nach Hause zurückgekehrt. Die Polizei konnte bei ihrer groß angelegten Suchaktion nahe dem Diebskopf Blutspuren sicherstellen. Noch ist ungewiss, wem das Blut gehört. Die Dorfbewohner gehen aber davon aus, dass die Wölfin, die sich seit geraumer Zeit im Herbsteiner Forst aufhält, das Mädchen im Blutrausch totgebissen und verschleppt hat. Das Tier hatte einige Tage zuvor ein Massaker unter einer Schafherde bei einem ortsansässigen Schäfer angerichtet und zahlreiche Tiere, darunter mehrere Lämmer, auf bestialische Weise getötet (wir berichteten). Auf der gestrigen Ortsbeiratssitzung waren sich die Mitglieder einig, dass die hessische Landesregierung zu wenig tut, um Übergriffe von Wölfen auf Nutz- und Wildtiere sowie Menschen zu verhindern. Unter der Überschrift „Muss erst ein Kind sterben, bevor die Politik reagiert?" forderten sie in einem Schreiben an das Umweltministerium in Wiesbaden eine wolfsfreie Zone für Herbstein.(red)

Wütend knallte Hella den Herbsteiner Kreisboten auf den Küchentisch. Er hatte heute Früh im Zeitungsrohr vor ihrer Tür gesteckt. Eine Papierserviette segelte, vom Lufthauch erfasst, zu Boden. »*Muss erst ein Kind sterben, bevor die Politik reagiert?* Geht es vielleicht noch ein bisschen polemischer?«, fauchte sie. Nun war genau das eingetreten, was sie befürchtet hatte. Eine Kommune lief Amok und das erstbeste Schmierenblättchen blähte unbewiesene Behauptungen zu einer Gruselstory über eine blutrünstige, kinderfressende Bestie auf, um Stimmung gegen die Wölfe zu machen.

Sie bedachte den Artikel noch einmal mit einem abschätzigen Blick und kratzte sich dabei gedankenverloren den Handrücken. Eine Mücke hatte ihr in der Nacht gleich mehrere Stiche verpasst. Gut bekommen war es dem kleinen Blutsauger nicht. Er hatte sich in den frühen Morgenstunden als roter Flecken auf der Raufasertapete verewigt. Hella ritzte mit dem Fingernagel ein Kreuzchen in den Stich auf dem Handrücken und befeuchtete ihn mit etwas Spucke, wie sie es von ihrer Großmutter gelernt hatte. Auch wenn es nur Einbildung war, die half. Der lästige Juckreiz ließ jedenfalls bald nach.

Sie drehte sich zur Küchenanrichte, nahm den Wasserkocher von der Station und füllte ihn halbvoll, um sich einen Tee zu machen. Fieberhaft überlegte sie, wie sie es am geschicktesten anstellen konnte, den Gerüchten so schnell wie möglich den Wind aus den Segeln zu nehmen. Auch hatte sie noch einmal gründlich über das nachgedacht, was Frensdorf ihnen erzählt hatte. Eine geplante Entführung? Konnte das wirklich sein? Für sie ergab das keinen Sinn, allein schon aufgrund der Tatsache, dass Valerie offenbar just an der Stelle verschwunden war, an der ein Tier erlegt wurde. Warum sollte jemand, der Valerie gezielt entführen wollte, auf ein Tier schießen? Etwa, um die Polizei auf eine falsche Fährte zu locken? Hella schüttelte energisch den Kopf. Nein! Das war Quatsch. Bei dem Erpresser konnte es sich nur um einen Trittbrettfahrer handeln. Da war sie sich sicher.

Während das Wasser anfing zu sieden, reifte in ihr eine Idee. Suchend schaute sie sich um. Wo in drei Teufels Namen hatte sie nur wieder ihr verflixtes Handy liegen gelassen? Endlich fand sie es unter einem Kissen auf der Couch. Zurück in der Küche goss sie erst ihren Tee auf und entsperrte dann ihr Mobiltelefon. Zügig scrollte sie durch ihre Kontakte, bis sie die Nummer gefunden hatte, die sie suchte.

»Hallo Frau Dr. Ohlsen«, erklang es nach wenigen Rufzeichen erfreut vom anderen Ende der Leitung. »Das ist aber eine Überraschung.«

»Guten Morgen, Frau Roth. Ich hoffe, ich reiße sie nicht mitten aus der Arbeit?«, fragte Hella zaghaft an.

»Nein. Alles gut. Ich habe soeben einen Artikel fertiggestellt und wollte gerade eine kleine Verschnaufpause einlegen. Was gibt's denn?«

»Ich glaube, ich habe wieder eine sehr interessante Story für Sie«, verkündete Hella.

»Sie meinen, wieder einen spannenden Kriminalfall, so wie letztes Jahr die Sache in Bad Schwalbach mit dem entwischten Zirkuselefanten?«

»Ja, genau. Diesmal geht es um ein verschwundenes Kind und einen toten Wolf.«

»Ach, meinen Sie etwa das Mädchen, das in Herbstein verschwunden ist? Dann schießen sie mal los. Ich bin ganz Ohr.«

Hella hörte Papier rascheln. Sie ging davon aus, dass sich Friederike Roth Notizen machen wollte. In wenigen Worten berichtete sie ihr, worum es ging.

»Über das Mädchen haben wir bei uns im Blatt natürlich

auch schon berichtet«, bemerkte Friederike, als Hella geendet hatte. »Moment, ich schaue mal eben nach ...«

Während die Journalistin auf ihrer Tastatur herumklapperte, um die Zeitungsberichte zu suchen, klemmte sich Hella ihr Handy zwischen Kinn und Schulter, zog den Teebeutel aus dem Wasser und warf ihn in die Spüle. Aus der Zuckerdose schaufelte sie sich zwei gehäufte Teelöffel Kandis in die Tasse.

»Da. Ich habe die Beiträge gefunden ...« Friederike murmelte leise vor sich hin, als sie die Artikel überflog. »Hier steht nur, dass unter anderem über einen Wolfsangriff spekuliert wird, die Polizei aber ein Verbrechen für wahrscheinlicher hält, da weder das Kind noch irgendwelche Überreste von ihm bislang gefunden wurde. Warten Sie, ich durchforste eben auch noch die aktuellen Seiten ...« Wieder entstand eine kleine Pause. »In der morgigen Ausgabe bringen wir nichts weiter dazu.«

»Das klingt nach einer entschieden sachlicheren Berichterstattung als das, was hier in den Gazetten herumgeistert.« Hella war erleichtert. Sie trank einen Schluck Tee und verzog schmerzhaft das Gesicht. »Autsch!«

»Was ist?«, fragte Friederike besorgt.

»Ach nichts. Ich habe mir nur gerade den Gaumen an meinem Tee verbrüht.« Hella sog in schneller Folge Luft ein, um ihren Gaumen zu kühlen.

»Oh, verdammt.« Friederike kicherte. »Das tut weh ... Sie sprachen gerade davon, dass der Herbsteiner Ortsbeirat eine wolfsfreie Zone fordert. Das heißt, man will nicht, dass sich in der Gegend weitere Wölfe ansiedeln, was wiederum bedeuten würde, dass man sie offiziell bejagen will. Richtig?«

»Exakt. Aber Sie als Jägerin wissen ja, dass das nicht geht.« Hella fegte mit der flachen Hand ein paar Krümel vom Tisch, Relikte des Croissants, das sie zum Frühstück gegessen hatte. Bereits nach wenigen Sekunden waren die Küchenfliesen wieder sauber, da Jagger sofort zur Stelle war, um sie aufzulecken.

»Ja, in der letzten Rotwild-Hegeringversammlung hatten wir genau hierüber eine endlose Diskussion.« Friederike seufzte vernehmlich. »Auch in unseren Reihen gibt es einige Halsstarrige, die einfach nicht kapieren wollen, dass eine grundsätzliche Bejagung nicht möglich ist, solange Wölfe europaweit unter strengem Artenschutz stehen.«

»Genau. Und es wird ganz sicher noch einige Zeit dauern, bis die Europäische Union den hohen Schutzstatus für Wölfe aufweichen wird, wenn es überhaupt so weit kommt«, führte Hella aus.

»Hm ... Aber egal, wie unsinnig die Forderung des Herbsteiner Ortsbeirats ist. Weitere illegale Abschüsse werden sich dadurch leider nicht verhindern lassen. Haben Sie schon eine Ahnung, wer die Fähe getötet haben könnte?«, fragte Friederike.

»Nein, ich habe keinen blassen Schimmer.« Hella fuhr mit der Zunge über den Gaumen, an dem sich eine kleine Blase gebildet hatte.

Friederikes Stift kratzte laut hörbar über das Papier, bevor sie zu einer neuen Frage ansetzte. »Um auf das Mädchen zurückzukommen: Was sagt die Kriminalpolizei zu Ihrer Vermutung, dass es einen Zusammenhang zwischen dessen Verschwinden und dem Tod der Wölfin geben könnte?«

Hella trank einen Schluck von ihrem mittlerweile weitgehend abgekühlten Tee. Durch das Küchenfenster beobachtete sie, wie ein Elsternpaar ihren Stammplatz in der Krone einer Linde unter wildem Gezeter gegen eine Krähe verteidigte. »Ich glaube, der Polizeidirektor fand meine

Vermutung reichlich abwegig«, gestand sie.

»Und in welche Richtung ermittelt die Kripo?«, erkundigte sich Friederike.

»Keine Ahnung«, antwortete Hella ausweichend. Sie wollte keinesfalls ihr Versprechen gegenüber Frensdorf brechen, über den Erpressungsversuch absolutes Stillschweigen zu wahren. Auf Geheiß der Kleinkes sollte vorerst nichts über die Lösegeldforderung an die Öffentlichkeit gelangen, um Valeries Leben nicht unnötig zu gefährden. »Das hält mich aber nicht davon ab, selbst Nachforschungen anzustellen.«

Draußen war Ruhe eingekehrt. Die Elstern hatten das Duell gegen die Krähe gewonnen.

Friederike lachte. »Alles andere hätte mich auch gewundert.«

Hella hörte, wie die Journalistin erneut auf ihrer Tastatur herumtippte.

»Ich habe gerade in meinem Kalender nachgesehen. In den nächsten Tagen steht nichts Wichtiges an. Ich denke, ich werde noch heute meine Sachen packen und gleich morgen früh nach Herbstein kommen«, teilte Friederike ihr mit.

Auf Hellas Gesicht breitete sich ein zufriedenes Lächeln aus. »Genau das hatte ich erhofft.«

11

Zärtlich strich er mit der Hand über die rote Wolle. Sein rechter Zeigefinger verfing sich in einem Loch des Zopfmusters, das die Vorderseite des Pullovers zierte. Er zog ihn wieder heraus und faltete das Kleidungsstück ordentlich zusammen. Sie würde für den Pullover keine Verwendung mehr haben. Doch es stand für ihn außer Frage, die Strickware wegzuwerfen. Er würde sie in Ehren halten, genauso wie die Trophäe eines geschossenen Stücks Wild. Beseelt von seinem Glück, lächelte er still in sich hinein.

Suchend sah er sich nach einem geeigneten Aufbewahrungsplatz um, den Pullover wie einen kostbaren Schatz gegen seine Brust gedrückt. Nachdem er von Zimmer zu Zimmer gewandert war, fiel seine Wahl schließlich auf die große Kommode aus dunklem Eichenholz, in der er allerlei Krimskrams sammelte. Die Schublade wehrte sich unter knarzendem Protest, als er sie mit beiden Händen packte, um sie aufzuziehen. Doch schließlich gab sie ihren Widerstand auf und glitt ruckelnd über die Laufschienen. Das kleine handgeschnitzte Holzfigürchen, das auf der Kommode stand und dessen lebensecht anmutende Gestalt von großem künstlerischem Talent zeugte, fiel herunter und landete mit einem leisen Klack auf dem Dielenläufer, ohne, dass er es bemerkte.

Nachdem er die Lade wieder verschlossen hatte, ging er ins Schlafzimmer, wo der Waffenschrank stand. Der große, kreisrunde Schlüsselbund klirrte, als er ihn vom Gürtel nahm und nach dem Buntbartschlüssel suchte, der zum Schloss gehörte. Kurz darauf schwang die schwere stählerne Tür auf und ließ den Blick auf drei Jagdgewehre frei. Ohne zu zögern, griff er nach der Repetierbüchse, nahm sich drei

Geschosse aus der Pappschachtel, die er auf dem Boden des Waffenschranks deponiert hatte, und versenkte sie eins nach dem anderen im Patronenlager.

Auf der Schwelle zur Wohnstube blieb er kurz stehen und lauschte aufmerksam seiner inneren Stimme, bevor er sich auf den Weg machte, um seine Mission fortzusetzen.

12

Die Sonne lachte ungetrübt vom Himmel. Doch das Wetter war alles andere als angenehm. Feuchte Luftmassen drängten aus Westen herein und trieben Bernd den Schweiß aus den Poren. Die Meteorologen hatten die erste tropische Nacht für dieses Jahr vorhergesagt – und das Ende Mai. Bernd hasste die drückende Schwüle, die ab dem Frühsommer regelmäßig über Wiesbaden hing wie eine Glocke und wäre am liebsten auf der Stelle zurück in den Vogelsberg gefahren, wo es einige Grad kühler war und fast immer ein leichter Wind wehte.

Er sah auf die Uhr. Jetzt war es kurz vor zwölf und er hatte Hunger. Der Termin in der Landeszentralbank war um vierzehn Uhr. Noch Zeit genug für eine kleine Stärkung. Da er sein Auto auf dem Parkplatz des Polizeipräsidiums abgestellt hatte, entschied er, zu dem Schnellimbiss nur wenige hundert Meter entfernt zu laufen. Im Gehen entledigte er sich seines Pullovers und schwang ihn sich locker über die Schultern. Auf dem Konrad-Adenauer-Ring rauschte der Verkehr gemächlich an ihm vorbei. Der Blitzer wenige hundert Metern hinter ihm entfaltete seine erzieherische Wirkung.

An einer geeigneten Stelle überquerte Bernd die Ausfallstraße und betrat kurz darauf den Schnellimbiss, an dessen Verkaufstresen sich wie üblich eine kleine Schlange gebildet hatte. Als er an der Reihe war, bestellte er sich einen doppelten Hamburger mit einer großen Portion Pommes frites und eine Cola. Nachdem er sein Essen entgegengenommen hatte, ging er zu einem der Stehtische.

Seine Laune war schwer getrübt. Gegen zehn in der Früh war er in Herbstein aufgebrochen, nachdem sein Chef keine

Sekunde gezögert hatte, ihn zu Frensdorfs Unterstützung kurzfristig freizustellen. Aus alter Verbundenheit, wie er gestanden hatte. Frensdorf und Kunze kannten sich von der Polizeischule. Bernd hatte insgeheim ein *Nein* erhofft, da die einzelnen Flächenpräsidien normalerweise nicht zusammenarbeiteten. Nun aber war sein Urlaub hinfällig, zumindest zeitweilig. Er verfluchte Frensdorf im Stillen dafür, dass er ihm diesen Freundschaftsdienst eingebrockt hatte. Noch mehr allerdings war er sauer auf sich selbst. Er hätte das Anliegen des Polizeidirektors schließlich frei heraus ablehnen können. Aber nein! Wieder mal hatte er sich breitschlagen lassen, zu helfen.

Missmutig tunkte er eine goldgelbe Pommes in die Mayonnaise und schob sie sich in den Mund. Mit beiden Händen packte er anschließend seinen Burger, klappte seine Kiefer so weit wie möglich auseinander und biss zu. Eine Tomatenscheibe, mit einem Zwiebelring im Schlepptau, glitt über die käsig-schmierige Masse zwischen den Brötchenhälften hindurch und landete auf dem Teller. Murphys Gesetz! »Verdammter Mischt« nuschelte Bernd mit vollem Mund. Ausgerechnet jetzt klingelte auch noch sein Handy. Mit spitzen Fingern zog er aus der Gesäßtasche. Vom Display lachte ihm Hellas Konterfei entgegen. Bernd stöhnte und griff nach der Serviette, ließ dann aber das Telefon bimmeln, bis die Mailbox ansprang. Er hatte jetzt weder Zeit noch Lust, mit Hella zu sprechen.

Eine knappe halbe Stunde später kehrte er zurück zum Präsidium und ging in sein Büro, um Erkundigungen über Kleinkes Umfeld einzuholen. Seine Recherchen waren schon nach kurzer Zeit von Erfolg gekrönt. Als er schließlich zur Landeszentralbank aufbrach, hatte er eine heiße Spur.

13

Als Hella die evangelische Dorfkirche in den Blick bekam, wunderte sie sich über den Aufruhr. Halb Herbstein schien sich am Fuß des kleinen schiefergrauen Kirchturms versammelt zu haben. Alle schwatzten und gestikulierten wild durcheinander. Zwei Jungen im Grundschulalter sprangen lachend auf den steinernen Stufen herum, die zur hölzernen Eingangstür der Kirche führten. Irgendwo in der Menge plärrte ein Baby.

Hella betrat den kleinen Kirchgarten, drückte sich mit Jagger an einem in einem leuchtenden Pink blühenden Rhododendronbusch vorbei und gesellte sich zu der Versammlung. Während sie zu ergründen versuchte, welchem Zweck die Zusammenkunft diente, bemerkte sie, wie der neben ihr stehende Mann sie interessiert betrachtete. Er hatte sein spärliches Haupthaar quer über seinen Schädel gekämmt. Zwischen den dünnen Strähnen lugte die Kopfhaut hervor. Sein kariertes Hemd wies mehrere Flecken in diversen Schattierungen auf.

»Das ist aber ein netter Hund«, sagte er, als sein Blick auf Jagger fiel. Schwerfällig beugte er sich hinunter.

Bandscheibe, tippte Hella.

»Und was für einen hübschen Bart du hast«, gurrte er, während er den Terrier ausgiebig unter dem Kinn kraulte. Mit einem gequälten Gesichtsausdruck kam er wieder hoch. Das Sonnenlicht spiegelte sich in seinen verschmierten Brillengläsern. »Sie sind nicht von hier, nicht wahr?« Ein Windhauch wirbelte durch seinen Scheitel und entblößte die darunter liegende Glatze. Eilig fasste er sich an den Kopf und strich die Haare zurück in ihre ursprüngliche Position.

»Nein. Wir machen hier lediglich ein paar Tage Urlaub.«

»Sind Sie das erste Mal in Herbstein?«

»Ja.«

»Und von wo kommen Sie, wenn ich fragen darf?«

»Aus Wiesbaden.«

Hella wendete den Kopf. Aus den anliegenden Gassen näherten sich weitere Menschen dem Kirchgarten. Auf einer der Straßen folgte ihnen ein dunkelgrüner Wagen japanischer Bauart im Schritttempo. Als der Fahrer die Kirche passiert hatte, ließ er den Motor aufheulen und brauste Richtung Wald davon. Dieselgestank erfüllte die Luft.

»Da hat es aber einer verdammt eilig.« Hella hielt sich die Nase zu. Sie glaubte, hinter dem Steuer einen älteren Mann erkannt zu haben, war sich aber nicht sicher. Im Gegenlicht hatte sie das Kennzeichen nicht lesen können.

Wenige Augenblicke später schob sich eine Wolke vor die hochstehende Sonne. Hella war dankbar für den Schatten, den sie spendete. Vor zwei Tagen hatte sie noch gefroren wie ein Schneider. Jetzt war sie froh darüber, ihr leichtes hellblau-gemustertes Kleid und die Sandalen eingepackt zu haben.

Sie ließ ihre Blicke an den grauen Schindeln des Kirchturms entlang nach oben gleiten. Genau in der Sekunde, als ihre Augen das Rund der Kirchturmuhr erreichten, sprang der große Zeiger auf die Zwölf. Vier ohrenbetäubend laute Glockenschläge versetzten ihre Trommelfelle in Schwingung, gefolgt von einem einzelnen, dumpf klingenden Ton.

Dreizehn Uhr.

Mitleidig betrachtete Hella ihren Hund. Für sein empfindliches Gehör musste sich das Geläut wie göttliche Donnerhalle angehört haben.

Kaum waren die Glocken verklungen, setzte das

allgemeine Getuschel und Gerede um sie herum wieder ein. Mehrfach schnappte Hella das Wort »Wolf« auf.

»Und seit wann sind Sie im Vogelsberg?«, richtete ihr Nachbar erneut das Wort an sie.

Eine Knoblauchfahne, die Hella zuvor nicht wahrgenommen hatte, wehte sie an. Sie wich einen Schritt zur Seite. »Seit Freitagabend ... Sagen Sie, weswegen sind so viele Leute hier?«, erkundigte sie sich, bevor der Quergescheitelte sie mit seinen neugierigen Fragen weiter löchern konnte.

»Der Ortsvorsteher will gleich zu uns sprechen. Wir wollen eine Bürgerinitiative gründen, wegen der Sache mit dem Wolf. Sicherlich haben Sie auch schon davon gehört, dass am Freitagabend ein kleines Mädchen verschwunden ist?«

»Ja, das habe ich. Aber was hat das eine mit dem anderen zu tun?« *Eine Bürgerinitiative.* Das wurde immer besser.

Der Mann zog skeptisch die Augenbrauen zusammen, bis sie sich in der Mitte fast trafen. »Ich verstehe nicht?«

Hella fühlte sich herausgefordert. »Nun, das Mädchen wurde bislang nicht gefunden und Beweise dafür, dass es einem Wolf zum Opfer gefallen ist, wie Sie eben andeuteten, gibt es nicht. Woher wollen Sie also wissen, dass das Kind nicht von einem Triebtäter verschleppt oder gar getötet wurde oder was auch immer?«

»Hören Sie, der Vogelsberg ist eine friedliche Gegend! Hier hat noch nie jemand einem Kind etwas angetan.«

»Mag sein. Trotzdem geschehen auch auf dem Land Verbrechen.« Hella zog ihren Fuß zurück, als Jagger mit seiner rauen Zunge über ihre nackten Zehen fuhr.

»Also, ich weiß nicht, was Sie damit unterstellen wollen«, entrüstete sich ihr Gesprächspartner.

»Ich will gar nichts unterstellen«, besänftigte Hella

ihn. »Ich wollte nur zum Ausdruck bringen, dass ich Ihre Schlussfolgerung etwas voreilig finde.«

Der Mann schüttelte ärgerlich den Kopf und wandte sich ab. Es war offensichtlich, dass er keine Lust hatte, weiter mit Hella zu diskutieren. »Typisch Städter. Meinen immer, sie wüssten alles besser.«

»Liebe Bürgerinnen und Bürger von Herbstein ...« Der Ortsvorsteher, ein stämmiger, kleiner Mann, hatte sich auf dem Treppenabsatz vor dem Kirchenportal postiert und wedelte mit den Armen, wie ein Fluglotse, der eine Boeing auf dem Rollfeld einweist. Er trat hemdsärmelig auf. Seine Stirnglatze glänzte.

Die Gespräche erstarben. Köpfe wurden gereckt.

»Liebe Bürgerinnen und Bürger von Herbstein«, wiederholte er, »wie Sie sicherlich alle mitbekommen haben, hat unser Ortsbeirat auf seiner letzten Sitzung beschlossen, für unsere Gegend eine wolfsfreie Zone zu fordern.«

Beifall setzte ein, begleitet von heftigem Kopfnicken einiger der Umstehenden. Hella rückte etwas nach rechts, da sich ein Vater mit einem Kleinkind auf den Schultern vor sie schob und ihr die Sicht nahm.

»Es kann nicht angehen, dass unsere Bauern Angst um ihre Tiere haben müssen und mit unzureichenden Entschädigungen aus der Staatskasse für die erlittenen Verluste abgespeist werden. Unser geschätzter Landwirt Jochen Brunner kann bereits ein Lied davon singen. Fünf seiner Schafe sind kürzlich von einem dieser Raubtiere gerissen worden. Das haben die Untersuchungen der Wolfsbeauftragten eindeutig ergeben. Im Wald gab es zudem mehrfach Funde von Wildkadavern, die nach Ansicht der im Revier tätigen Jäger ebenfalls auf das Konto eines Wolfs gehen.«

Oder auf das von streunenden Hunden fügte Hella in

Gedanken hinzu. Sie schüttelte missbilligend den Kopf. Sofern die Risse nicht untersucht worden waren, waren das alles nur haltlose Spekulationen.

»Das mysteriöse Verschwinden der kleinen Valerie gibt ebenfalls Rätsel auf. Die Ermittlungen der Polizei dauern zwar noch an. Aber wir müssen damit rechnen, dass auch sie Opfer eines Wolfsangriffes wurde.«

Hella rollte die Augen. Lieber Gott, lass Hirn vom Himmel regnen, dachte sie.

»Mit anderen Worten: Der Wolf entwickelt sich zu einer zunehmenden Gefahr, sowohl für unsere Land- und Forstwirtschaft als auch für die Jäger, die Touristen und nicht zuletzt natürlich für Sie, werte Mitbürgerinnen und Mitbürger. Aber seien Sie unbesorgt: Dem werden wir nicht tatenlos zuschauen. Und ich bin dir, lieber Christoph, sehr dankbar, dass du dich dafür starkgemacht hast, eine Bürgerinitiative ins Leben zu rufen, die unseren Ortsbeirat nach Kräften unterstützen wird, um unserem Wunsch nach einem verbesserten Wolfsmanagement bei der Landesregierung in Wiesbaden Nachdruck zu verleihen.« Der Ortsvorsteher wies mit seinem ausgestreckten Arm in die vorderste Reihe.

Hella konnte nicht erkennen, wem die Geste galt.

»Für alle, die sich der Initiative anschließen möchten, liegt eine Liste im Vorraum der Kirche aus. Bitte hinterlassen Sie dort Ihren Namen und Ihre E-Mail-Adresse oder eine Telefonnummer, unter der wir Sie erreichen können.«

Geraune setzte ein. Die Ersten drängten bereits nach vorn, um die Treppenstufen zum Kirchenportal zu erklimmen, darunter auch Hellas Nebenmann.

»Ein Letztes noch«, hielt der Ortsvorsteher sie auf. »Bis wir wissen, wie es weitergeht, möchte ich Sie bitten, Kinder und Hunde nicht unbeaufsichtigt im Freien herumlaufen zu lassen. Außerdem haben wir beschlossen, unseren Waldkindergarten vorübergehend zu schließen. Die Eltern sind schon informiert und tragen diese Entscheidung mit.«

Hella lachte laut auf. Doch sie war die Einzige.

Als der Beifall verebbt war und die Menge sich nach und nach auflöste, wurde Hella auf zwei Männer aufmerksam, die am Rand des Kirchgartens unter einem schattigen Busch standen. Sie schienen in eine hitzige Diskussion verwickelt zu sein.

Hella zog Jagger mit sich, der ihr nur widerstrebend folgte, da seine Aufmerksamkeit einer kleinen gescheckten Hündin galt, die unentwegt kläffte, und setzte sich auf das Mäuerchen, das das Kirchengrundstück umgab. Sie zog ihr Handy hervor und gab vor, ihre neu eingegangenen Nachrichten abzurufen, während sie die Männer aus den Augenwinkeln beobachtete und ihre Ohren weit aufsperrte.

»Ihr könnt doch die Wölfe nicht zum Sündenbock für eine verfehlte Landwirtschaftspolitik machen«, ereiferte sich der Dunkelblonde. Seine Augen waren von einem auffallend strahlenden Blau. Wenn dem mal nicht reihenweise die Frauen zu Füßen lagen, dachte Hella.

Der andere lachte abfällig, schien jedoch nicht minder erregt. »Ihr mit eurer scheiß Wolfsromantik. Ihr glaubt wohl, ihr hättet die Weisheit mit Löffeln gefressen, von wegen Biodiversität und so. Wir haben die Schnauze voll, von den Sesselfurzern aus Wiesbaden mit warmen Worten hingehalten zu werden. Wenn wir die Wolfsbestände nicht durch Abschuss reduzieren dürfen, verschwindet die Weidetierhaltung über kurz oder lang aus dem Vogelsberg.«

Hella tippte, dass beide Männer etwa gleich alt waren, wenngleich Letzterer mit den dunklen Ringen und

Tränensäcken unter den Augen und dem Bauchansatz, der sich unter seinem grünen Hemd abzeichnete, älter wirkte.

»Als ob es dich interessieren würde, ob du Wölfe regulär bejagen darfst? Du knallst auch ohne Erlaubnis jeden Wolf ab, der dir über den Weg läuft. Da gehe ich jede Wette drauf ein«, herrschte der Dunkelblonde ihn an. »Hast den Finger ja schon immer locker am Abzug gehabt.«

»Hüte deine Zunge, Kutscher«, erboste sich der andere. Er schob den Unterkiefer vor und ballte die Fäuste.

»Mensch Markus, denk doch mal nach«, versuchte sein Gegenüber ihn zu besänftigen. »Eine Obergrenze für Wölfe ist völliger Humbug. Wenn du einen Wolf schießt, übernimmt bald der nächste sein Territorium. Durch einen unkontrollierten Abschuss läufst du außerdem Gefahr, auch solche Wölfe zu erlegen, die sich ausschließlich von Wild ernähren. Sesshafte Wölfe, die keine Weidetiere angreifen, sind aber das Beste, was euch passieren kann, auch auf lange Sicht, da der Nachwuchs von den Eltern lernt, dass es nichts bringt, Nutztiere zu reißen. Wohingegen niemand weiß, ob ein neu einwandernder Wolf das ebenso macht. Das kannst du doch nicht ernsthaft wollen. Oder beabsichtigst du, die Wölfe wieder ganz auszurotten?« Er sah seinen Kontrahenten herausfordernd an. »Bei der Wilddichte, die wir im Vogelsberg haben, ist es außerdem gut, wenn die Wölfe dazu beitragen, die Wildbestände zu regulieren. Die Förster beklagen sich doch dauernd darüber, dass der Schaden an den Bäumen durch den Verbiss von Rehen und Rotwild zunimmt. Und ihr Bauern jammert in einem fort, dass die Wildschweine eure Ernten vernichten.«

Der andere winkte ab und wandte sich zum Gehen.

Doch der Blonde war noch nicht fertig. »Ach, und bevor ich es vergesse ..., betreibt endlich vernünftigen

Herdenschutz. Wenn der Brunner nicht zu faul gewesen wäre, seine Zäune richtig zu sichern und regelmäßig zu kontrollieren, würden alle seine Schafe heute noch leben.«

Der Untersetzte blieb für einen Moment wie versteinert stehen und machte dann auf dem Absatz kehrt. Mit hochrotem Gesicht baute er sich vor seinem Kontrahenten auf. »Pass mal auf, du Dummschwätzer: Wenn du unbedingt Wölfe hier haben willst, dann kannst du ja mit deinem scheiß Verein die Zäune bauen und uns den Schaden bezahlen, wenn die Viecher sich trotzdem an unseren Tieren vergreifen. Kapiert?«

Der Blonde lachte höhnisch, wich aber nicht zurück. »Nee, mein lieber Markus, so einfach ist die Sache nicht. Darf ich dich daran erinnern, dass ihr gesetzlich dazu verpflichtet seid, eure Herden zu schützen und das nicht erst, seitdem es wieder Wölfe in der Gegend gibt. Eurer Verantwortung für eure Tiere nicht nachkommen wollen, aber immer schön die Hand aufhalten. Das könnt ihr.« Sein Zeigefinger schnellte Richtung Brust des anderen.

Der machte daraufhin einen weiteren Schritt auf sein Gegenüber zu. Hella fürchtete schon, dass der Streit in eine Schlägerei ausarten würde. Doch im letzten Moment besann sich der Untersetzte. »Ach, leck mich doch am Arsch!«, knurrte er mit vor Zorn bebender Stimme und ging endgültig davon.

»Du mich auch!«, brüllte der Blonde ihm hinterher und zog dann ebenfalls von dannen.

»Entschuldigung. Dürfte meine Tochter ihren Hund streicheln?«

Hella wandte sich nach links. Neben ihr stand eine junge Mutter. Sie trug knappe Shorts und ein weißes enganliegendes Top, das ihre Oberweite betonte. In ihrem Dekolleté baumelte ein mit buntem Strass besetzter

Anhänger in Form einer Libelle. Ihre Arme und Beine waren leicht gebräunt. Die Mittagssonne hatte ihre Wangen zum Glühen gebracht. An ihrer rechten Hand hielt sie ein Mädchen. Es himmelte Jagger an.

»Ja, klar. Sehr gerne.« Hella sprang von dem Mäuerchen und hockte sich vor das Kind.

»Alina kann einfach an keinem Hund vorbeigehen, ohne ihn anzufassen.« Die Mutter ging ebenfalls in die Hocke. Sie hatte ein nettes, offenes Gesicht.

Hella lächelte sie an und wandte sich dann an die Kleine. »Jagger liebt Kinder ... Schau, am besten kraulst du ihn hier.« Sie nahm eine Hand des Mädchens und legte sie auf den Rücken des Terriers. Alina patschte eifrig drauflos und juchzte vergnügt. Als Jagger ihr seinen Kopf zudrehte, um sie zu beschnüffeln, wandte sie sich kichernd ab und schmiegte sich an ihre Mutter.

»Du musst keine Angst haben, Süße. Der tut dir nichts«, beruhigte die sie.

»Wer waren die zwei Männer da eben?«, fragte Hella.

»Die beiden, die sich gestritten haben?«

Hella nickte.

Das Mädchen wagte einen neuen Vorstoß. Diesmal tätschelte sie Jaggers Kopf. Der Rüde ließ die unbeholfenen Liebkosungen mit stoischer Gelassenheit über sich ergehen.

»Langsam, Mäuschen«, ermahnte ihre Mutter sie und hielt ihre Hand fest. »Und nicht in die Augen fassen, hörst du?« Sie ließ die Hand wieder los. »Der Dunkelhaarige mit dem grünen Hemd, das war Markus Gottlob. Seinem Vater gehört der große Hof am nördlichen Ortsausgang.«

»Und der andere?«

»Der andere. Das ist Mario, ... Mario Kutscher. Er ist gelernter Schreiner und arbeitet beim Naturschutzbund.«

Hella hatte den Eindruck, dass sich das Rot auf den Wangen der Frau ein klein wenig vertiefte. Frauenschwarm, sag' ich doch, dachte sie.

»Die Zwei scheinen ja nicht die besten Freunde zu sein?«

»Früher schon. Sie sind zusammen zur Schule gegangen und waren echt dicke Kumpels. Aber jetzt ...« Die junge Frau zuckte mit den Schultern.

»Und dieser Christoph, der die Bürgerinitiative gegründet hat: Wer ist das?«

Ein Zitronenfalter schwebte vorbei, ließ sich auf eine lila Blüte nieder, wackelte ein paar Mal mit seinen Flügeln und setzte anschließend seinen Flug fort.

»Sie meinen Christoph Pranschke?« Als Hella nicht widersprach, redete die junge Mutter weiter. »Der ist ebenfalls Landwirt und betreibt den Hofladen am Herchenhainer Weg. Viele von uns kaufen bei ihm ein: Obst, Gemüse und frisches Biofleisch vom Lamm und vom Rind.«

»Mmh, das klingt gut. Ich glaube, da werde ich auch mal hingehen. Wo finde ich den Laden?«

»Am Ortsende ein Stück in die Richtung.« Die Frau wies nach Südwesten.

Alina hatte das Interesse an Jagger verloren und widmete sich dem Pflücken von Gänseblümchen. Freudestrahlend hielt sie ihrer Mutter einige halb zerquetschte Stängel hin.

Die Frau nahm ihrer Tochter das mickrige Sträußchen ab. »Danke, meine Süße. Das ist aber lieb von dir.«

»Haben die Landwirte eigentlich alle einen Jagdschein?«, fragte Hella.

»Einen Jagdschein? ... Da bin ich überfragt. Warum wollen Sie das wissen?«

»Ich dachte nur, wo es hier so viel Wild gibt ...« Was Hella wirklich dachte, verriet sie lieber nicht.

14

Er stellte den Fuß auf den Rand des Blatts, umklammerte mit beiden Händen fest den langen Holzstiel und trieb den Spaten ein weiteres Mal in den Waldboden. Der mit Laub und Nadeln durchmischte Humus flog mit Schwung an ihm vorbei, als er die Fuhre nach oben beförderte, und landete auf dem kleinen Hügel, der sich am Rand der Grube auftürmte. Je tiefer er in das fruchtbare, feuchte Erdreich vorstieß, umso schneller ging ihm die Arbeit von der Hand.

Er hatte die Stelle mit Bedacht gewählt. Hier war der Boden nur wenig mit Wurzeln durchsetzt, was es ihm relativ einfach machte, das Grab auszuheben. Außerdem lag der Ort tief im Innern des Waldes verborgen. Gewiss würde sich kaum jemand hierher verirren.

Stets suchte er abgelegene Plätze wie diesen als letzte Ruhestätte für die aus, deren Existenz er nach sorgfältiger Prüfung für immer und ewig ausgelöscht hatte. Das war er ihnen schuldig.

Wie viele hatte er wohl schon zu Grabe getragen? Er wusste es nicht; er hatte sie nie gezählt.

Erde zu Erde, dachte er, während er in einem gleichmäßigen Rhythmus weiter schaufelte, begleitet vom Rauschen der Baumkronen, die im Wind hin und her torkelten, wie eine Horde Betrunkener. Die sterblichen Überreste eines Lebewesens gehörten für ihn zurück in den Naturkreislauf und nicht in eine Urne. Der mineralhaltige Waldboden war zudem wie geschaffen dafür, organisches Material, egal ob pflanzlichen, tierischen oder menschlichen Ursprungs, in relativ kurzer Zeit zu zersetzen. Sollte er eines Tages das Zeitliche segnen, dürfte es niemand wagen, seine Leiche einzuäschern. Das hatte er frühzeitig so verfügt.

Neugierig beschnüffelte der Hund das am Rand der Grube liegende Wesen, das an diesem friedvollen Ort seine ewige Ruhe finden sollte. Das Aroma des Todes entströmte dem schlaffen Leib. Nur zu gerne hätte er seine Zähne in das zarte, aasige Fleisch geschlagen. Doch er wusste: Dafür setzte es Hiebe. Instinktiv wich er einige Schritte zurück und sah seinen Herrn unterwürfig an, als fürchte er, dass allein der Gedanke strafbar wäre.

Aus der Ferne hallte der stakkatoartige Warnruf eines Rehs weit hörbar durch den Wald. Nachdem wieder Stille eingekehrt war, trieb sich der Mann zur Eile an. Die Schatten der Bäume wurden von Minute zu Minute länger. Bald würde die Dunkelheit hereinbrechen.

Spatenhieb für Spatenhieb arbeitet er sich weiter vor. Erst, als nur noch sein Oberkörper und Gesäß aus der Grube schauten, erlaubte er sich eine kurze Pause. Mit dem Ärmel wischte er sich über die schweißnasse Stirn und schnaufte vernehmlich. Eine dunkle Spur malte sich auf seiner rechten Wange ab, als er den Arm wenig später wieder senkte, um fortzufahren.

Als er endlich fertig war, warf er den Spaten aus dem Loch. Anschließend kletterte er selbst hinaus, hob das leblose Bündel hoch und bettete es, am Rand der Grube kniend, behutsam auf dem Grund. Kurz verweilte sein Blick auf dem toten Wesen, als spräche er ein stummes Gebet, bevor er sich daranmachte, die lose Erde zurück ins Loch zu schaufeln.

Nach einer knappen halben Stunde war es geschafft. Mit dem Spaten klopfte er die Oberfläche fest, verteilte Laub und Äste auf dem Grab, bis es sich nicht mehr von seiner Umgebung abhob, und wandte sich dann zum Gehen. Auf einen schrillen Pfiff hin eilte sein Hund, der die letzten

Minuten zum Stöbern genutzt hatte, herbei und gemeinsam bestiegen die beiden zehn Minuten später den dunkelgrünen Pkw, der auf einem Forstweg im Schatten einer uralten Eiche parkte.

15

Der abendliche Gesang der Vögel war längst verstummt, als Bernd die Papiere zur Seite schob und aufstand, um sich ein kaltes Bier zu holen. In der Küche roch es abgestanden. Er hatte es seit seiner Rückkehr nach Wiesbaden vermieden, zu lüften, um die drückende Schwüle auszusperren. Nun aber riss er das Fenster weit auf und ließ die schwere, nach Rosen duftende Abendluft herein.

Mit einem leisen Zischen hebelte er den Kronkorken vom Flaschenhals, ließ ihn zusammen mit dem Flaschenöffner achtlos auf die Küchenanrichte fallen und setzte die Bierflasche an. Kühl rann der Gerstensaft seine Kehle hinunter. Durch das geöffnete Fenster drang Lachen herein, untermalt vom Geigenspiel der Grillen. Bernds Blick wanderte in die Dunkelheit. Ein Pärchen lief engumschlungen vorbei. Bernd folgte ihm mit den Augen und wischte dabei geistesabwesend mit den Fingern über das Kondenswasser, das sich auf dem Bauch der Bierflasche gebildet hatte. Etwas weiter die Straße hinunter blieben die beiden stehen und küssten sich leidenschaftlich. Bernd spürte Sehnsucht nach Hella in sich aufsteigen. Schnell wandte er sich ab und widmete sich weiter dem Studium der Papiere, die ausgebreitet auf dem Küchentisch lagen und die er sich aus dem Präsidium mitgebracht hatte.

Nach seinem Besuch bei der Landeszentralbank war er mit den markierten Geldscheinen umgehend nach Herbstein zurückgefahren, um sie dort abzuliefern. Danach war er sofort wieder nach Wiesbaden aufgebrochen, um die Spur, die er aufgetan hatte, weiterzuverfolgen. Es hatte ihn nur zwei Anrufe gekostet, um einen Verdächtigen ausfindig zu machen, der hinter dem Erpressungsversuch der Kleinkes stecken könnte. Arnim Breitwieser hieß der Kerl. Die Fülle an Taten, die der Sechsundzwanzigjährige auf dem Kerbholz hatte, war beachtlich: sieben Einbrüche in Schrebergartenlauben, drei Schlägereien, zwei Messerstechereien und nicht zuletzt ein erpresserischer Raub. Der lag nun knapp sechs Jahre zurück. Breitwieser hatte eine Tankstelle in Schierstein überfallen und die Kassiererin mit einem Messer bedroht. Ein Augenzeuge hatte glücklicherweise rechtzeitig die Polizei alarmiert, sodass Breitwieser kurz nach der Tat gefasst werden konnte. Dirk Kleinke war bei dem dann folgenden Prozess als Staatsanwalt aufgetreten. Den Akten zufolge war Breitwieser schon sehr früh straffällig geworden, was nach Meinung seines Verteidigers dessen schwierigem Elternhaus geschuldet war. Bernd knurrte, von Unmut erfüllt, leise vor sich hin. Es widerstrebte ihm zutiefst, wenn eine saufende Mutter und ein prügelnder Vater als alleinige Entschuldigung für den Sturz eines Menschen ins soziale Abseits herhalten mussten. Auch er hatte eine schwierige Kindheit gehabt und war dennoch nicht auf kriminelle Abwege geraten: Scheidungskind mit acht; sein Erzeuger fortan von der Bildfläche verschwunden, derweil seine Mutter ihren Kummer zwar nicht in Alkohol ertränkt, sich aber mit ständig wechselnden Liebschaften aus ihrer Verzweiflung zu retten versucht hatte. Keiner der Liebhaber hatte es vermocht, Bernd den schmerzlich vermissten Vater zu ersetzen. Im Gegenteil: Er hatte sich stets wie das fünfte Rad am Wagen gefühlt - ungewollt, ungeliebt und bisweilen so lästig wie eine Stubenfliege. Schon früh war der Wunsch in ihm gereift, es später besser zu machen. Das war ihm zwar nicht ganz gelungen. Seine erste Ehe war gescheitert. Aber wenigstens hatten er und Sybille keine Kinder in die Welt gesetzt, die unter ihrer Trennung leiden mussten. Und auch mit Hella würde es in dieser Hinsicht keine Probleme geben. Das stand fest. Mehrfach hatte sie ihm gegenüber beteuert, dass sie keinen späten Kinderwunsch verspürte. Ach Hella, geliebte Hella!

Bernd riss sich aus seinen Gedanken und blätterte weiter durch die Unterlagen. Kleinke war es gelungen, das Gericht davon zu überzeugen, Breitwieser zu der von ihm geforderten Höchststrafe von fünf Jahren und vier Monaten zu verdonnern, nicht zuletzt auch wegen dessen krimineller Vorgeschichte. Die Beweislage im Tankstellenfall war überdies erdrückend gewesen. Bei der Urteilsverkündung hatte Breitwieser damit gedroht, es Kleinke irgendwann heimzuzahlen. Er hatte folglich ein starkes Motiv. Und seit knapp acht Wochen war er wieder auf freiem Fuß.

Bernd schlug die Akte zu und sah noch einmal hinaus. Das Pärchen war verschwunden. Nur die eintönige Melodie der Grillen stieg weiterhin in den sternenklaren Nachthimmel auf. Er schloss das Fenster und stellte die leere Bierflasche in die Getränkekiste neben dem Kühlschrank, wobei er feststellte, dass er dringend Nachschub besorgen musste.

Rund fünfundzwanzig Minuten später parkte er seinen Wagen vor einem großen Wohnblock in der Hermann-Brill-Straße in Wiesbaden-Klarenthal. Hier war Breitwieser zuletzt gemeldet gewesen. Hochhäuser und langgestreckte Betonburgen prägten das Bild der Trabantenstadt. Der Ortsbezirk war als Problemviertel verschrien, was dem Viertel angesichts der vielen mittleren und guten Wohnlagen jedoch nicht gerecht wurde. Klarenthal profitierte von einer traumhaft grünen Lage. Selbst hinter der Siedlung, in der Bernd sich gerade befand, erstreckten sich dichtbewaldete Taunushänge. Und ganz in der Nähe befanden sich die Reste des Klosters, das dem Ortsteil seinen Namen gegeben hatte.

Bernd stieg aus und lief auf das sechzehn Stockwerke zählende Gebäude zu. Seine Augen suchten die unzähligen Namen auf dem in Edelstahl eingefassten Klingeltableau ab. Schon nach kurzer Zeit wurde er fündig. Breitwieser wohnte im obersten Stockwerk. Die Haustür ging auf und eine junge Frau mit Piercings in Nase und Lippen, einem bauchfreien Top und einer enganliegenden schwarzen Hose bekleidet, verließ das Gebäude. Bevor die Tür wieder hinter ihr ins Schloss fiel, schlugen Bernd Zigarettenrauch und der Duft nach verbranntem Essen aus dem Treppenhaus entgegen.

Er kehrte zu seinem Auto zurück, von dem aus er einen direkten Blick auf den Eingang hatte, und rief sich noch einmal das Aussehen des Mannes vor Augen, den er observieren wollte: Auf den Polizeifotos trug Breitwieser eine Undercut-Frisur und einen dunklen Dreitagebart. Er war schlank, fast schlaksig, und mit einem Meter und fünfundneunzig auffallend groß. Sein rechtes Ohr stand leicht ab. Bernd ließ seine Augen am Gebäude entlang nach oben schweifen. In vier der Fenster in der obersten Etage brannte Licht. Er ging davon aus, dass eins davon zu Breitwiesers Wohnung gehörte. Er schaute auf seine Armbanduhr: 23 Uhr 07. Er ließ die vorderen Wagenfenster ein wenig herunter und machte es sich auf dem Fahrersitz so bequem wie möglich. Von irgendwoher wehten Hip-Hop-Klänge und die Stimmen grölender Jugendlicher zu ihm herüber, vermischt mit Straßenlärm und den typischen Geräuschen einer Vorstadt.

Fast zwei Stunden lang passierte kaum etwas. Ein älterer Herr war von seiner nächtlichen Gassirunde mit seinem Dackel zurückgekehrt. Und vor etwa zwanzig Minuten hatten zwei Männer, beide bedeutend kleiner als Breitwieser, das Haus verlassen und waren etwas weiter die Straße hinunter in ein Auto gestiegen und mit quietschenden Reifen davongefahren. Hinter den meisten Fenstern war es inzwischen dunkel geworden.

Bernd streckte sich und ließ seinen Kopf kreisen. Seine Halswirbel knackten leise. Müdigkeit übermannte ihn und er ärgerte sich darüber, dass er keine Thermoskanne Kaffee mitgenommen hatte. Er gähnte und rieb sich mit beiden Händen über das Gesicht.

Als er die Augen wieder nach draußen richtete, sah er eine schlanke, hoch aufgeschossene Gestalt in Begleitung einer Frau den Gehsteig entlangkommen.

Breitwieser.

Adrenalin flutete schlagartig Bernds Adern und er war hellwach.

Breitwieser hatte sich kaum verändert. Seine Haare waren an den Schläfen und im Nacken noch immer bis auf wenige Millimeter herunter rasiert, nur der Bart fehlte. Die Blondine, die er im Schlepptau hatte, trug einen Minirock und ein schwarzes Oberteil mit Spitzenbesatz am Ausschnitt und den Ärmeln. Ihre Beine waren so dünn wie Stelzen. Es war nicht zu übersehen, dass sie sturzbetrunken war. Sie lallte unentwegt, während sie beim Gehen fast über ihre eigenen Füße stolperte, die in einem Paar schwarzer Sandalen mit Plateauabsatz steckten. Vor der Haustür geriet sie vollends ins Straucheln und wäre der Länge nach hingeschlagen, hätte Breitwieser sie nicht im letzten Moment unsanft am Arm gepackt und hochgerissen.

»Aua, du tust mir weh!«, schrie sie auf.

»Was musst du dich auch so besaufen?«, fuhr Breitwieser sie an, woraufhin sie sich kichernd an seinen Hals klammerte und ihm irgendwelche unverständlichen Laute ins Ohr gurrte.

»Lass das!« Breitwieser befreite sich mit einer energischen Geste aus der Umklammerung und kramte in seiner Hosentasche nach dem Hausschlüssel.

»Mein schöner, süßer Arnim«, lallte die Blondine, an den gläsernen Eingangsbereich gelehnt. »Bald bist du ein stinkreicher Mann. Bestimmt lässt du dann, wenn ich ganz lieb zu dir bin, regelmäßig deine Spendierhosen für mich herunter, nicht wahr?« Sie versuchte, einen Kussmund zu machen, was ihr gründlich misslang und ihrem Gesicht etwas Fratzenhaftes verlieh, woraufhin sie in ein lautes Prusten verfiel, den rechten Arm ausstreckte und mit dem Zeigefinger auf Breitwiesers Hintern wies. Die unkoordinierte Bewegung brachte sie erneut gefährlich aus dem Gleichgewicht.

»Jetzt halt endlich deine dumme Fresse!« Breitwieser stieß die Tür auf und zerrte sie ungehalten mit sich in den Hausflur.

In Bernd fing es an zu arbeiten. Was hatte die Blondine da eben gesagt? Breitwieser wäre bald ein stinkreicher Mann? Bernd glaubte nicht, dass Breitwieser es mittlerweile vorzog, auf ehrliche Art sein Geld zu verdienen. Entweder plante der Kerl einen neuen Überfall oder aber er war tatsächlich der Mann, der Dirk Kleinke angerufen und ihn erpresst hatte. Aber wo war Valerie? Und handelte Breitwieser allein? Oder machten er und die wasserstoffblonde Tussi gemeinsame Sache? Er musste dringend mit Frensdorf sprechen. Sie brauchten mehr Kräfte.

Kurz darauf verschwanden Breitwieser und seine Begleiterin aus Bernds Blickfeld. Einige Minuten später sah er, wie hinter einem der Fenster in der obersten Etage ein weiteres Licht an- und kurze Zeit später wieder ausging. Bernd mutmaßte, dass dies die Wohnung von Breitwieser war. Er informierte Frensdorf und blieb noch bis zum Morgengrauen auf seinem Posten stehen. Dann fuhr er heim. Breitwieser hatte sich nicht mehr blicken lassen.

16

Hella las sich die Liste mit den Namen, die sie sich aus dem Gedächtnis notiert hatte, noch einmal durch. Hinter jedem Namen hatte sie ein paar Stichworte vermerkt.

Jochen Brunner: Landwirt/Schäfer, mehrere Schafe durch Wolf verloren, Adresse? Wolfsmörder?

Christoph Pranschke: Landwirt, Hofladen Herchenhainer Weg, Gründer einer Bürgerinitiative contra Wolf

Mario Kutscher: Schreiner, Mitglied im Umwelt- und Naturschutzverein Herbstein, Wolfsbefürworter, ehem. Klassenkamerad von M. Gottlob

Markus Gottlob: Sohn vom Hofbesitzer, Hof nördlicher Ortsausgang (Adresse?), Jäger, Wolfsgegner, Hitzkopf

Sie steckte den Zettel in die vordere Beintasche ihrer Trekkinghose, faltete den Wanderplan zusammen und stopfte ihn mitsamt einem Apfel, einer Flasche Wasser und einer Rolle Pfefferminzpastillen in ihren Rucksack.

»Auf, Jagger! Dann wollen wir uns mal ein wenig umschauen.« Sie schulterte den Rucksack und straffte die Gurte.

Ihr erstes Ziel war der Hofladen von Pranschke. Von ihrer Ferienwohnung bis dorthin waren es rund acht Kilometer. Sie entschied, mit dem Bus bis in den südwestlich vom Herbsteiner Ortskern gelegenen Vorort Lanzenhain zu fahren, und von dort dem Herchenhainer Weg zu Fuß die verbleibenden Kilometer bis zum Hofladen zu folgen. Später konnte sie mit Jagger immer noch den gesamten Weg zurücklaufen.

Sie wollte bei Pranschke ein paar Lebensmittel kaufen und ihn bei der Gelegenheit ein wenig über die Bürgerinitiative aushorchen. Sie hoffte, darüber hinaus erfahren zu können, wo sich der Brunnersche Hof befand.

Es konnte nicht schaden, wenn sie dessen Schafhaltung selbst in Augenschein nahm.

Als sie aus dem Haus trat, empfing sie traumhaftes Frühsommerwetter. Sonne und Wolken lieferten sich ein Wechselspiel aus Hell und Dunkel und ein angenehm kühler Wind wehte aus Norden.

Gut gelaunt machte Hella sich auf den Weg. Während des Fußmarsches nach der kurzen Busfahrt genoss sie die Landschaft. Die Witterung der jüngsten Zeit hatte dafür gesorgt, dass die Natur über Nacht regelrecht explodiert war. Auf den Wiesen standen die Gräser in voller Blüte und das leuchtende Rot des ersten Mohns sowie das strahlende Blau jungfräulicher Kornblumen erfreuten ihr Auge.

Nach einer knappen Dreiviertelstunde hatten sie und Jagger den Hofladen erreicht. Eine Kundin verließ soeben das Geschäft, nickte Hella kurz zu und schwang sich dann auf ihr Fahrrad.

Auf der betonierten Zufahrt parkte ein dunkelgrauer Mitsubishi Pajero. An der Anhängerkuppel war ein verzinkter Korb befestigt, der bei Jagger starkes Interesse weckte, denn er fuhr mehrmals mit der Nase schnüffelnd an den Metallstäben entlang. Auf dem Heckträger war offenbar erst kürzlich Wild transportiert worden. Da niemand in der Nähe war, warf Hella einen schnellen Blick ins Wageninnere. Der hintere Teil war durch ein Hundegitter vom Rest abgetrennt und mit einer Decke ausgelegt. An einem der rückwärtigen Fenster hing eine olivgrüne Fleecejacke. Ein Lodenhut, über dessen Krempe ein breites Lederband verlief, lag auf dem Beifahrersitz.

Hella drehte sich wieder um und nahm die nähere Umgebung ins Visier. Als sie um die Ecke des Gebäudes schielte, stieß sie einen Schreckenslaut aus. Mitten auf dem angrenzenden Rasen unter einer kleinen Baumgruppe stand ein riesiges Wildschwein und funkelte sie wütend an. Der Keiler, aus dessen Unterkiefer mächtige Hauer ragten, hatte sein Haupt leicht gesenkt. Die Borsten in seinem Nacken waren hoch aufgerichtet. Es sah aus, als würde er jeden Moment zum Angriff übergehen. Jagger baute sich neben Hella auf und knurrte leise.

»Deinen Heldenmut in Ehren. Aber spar dir den lieber für eine echte Wildsau auf«, gluckste Hella, als sie merkte, dass sich der Keiler nicht vom Fleck rührte. »Das Tier da ist aus Holz ... Aber Respekt. Hier scheint jemand sein Handwerk zu verstehen.« Sie wandte sich zum Eingang des Hofladens, band Jagger neben der schwarzen Schiefertafel an, auf der in weißer Kreideschrift tagesfrischer Spargel angepriesen wurde, und betrat das Geschäft.

Es war leer. Hinter der Ladentheke befand sich ein weiterer Raum. Durch die geöffnete Tür hörte Hella einen Mann reden. Da sie keine weitere Stimme vernahm, ging sie davon aus, dass der Mann telefonierte. Sie griff sich den obersten der neben dem Eingang gestapelten Körbe und begann ihn zu füllen. Die Ware sah frisch und verlockend aus und bevor sie sich versah, hatte sie ein Pfund Spargel, vier Zwiebeln, ein Schälchen Erdbeeren, fünf Tomaten, sechs Eier, ein Paket Nudeln, einen Laib selbstgebackenes Brot sowie zwei verschiedenen Sorten Käse aus dem rückwärtigen Kühlfach nebst einer Flasche Rotwein eingepackt.

»Kann ich helfen?«, hörte sie plötzlich eine tiefe Stimme hinter sich.

Lächelnd drehte Hella sich um.

Mitten im Raum stand ein extrem korpulenter Mann mit einem grobschlächtigen Gesicht. Er wirkte ein wenig kurzatmig, was Hella angesichts seiner Leibesfülle nicht wunderte. Seine nackten, geschwollenen Füße, die in offenen Sandalen steckten, wiesen eine ungesunde Farbe auf, die von schweren Durchblutungsstörungen zeugte.

»Guten Morgen«, antwortete Hella. »Mir wurde gesagt, Sie hätten auch frisches Biofleisch?« Sie ließ die Worte in einem Fragezeichen enden. Sein knappes »Hm«, das er ihr zur Antwort gab, deutete sie als *Ja*.

»Wildschwein, Rehwild, Damwild oder Lamm?«, fragte er nach einer kleinen Pause, da sie nicht fortfuhr. In seiner Stimme lag ein Hauch Ungeduld.

»Ach so ... ja, ... Lamm klingt fantastisch.«

Der Mann starrte sie unverwandt an. Seine raumfüllende Gestalt strahlte zunehmend etwas Abweisendes aus.

Irritiert starrte Hella zurück. »Ja?«

»Ei, was möchten Sie denn: Lammschulter, Lammkeule, Lammkoteletts?«, zählte der Mann ungehalten auf und ließ dabei seine linke Hand kreisen.

»Ah, natürlich ... Entschuldigung ... Ich ..., äh, ich nehme ... zwei Lammkoteletts«, stammelte Hella.

Der Mann watschelte schwerfällig wieder in den hinteren Raum.

»Züchten Sie die Schafe selbst?«, rief sie ihm hinterher, erhielt aber keine Antwort. Als er zurückkehrte, hatte er die beiden Koteletts dabei, knallte sie auf den Verkaufstresen und stopfte sie anschließend in einen Plastikbeutel. Mit einer Geste forderte er Hella auf, ihr den Korb zu geben. »Das war's?«

Hella nickte und reichte ihm den Einkaufskorb. Im selben Moment betrat eine Frau den Laden.

»Ei Guude, Christoph.«

»Gude, Margot ... Das macht 34,98 Euro«, sagte er an Hella gewandt.

Christoph – offenbar hatte Pranschke persönlich sie bedient. Hella legte vierzig Euro auf den Tresen, nahm das Wechselgeld entgegen und verließ enttäuscht das Geschäft. Hier kam sie nicht weiter.

Sie hatte den Hof kaum hinter sich gelassen, als ihr Handy klingelte.

»Guten Morgen Frau Roth. Sind Sie schon in Herbstein?«

»Ja. Ich bin vor einer Viertelstunde angekommen. Wo stecken Sie gerade?«

Hella erzählte Friederike von ihrem Ausflug und dem Einkauf und schloss mit den Worten. »Ich hatte gehofft, von Pranschke zu erfahren, wo der Hof von diesem Brunner ist. Aber Fehlanzeige. Der redet nicht mehr als notwendig.«

»Das lässt sich bestimmt gleich ändern.« Friederike klang zuversichtlich. »Ich melde mich wieder bei Ihnen und sammele Sie dann ein.«

»Wunderbar. Sie schickt der Himmel.«

***

Nachdem Hella aufgelegt hatte, ging sie weiter in Richtung Felder, bis sie einige hundert Meter vor sich eine eingepferchte Schafherde an einem Hang weidend entdeckte. Die Herde war ziemlich groß. Hella schätzte, dass sie zwei- bis dreihundert Tiere umfasste, darunter einige schwarze Schafe und zahlreiche Lämmer. Unter all den gelockten Leibern befand sich weder ein Schäfer noch ein Hüte-, geschweige denn ein Herdenschutzhund.

Hella steuerte einen Baumveteranen an, eine mächtige Buche, die über die Jahrhunderte der intensiven Beweidung standgehalten hatte und heute einen idealen Witterungsschutz darstellte, und ließ sich an seinem Fuße nieder. Sie holte die Schale mit den Erdbeeren aus dem Rucksack und führte die erste Frucht zum Mund. Genussvoll schlossen sich ihre Lippen um die saftig rote Beere. Das süße Aroma kitzelte ihre Geschmacksnerven. »Hm, sind die lecker«, nuschelte sie. Es dauerte keine zehn Minuten und sie hatte das gesamte Schälchen geleert. Schläfrig von der Mittagssonne lehnte sie sich an den dicken Stamm des Hutebaums, streifte sich ihre Sneakers von den Füßen und schloss die Augen. Sie nickte augenblicklich ein.

Schon kurze Zeit später weckte sie das Geräusch blökender Schafe. Blinzelnd blickte sie in die Herde, um auszumachen, was die Unruhe ausgelöst haben könnte, bis ihre Augen plötzlich an einem spekulatiusbraunen Etwas hängenblieben.

»Verdammt! Jagger!« Hella sprang auf die Füße. »Was machst du da?« Sie spurtete los. In der Eile verzichtete sie darauf, ihre Sneakers anzuziehen. »Bist du wahnsinnig!«

»Komm gefälligst da raus«, brüllte sie, als sie den Pferch erreichte. Doch Jagger flitzte munter zwischen den Schafen hin und her, die sich immer wieder schützend um die Lämmer gruppierten, und beachtete Hella nicht.

Hektisch umrundete Hella den Weidezaun auf der Suche nach einem Loch, während sich die harte, von Vulkangestein durchsetzte Erde schmerzhaft in ihre Fußsohlen bohrte. Aber da war kein Durchschlupf. Jagger konnte nur durch einen Sprung in die Umzäunung gelangt sein.

»Du blöder Köter«, fluchte sie, »*Mach, dass du da rauskommst. Und zwar schnell.*«

Doch Jagger dachte nicht daran, ihr den Gefallen zu tun.

Es half alles nichts. Sie musste sich ebenfalls in die Herde begeben. Vorsichtig berührte sie den Zaun. Der erwarte Stromschlag blieb aus. Aufmerksam blickte sie sich um. Weit und breit war keine Menschenseele zu sehen. Sie drückte den Zaun etwas herunter und sprang mit einem Satz hinüber. Prompt landete sie im Schafsmist. »Na, super!« Sie schloss die Augen, um nicht vollends die Beherrschung zu verlieren.

Das Blöken steigerte sich zu einem lauten Crescendo, als sie zwischen den Tieren umherstapfte, um Jagger abzufangen, wobei sie in weitere Scheißhaufen trat. Sie kochte vor Wut und betete, dass niemand auf sie aufmerksam wurde. Wenn auch nur ein einziger Mensch dieses absurde Schauspiel beobachtet, ist hier der Teufel los, dachte sie. Vor ihrem inneren Auge sah sie bereits die Schlagzeile vor sich: »Hund der Landestierschutzbeauftragten killt Schafe!«

»Komm verdammt noch mal her zu mir«, zischte sie zwischen zusammengebissenen Zähnen, während Jagger weiter vor ihr Reißaus nahm und die aufgeregt durcheinander rennenden Schafe ihr den Weg versperrten. Beherzt drängte Hella die Tiere ein ums andere Mal zur Seite, doch der Terrier war ihr immer eine Nasenlänge voraus. »*Jagger von der Katzhecke!*«, herrschte sie den Rüden an, »Blaublütig hin oder her. Ich bring' dich um, wenn du nicht auf der Stelle zu mir kommst!«

Endlich hatte der Terrier ein Einsehen, ob es an Hellas Ton lag oder weil er genug von dem Treiben hatte. Jedenfalls blieb er stehen. Hella drängelte sich zu ihm vor, packte ihn unwirsch am Halsband, umfasste seinen Rumpf mit beiden Armen und wuchtete ihn über den Zaun. Mit einem prüfenden Blick vergewisserte sie sich, dass keins der Schafe Schaden genommen hatte. Anschließend beeilte sie sich, den Pferch zu verlassen.

Da weiterhin niemand in der Nähe war, nutzte sie die Gelegenheit, sich die Einhegung eingehender anzuschauen. Der Zaun bestand aus einem herkömmlichen Drahtknotengeflecht. Auf der Zaunaußenseite waren mittels spezieller Langstielisolatoren drei horizontal verlaufende Elektrolitzen angebracht, die über ein Zwölf-Volt-Akkugerät mit Strom versorgt wurden. Das reichte zwar, um die Herde am Ausbrechen zu hindern, jedoch nicht, um eine wolfssichere Koppelhaltung zu gewährleisten.

Hella seufzte. »Hier hat mal wieder einer seine Hausaufgaben nicht gemacht.« Vier Litzen und neunzig Zentimeter Höhe, besser ein Meter zwanzig sollten es mindestens sein. Außerdem musste es noch weitere Schwachstellen geben. Sonst wären Jagger und sie nicht in die Weide gelangt, ohne einen Stromschlag zu bekommen. Meter für Meter ging Hella die Umzäunung ab. Schließlich fand sie die Ursache. Gleich an mehreren Stellen war der Pflanzenbewuchs so hoch, dass er die untere Litze berührte. »Da haben wir's«, grummelte sie, »wenn der Schäfer zu faul ist, seinen Zaun freizuschneiden, kann das natürlich nichts geben.«

Sie beendete ihre Inspektion, kehrte mit Jagger zum Hutebaum zurück und ließ sich erschöpft in dessen Schatten fallen. Angewidert betrachtete sie ihre Socken. Die konnte sie unmöglich anbehalten, allein schon wegen des Gestanks. Vorsichtig zog sie sie aus, drehte sie mit spitzen Fingern auf links und verstaute sie in einer Seitentasche ihres Rucksacks.

»Nicht auszudenken, wenn du ein oder mehrere Schafe erwischt hättest.« Sie sah Jagger vorwurfsvoll an, der hechelnd neben ihr lag und heftig mit der Rute wedelte. Seine mandelförmigen Augen blitzten vergnügt.

»Du mich auch.« Hella knirschte mit den Zähnen und spürte im selben Moment, wie ein Lachkrampf sie überwältigte, was Jaggers Rute nur noch mehr in

Schwingung versetzte. Das Lachen erfasste Hellas gesamten Körper. Minutenlang kugelte sie sich auf dem Boden und hielt sich japsend den Bauch. »Oh Mann, oh Mann. Das kann man echt niemandem erzählen.«

Das Klingeln des Handys unterbrach jäh ihren Heiterkeitsausbruch. Sie wischte sich die Tränen aus den Augenwinkeln, holte tief Luft und nahm ab.

»Ja, Frau Roth?«, sagte sie mit einem mühsam unterdrückten Kichern.

»Also, Frau Ohlsen, ich weiß jetzt, wo Jochen Brunner wohnt«, vermeldete Friederike. »Ich hole Sie in fünfzehn Minuten am Hofladen ab.«

»Fantastisch. Machen Sie das.« Schnell beendete Hella das Gespräch, packte ihre Sachen zusammen und stand auf. »Aber du bleibst gleich im Auto, das sage ich dir, mein Freund«, verkündete sie, als sie sich mit Jagger zurück zum Hofladen begab. »Noch so eine Aktion kann ich heute nicht gebrauchen.«

17

Keine halbe Stunde später trafen Hella und Friederike beim Gehöft ein, auf dem Jochen Brunner lebte. Dichte Bewölkung war aufgezogen und ließ keinen Sonnenstrahl mehr durch. Hella hatte den Eindruck, dass das Thermometer schlagartig um mehrere Grade gefallen war. Sie fröstelte.

Der alte Bauernhof lag nördlich der Alten Hasel, einem kleinen Bach, der quer durch Herbstein verlief. Er hatte keine Hausnummer, sondern hieß schlicht *Schefferscher Hof*.

Hella pfiff anerkennend durch die Zähne, als sie die Toreinfahrt passierten. Das einsam gelegene Ensemble umfasste mehrere Gebäude, die in U-Form angeordnet waren. Das Haupthaus sowie der angrenzende Bau waren aus Fachwerk gebaut und wirkten frisch renoviert. Die großen Tore waren in einem zarten Grün gestrichen, durch den der ursprüngliche Holzton schimmerte. Die Eingangstür war vom selben dunklen Braun wie die Fachwerkbalken. Hinter den Fenstern hingen blütenweiße Gardinen. Seitlich des Haupt- und Nebengebäudes erstreckte sich ein großer weiß gemauerter Stall, der offensichtlich der Nutzviehhaltung diente, denn von dort erklang das Muhen von Rindern. Etwas abseits, auf der linken Seite, erblickte Hella eine weitere, aus Holz gezimmerte Stallung, die fast vollständig verglast war, und in der sie die Unterkunft für die Schafe vermutete. Der kurz geschnittene Rasen rund um den Hof leuchtete saftig grün.

Hella und Friederike hatten die Wagentüren noch nicht ganz geschlossen, da schoss ein Australian Shepherd unter wütendem Gebell hinter dem Haupthaus hervor, geradewegs auf sie zu. Wie angewurzelt blieben sie stehen. Noch bevor der Hund sie erreichte, erschall von links ein scharfes »Kalle. Es reicht!«, woraufhin der Vierbeiner seine lautstarke Begrüßung einstellte und sich trollte.

Eine Frau mittleren Alters mit ansehnlichen weiblichen Rundungen näherte sich Hella und Friederike über den gepflasterten Vorplatz. Im Laufen wischte sie sich die Hände an ihrer Latzhose ab. Ihr graues T-Shirt entblößte kräftige Oberarme. Sie sah Hella und Friederike freundlich, aber abwartend an.

»Entschuldigen Sie, dass wir hier so hereinplatzen«, übernahm Friederike das Wort, so wie sie und Hella es zuvor vereinbart hatten. »Ich heiße Friederike Roth und arbeite für die Wiesbadener Nachrichten. Das ist meine Kollegin Silke Meier.« Sie wies auf Hella, die Friederikes Profikamera in der Hand hielt, in der Hoffnung, dass die Frau ihr die Rolle als Pressefotografin abnahm. »Wir recherchieren über alte Bauernhöfe im Vogelsberg. Im Heimatmuseum sagte man uns, dass Ihr Gehöft eines der ältesten ist«, fuhr Friederike fort. »Deswegen wollten wir Sie fragen, ob wir uns kurz mit Ihnen unterhalten dürfen – natürlich nur, wenn wir Sie nicht stören?«

Die Frau schien überrumpelt. Zunächst runzelte sie skeptisch die Stirn, bevor ihre Mimik zu Ratlosigkeit wechselte, wobei sie ihre Unterlippe leicht vorwölbte, bis sie schließlich zustimmend nickte. »Na gut, dann kommen Sie mal mit.« Ihre Stimme war warm und volltönend. Sie drehte sich auf dem Absatz um und lief auf das Haupthaus zu.

»Das ging ja leichter, als ich dachte«, frohlockte Friederike leise, während sie der Frau folgten, die sie in die Küche führte, die modern, aber behaglich eingerichtet war. Es duftete nach gedünstetem Kohlrabi und geräucherten Würstchen.

»Kaffee?«, fragte die Frau, während sie sich bereits an der

Kaffeemaschine zu schaffen machte. Ohne eine Antwort abzuwarten, stellte sie drei Becher auf den Tisch, holte Milch aus dem Kühlschrank und schob das Zuckerdöschen zu Hella und Friederike, die dies als Aufforderung verstanden, sich am großen Holztisch niederzulassen.

Hella ließ ihre Blicke durch den Raum schweifen. Statt einer Tür gab es nur einen Durchbruch zur angrenzenden Wohnstube. In deren Mitte stand rechts und links von einem rechtwinkligen Glastisch eine zweiteilige Couch. Bis auf einen handbemalten antiken Bauernschrank mit barocken Ornamenten, zwei lederbezogene Schalensessel und ein weißes Wandregal gab es keine Möbel, was den Raum groß und hell erscheinen ließ.

»Also, ich weiß wirklich nicht, ob ich Ihnen weiterhelfen kann«, räumte die Frau ein. Sie setzte sich Hella und Friederike gegenüber auf die Sitzbank, schenkte allen dreien Kaffee ein und umklammerte anschließend ihren Becher, als suchte sie daran Halt.

»Erzählen Sie uns einfach ein bisschen über den Hof: Wie alt ist er? Wer hat hier früher gelebt? Haben die Besitzer schon immer Schafzucht betrieben?«, versuchte Friederike sie aus der Reserve zu locken.

Die Frau nahm einen großen Schluck Kaffee, während sie kurz nachdachte. »Hm, wo fange ich an ... Also, der Hof stammt aus dem Jahr 1746. Er gehört schon seit Generationen der Familie meines Mannes. Seine Vorfahren waren allesamt Schäfer. Daher auch der Name *Schefferscher Hof*. Als ich ihn das erste Mal gesehen habe, habe ich mich auf Anhieb in ihn verliebt. ... In den Hof meine ich ...« Sie hielt kurz inne und winkte dann lachend ab, als ihr aufging, was sie gesagt hatte. »In meinem Mann natürlich auch.« Das Lachen erhellte ihre Gesichtszüge.

Hella gefiel die offenherzige Art der Frau. »Der Hof ist wirklich wunderschön.« Sie machte eine Geste, die das gesamte Anwesen umfasste. »War er bereits renoviert, als Sie hier einzogen?«

»Nein, nein. Als ich damals hier einzog, ... das ist jetzt, warten Sie, ... über zwanzig Jahre her, sah es hier grauenvoll aus. Es hat Jahre gedauert, bis wir das Gehöft zu diesem Schmuckstück gemacht haben.« Voller Stolz blickte sie sich um.

»Haben Sie das etwa alles selbst gemacht?«, staunte Friederike.

»Um Gottes willen, nein«, wehrte die Frau ab. »Mein Mann ist zwar handwerklich sehr begabt und ich kann auch gut mit anpacken, wenn es sein muss. Die Bäder zum Beispiel haben wir selbst umgebaut und die Fliesen in der Küche eigenhändig verlegt.« Hellas und Friederikes Blicke wanderten zum Boden, der mit großen quadratischen grauen Platten bedeckt war. »Aber die meisten Arbeiten haben Handwerker ausgeführt. Das Haupthaus und das Nebengebäude stehen unter Denkmalschutz. Da muss man einiges beachten«, sagte sie, während sie sich erhob und hinter dem Tisch hervorkam.

»Oh, ich weiß, was Sie meinen«, sagte Friederike. »Meine Eltern haben vor einigen Jahren in unser Haus nachträglich eine Dachgaube eingebaut und wären an den bescheuerten Bauvorschriften beinahe verzweifelt ... Leben Sie ausschließlich von der Schafzucht?«, lotste sie Brunners Frau zum eigentlichen Grund ihres Gesprächs.

»Nicht ausschließlich. Aber die Schafe sind unsere Haupteinnahmequelle. Das heißt, das meiste verdienen wir mit der Landschaftspflege, indem wir unsere Tiere auf den Bergwiesen rund um das Hoherodskopfplateau weiden lassen. Damit erzielen wir rund siebzig Prozent unseres Einkommens. Den Rest erwirtschaften wir über den Abverkauf der Lämmer zur Schlachtung sowie über die Zucht und die Direktvermarktung von Schafmilch und Schafmilchprodukten.«

»Woher kommen die Gelder für die Landschaftspflege?«, fragte Friederike.

»Aus Förderprogrammen des Landes Hessen.«

Der Hund sprang auf und rannte freudig in den Flur. Kurz danach fiel die Haustür mit einem lauten Klack ins Schloss.

»Wem gehört denn der schwarze Wagen da draußen?«, dröhnte es aus dem Eingangsbereich. Jochen Brunners bullige Gestalt erschien im Türrahmen. Grußlos sah er zunächst Hella und Friederike und dann seine Frau an.

Seine riesigen Hände waren das Erste, was Hella an ihm auffiel. Arbeiterhände, die es gewohnt waren, zuzupacken, im Notfall vielleicht auch zuzuschlagen, schoss es ihr durch den Kopf, als Brunner anfing, seine rechte Faust in der linken Handfläche zu reiben. Sie empfand seine Gegenwart als bedrohlich, ohne genau sagen zu können, warum.

»Hallo, mein Schatz. Die beiden Damen sind von der Presse und interessieren sich für alte Gehöfte. Ich wollte gerade das Fotoalbum holen, um ihnen zu zeigen, wie es früher hier ausgesehen hat.«

»Aha«, war alles, was Brunner dazu sagte. »Was gibt es denn zu Mittag?« Er schnappte sich die Kaffeekanne vom Tisch, nahm sie mit zur Küchenanrichte, goss sich einen Becher voll ein und ließ die Kanne dann dort stehen.

»Es ist noch was übrig vom Eintopf von gestern. Ich mache ihn uns später warm«, sagte seine Frau und zog ein Fotoalbum mit einem blauen Einband aus dem Regal.

»Na, dann will ich mal nicht weiter stören«, brummte

Brunner in seinen grauen Backenbart und verschwand mit dem Becher in der Hand. Wenige Sekunden später stand er jedoch erneut im Türrahmen. »Übrigens muss schon wieder irgendwer bei den Schafen drin gewesen sein. Die sind völlig aus dem Häuschen. Langsam habe ich die Schnauze gestrichen voll.«

Hella schluckte. »Wo stehen denn Ihre Schafe?«

»Unterhalb vom Bachlauf. Warum?«

»Ach, ... da sind wir vorhin mit dem Auto vorbeigekommen. Da war aber niemand, oder?«, fragte sie an Friederike gewandt.

»Nö, da war kein Mensch.« Friederikes langer geflochtener schwarzer Zopf fegte über ihren Rücken, als sie den Kopf schüttelte.

»Ich hatte auch nichts von Menschen gesagt.« Brunner sah von einer zur anderen.

»Sondern?« Hella nippte an ihrem Becher.

»Sind Sie immer so neugierig?« Brunner musterte Hella mit einem unergründlichen Ausdruck. »Ich dachte, Sie interessieren sich für alte Gehöfte.« Er fuhr dem Australian Shepherd, der sich dicht an sein rechtes Bein schmiegte, zärtlich über den Kopf.

»Wir sind Journalisten. Die sind von Beruf aus neugierig«, erklärte ihm Hella mit einem breiten Lächeln.

Brunner grunzte abfällig, bevor er wortlos verschwand.

Seine Frau hatte das Fotoalbum aus dem Wohnzimmerregal geholt und legte es offen vor Friederike und Hella auf den Tisch. Mit einem entschuldigenden Achselzucken setzte sie sich wieder zu ihnen.

Als Hella und Friederike eine Viertelstunde später vom Hof fuhren, warf Hella einen prüfenden Blick über die Schulter. Brunners Silhouette zeichnete sich in der offenen

Stalltür ab. Er hatte sein Handy am Ohr. Der Wind trug die Worte »... angeblich zwei Journalistinnen aus Wiesbaden«, durch das geöffnete Wagenfenster zu ihr herüber.

***

»Halten Sie bitte da vorn kurz an«, bat Hella Friederike, kaum, dass das Anwesen außer Sichtweite war. Rechts vor ihnen zweigte ein forstwirtschaftlicher Weg ab. Der waldige Pfad führte zwischen hohen Laub- und Nadelbäumen zunächst leicht bergab, bevor es auf ebener Strecke tiefer in den Forst hineinging.

»Aber da geht's nicht weiter.« Friederike sah Hella zweifelnd an.

Wenige Meter nach Beginn des Weges prangte ein Schild, das ausschließlich land- und forstwirtschaftlichen Fahrzeugen die Zufahrt gestattete. Eine rot-weiße Schranke verhinderte, dass sich Unbefugte über das Verbot hinwegsetzen konnten.

»Sie sollen auch nicht hineinfahren, sondern vor der Schranke halten«, teilte Hella Friederike bestimmt mit.

Friederike lenkte ihren Suzuki auf den Waldweg. Nachdem sie den Motor abgeschaltet hatte, drehte sie sich zu Hella und studierte aufmerksam deren Gesicht. »Darf ich fragen, was Sie vorhaben?« Ihre zweifarbigen Augen blickten skeptisch.

»Dürfen Sie«, antwortete Hella. »Ich gehe zurück zum Hof, um mich noch etwas umzuschauen.« Sie öffnete die Wagentür und stieg aus.

»Moment! Allein? ... Kommt gar nicht in Frage. Ich komme mit.« Friederike schnallte sich ebenfalls ab und griff nach dem Türöffner.

»Nein. Sie bleiben im Wagen!« Hella hatte sich heruntergebeugt und schaute durch das heruntergelassene Fenster ins Wageninnere. »Bitte«, fügte sie mit einem freundlichen Lächeln hinzu, als sie sah, dass Friederike sie ob ihres unmissverständlichen Tons mit offenem Mund anstarrte.

»Alter Verwalter. In der Haut Ihres Freundes möchte ich auch nicht stecken.« Friederike ließ sich mit einem halb entrüsteten, halb amüsierten Schnauben zurück in den Sitz fallen.

Hella lachte. »Zu zweit würden wir eher auffallen. Und falls es vonnöten ist, dass Sie mich einsammeln müssen, wäre es mir lieber, wenn Sie mit dem Auto schnell zur Stelle sein könnten.« Sie zwinkerte Friederike zu.

Friederike gab sich widerwillig geschlagen. »Na, meinetwegen. Passen Sie bloß auf sich auf. Dem Brunner traue ich nicht über den Weg.«

»Eben. Deswegen gehe ich noch mal zurück«, bekräftigte Hella und machte sich auf den Weg.

Wenig später näherte sie sich dem Grundstück ein zweites Mal. Der Wind hatte an Stärke zugenommen und von fern erklang leises Donnergrollen. Aus den blauschwarzen Wolken am Horizont entluden sich, einem dicken Bündel Bindfäden gleich, die ersten Schauer.

Da Hella lediglich einer spontanen Eingebung gefolgt war, wusste sie nicht, wie sie es anstellen sollte, den Garten und die Stallungen unbemerkt in Augenschein nehmen zu können. Doch jetzt war es zu spät, sich darüber den Kopf zu zerbrechen. Genauso wenig wusste sie, wonach sie eigentlich suchte, außer, dass sie endlich irgendeinen Hinweis brauchten, der sie weiterbrächte.

Als Erstes wollte sie sich den Schafstall vornehmen. Schnell durchschritt sie das große Tor und schlich an der mannshohen, wellenartig geschnittenen Hainbuchenhecke entlang, die eine grüne Mauer zwischen dem hohen Metallzaun und dem davorliegenden Staudenbeet bildete. Bereits durch das Küchenfenster hatte sie vorhin den üppig blühenden Rosenbogen bewundert, der einen natürlichen Durchgang in den seitlichen Bereich des Hofs formte. Hinter dem Hauptgebäude stand eine hölzerne Bank mit einer knallroten Sitzauflage, und davor, wahrscheinlich von einer Böe heruntergeweht, lag ein Strohhut. Der Weg zu den Stallungen war mit Schotter ausgelegt und beidseits von in allen erdenklichen Farben leuchtenden Pflanzen eingerahmt, zwischen denen fedriges Schleierkraut und buntlaubige Bodendecker wuchsen.

Wie nicht anders erwartet, fand Hella den Schafstall leer vor. Offenbar hatte Brunner auch hier einiges investiert, denn der Stall war mit Ablammbuchten und modernen Tränkanlagen ausgestattet. Weiterhin verfügte er über tritt- und rutschsichere Bodenplatten sowie Triebwege und war hell und trocken und so gestaltet, dass ein ausreichender Luftaustausch stattfinden konnte.

Auch der Rinderstall entsprach dem modernsten Standard. Als Hella wieder ins Freie trat und zu den beiden in einigem Abstand aufgestellten Silos hinübersah, die wie zwei chromglänzende Säulen in den Himmel stachen, platschten die ersten dicken Regentropfen auf die Erde. Sobald sie mit dem Boden in Berührung kamen, verwandelten sie sich für einen Sekundenbruchteil in wässrige Krönchen, bevor sie in ihre einzelnen Bestandteile zerfielen. Neben den Silos befand sich eine alte Scheune, die Hellas Neugier weckte. So schnell sie konnte, rannte sie über das Gelände. Mit pochendem Herzen lehnte sie sich an die Seitenwand der Scheune. Bislang schien sie niemand bemerkt zu haben. Nachdem sich ihr Puls wieder beruhigt hatte, lugte sie vorsichtig um die Ecke. Das Scheunentor stand einen Spaltbreit offen. Ohne zu zögern, schlüpfte sie hinein.

Ihre Augen brauchten einen Moment, um sich an das Halbdunkel zu gewöhnen. Als sie sich umsah, fiel ihr Blick auf eine Werkbank mit Schraubstock, vor der ein kleiner Metalltisch stand, der mit allerlei Werkzeug überhäuft war. Weitere Arbeitsmaterialien, vollgestopfte Kisten und Eimer und das übliche Sammelsurium einer Heimwerkstatt lagerten in Holzregalen, die an den Wänden befestigt waren. Ein Paar lederne, mit rostroten Flecken verschmierte derbe Schuhe standen verlassen neben dem Eingang. Gleich darüber, an einem rechtwinkligen Haken, baumelte eine grüne Arbeitshose. Auch sie wies Flecken auf, die nach getrocknetem Blut aussahen. Mit ihrem Mobiltelefon schoss Hella schnell ein paar Fotos und zuckte erschrocken zusammen, als das Teil in ihrer Hand anfing, zu vibrieren.

»Hella, sehen Sie zu, dass Sie verschwinden«, beschwor sie Friederike. »Ich glaube, Brunner bekommt Besuch. Eben ist ein grüner Pajero mit dem Kennzeichen VB-CP 33 ... den Rest konnte ich nicht entziffern, an mir vorbeigefahren.«

»Ich beeile mich.« Durch den mittlerweile strömenden Regen flitzte Hella in Windeseile zurück zum Tor. Sie konnte sich gerade noch hinter die Konifere neben der Zufahrt retten, als Pranschkes Pajero um die Kurve bog.

18

Das kleine Büro, in dem Mario Kutscher seinen Dienst für den Umwelt- und Naturschutzverein Herbstein verrichtete, war in das goldene Licht der Abendsonne getaucht. Einzig das Klackern der Tastatur, hervorgerufen durch Marios Finger, die eifrig auf die Buchstaben hämmerten, und das Summen einer Stubenfliege, die verzweifelt einen Weg nach draußen suchte, waren zu hören. Als die Fliege erneut dicht an seinem Ohr vorbei schwirrte, unterbrach Mario seine Arbeit, stand auf, um das Fenster zu öffnen, und scheuchte das Insekt an die frische Luft.

Aus der weinlaubberankten Apotheke auf der gegenüberliegenden Straßenseite trat ein älterer Herr mit Krückstock. Unsicher stieg er die neun Stufen zum Bürgersteig hinunter, darauf bedacht, nur ja nicht zu stürzen.

Mario sah auf die Uhr: 18 Uhr 30. Geschäftsschluss. Wahrscheinlich war dies der letzte Kunde für heute gewesen. Er setzte sich wieder, streckte sich ausgiebig und las sich seinen Entwurf für das Plakat am Bildschirm noch einmal gründlich durch. Hatte er auch wirklich nichts vergessen?

»Bewahren Sie bei der Begegnung mit einem Wolf Ruhe und geben Sie dem Tier die Möglichkeit, sich zurückzuziehen«, las er sich laut vor. »Machen Sie sich groß, klatschen Sie in die Hände, rufen Sie laut und entfernen Sie sich langsam vom Wolf. Laufen Sie ihm unter keinen Umständen hinterher, wenn er sich zurückzieht, sondern schlagen Sie eine andere Richtung ein«, fuhr er fort. »Gehen Sie von sich aus nicht auf den Wolf zu und versuchen Sie nicht, ihn anzufassen oder zu füttern. Bitte melden Sie die Begegnung bei der zuständigen Stelle für das Wolfsmonitoring unter folgender Adresse: blablabla.«

So wie es schien, hatte er an alle relevanten Informationen gedacht. Er gab die Zahl 10 in dem kleinen Menüfeld am oberen linken Bildschirmrand ein und klickte auf *Drucken*. Der Lüfter des Vierfarbdruckers sprang an und nach wenigen Sekunden spuckte das Gerät die zehn DIN-A3-Blätter nacheinander in den Ausgabeschacht, jeweils untermalt von einem langgezogenen *Pfft*.

Die ehrenamtliche Arbeit für den Naturschutzverein machte Mario Spaß, zumal sie einen willkommenen Ausgleich zu seiner Arbeit in der Schreinerwerkstatt bildete. Er war nun schon seit über sechs Jahren dabei und es wurde ihm nie langweilig.

Noch vor seinem Realschulabschluss war er in den Verein eingetreten, hatte aber schon recht bald beschlossen, sich aktiv in den Dienst des Umwelt- und Naturschutzes zu stellen. Inzwischen organisierte er nicht nur Vogelstimmenwanderungen, Exkursionen oder Fahrradtouren durch die Schutzgebiete der Umgebung, sondern kümmerte sich auch um die Pressearbeit. Mit dem Plakat, das Einheimische und Touristen über das Verhalten bei einer Wolfsbegegnung aufklären sollte, hoffte er, der Angst vor den Raubtieren entgegenwirken zu können.

Sein Streit mit Markus ging ihm nah. Mario bedauerte, dass sie sich komplett entfremdet hatten. Früher waren sie richtig dicke Freunde gewesen, hatten sich fast jeden Tag nach der Schule auf dem Bolzplatz getroffen oder die Gegend mit ihren Rädern unsicher gemacht. Inzwischen bekamen sie sich wegen jedem Scheiß in die Wolle, weil Markus sich von ihm offenbar durch sein Engagement für den Umwelt- und Naturschutz in seiner Arbeit als Landwirt angegriffen fühlte.

Ärgerlich zog Mario die Stirn kraus. Warum konnten

sie nicht wie erwachsene Männer miteinander reden? Er konnte verstehen, dass Markus sich um das Wohlergehen der Tiere auf seinem elterlichen Hof sorgte. Aber das war noch lange kein Grund, gleich auszurasten. Diese blödsinnigen Behauptungen, mit denen unterschwellig das negative Bild vom bösen Wolf heraufbeschworen wurde, das sich über Jahrtausende mittels Fabeln und Märchen in das kollektive Gedächtnis der Menschen eingebrannt hatte, gingen ihm gewaltig gegen den Strich. Außerdem fürchtete er tatsächlich, dass Markus sich keinen Deut darum scherte, dass es verboten war, Wölfe ohne triftigen Grund zu töten, so wie seinerzeit, als er nachts auf der Jagd verbotenerweise einen Luchs erschossen hatte, der durch den Vogelsberg gestreift war. Mario war entsetzt gewesen, dass Markus damit im Suff auch noch geprahlt hatte. Damals war ihre Freundschaft endgültig zerbrochen.

Er nahm die Plakate aus dem Drucker und betrachtete zufrieden das Ergebnis. Anschließend rollte er die Blätter zusammen, streifte ein Gummiband über die Rolle, schulterte sich seinen Rucksack und verließ sein Büro.

»Tschüss Bettina. Ich fahre die Plakate aufhängen«, rief er seiner Kollegin durch die geöffnete Tür zu.

»Brauchst du Hilfe? Soll ich mitkommen?« Bettina hatte lange, glatte braune Haare und war um die Hüften herum ein wenig füllig, was sie durch lässig fallende Kleidung zu kaschieren versuchte. Völlig unnötig, wie Mario fand. Die femininen Rundungen standen ihr ausgezeichnet und passten zu ihrem puppigen Gesicht. Sie hatte sich zu Mario umgedreht und wickelte sich eine dicke Strähne um ihre linke Faust. »Wir könnten ja anschließend noch etwas trinken gehen?«, schlug sie vor und errötete dabei leicht.

Mario entging der sehnsuchtsvolle Unterton ihrer Frage

nicht. Er wusste, dass sie heimlich für ihn schwärmte, wollte ihr aber keine unnötigen Hoffnungen machen. Sie war einfach nicht sein Typ. Zu jung. Er stand auf reife Frauen mit Lebenserfahrung. »Das ist sehr lieb von dir. Danke! Aber das ist schnell gemacht. Außerdem bin ich nachher bereits verabredet«, wimmelte er ihre Frage ab.

Die Enttäuschung überzog Bettinas Gesicht wie ein Schatten. Sie ließ ihre Haare los, nickte kurz, begleitet von einem gehauchten »Dann bis morgen« und wandte sich wieder um. Wortlos fuhr sie fort, die Broschüren ins Regal zu stapeln, die heute Mittag mit der Paketpost eingetroffen waren.

Gegen kurz vor dreiundzwanzig Uhr radelte Mario die Landstraße entlang nach Hause. Silbrig glitt die Landschaft im Halbdunkel des Mondes an ihm vorbei. Der Duft der Wiesen und des nahen Waldes schwängerte die Luft.

Für das Aufhängen der zehn Plakate hatte er knapp neunzig Minuten benötigt. Anschließend war er zu Mareike gefahren. Gut drei Monate dauerte ihr Verhältnis nun schon. Mareikes Mann, Jochen Brunner, schien vom Seitensprung seiner Frau nichts zu ahnen. Jedenfalls hatte Mareike Mario das heute Abend zum wiederholten Male hoch und heilig versichert. Mario hoffte, dass es stimmte und auch noch eine Zeitlang so bliebe. Er hatte nämlich nicht die geringste Lust, sich mit einem gehörnten Ehemann herumzuärgern. Bei dem kleinsten Anzeichen, dass die Affäre aufgeflogen wäre, würde er Schluss machen. Doch vorerst konnte und wollte er die Finger nicht von Mareike lassen. Dafür bereiteten ihm die Schäferstündchen mit ihr ein viel zu großes Vergnügen.

Fröhlich pfeifend trat er in die Pedale und genoss den Fahrtwind, der ihm durch die Haare fuhr und sein erhitztes Gesicht kühlte. Sein Helm baumelte am Lenkrad wie eine halbierte Kokosnussschale. Ein begehrlicher Ausdruck trat auf sein Gesicht, als er Mareikes üppigen Busen vor seinem inneren Auge heraufbeschwor. In Gedanken umklammerte er noch einmal ihre weiblichen Hüften, als ihn plötzlich die Scheinwerfer eines entgegenkommenden Autos blendeten, das sich mit hoher Geschwindigkeit näherte. Mario hatte den Eindruck, dass das Fahrzeug schlingerte. »Idiot!«, murmelte er, verlangsamte sein Tempo und drehte den Kopf zur Seite, um nicht länger in die grellen Lichter blicken zu müssen.

Als er kurz darauf wieder auf die Fahrbahn blickte, realisierte er, dass das Auto geradewegs auf ihn zuschoss. »Verdammt, was macht der denn? ... *Spinnst du! Fahr gefälligst rüber, du Schwachkopf!*« Er riss seinen linken Arm hoch und wedelte mit der Hand, um dem Fahrer deutlich zu machen, die Spur zu wechseln. Fast im selben Moment wurde er von der Kühlerhaube des Wagens erfasst. Für den Bruchteil einer Sekunde bemächtigte sich seiner ein schier überwältigender Schmerz, als würden ihm sämtliche Eingeweide herausgerissen, während sein Körper durch die Luft wirbelte wie eine Strohpuppe. Unmittelbar danach verlor er das Bewusstsein. Mit einem Geräusch, als zerplatze eine überreife Melone, zerbarst sein Schädel, als er mit der Wucht eines Vorschlaghammers wenige Augenblicke später auf der harten Erde aufschlug.

Nachdem der Fahrer seinen Pkw rund einhundert Meter hinter der Unfallstelle wieder unter Kontrolle gebracht hatte, blieb er stehen. Rotglühenden Augen gleich hoben sich die Bremslichter des Wagens vor der Schwärze der Nacht ab. Nur das Tuckern des Motors war zu hören.

Kurz darauf schwang die Fahrertür auf. Zögernd tastete sich ein Fuß zum Boden, um jedoch sofort wieder im

Wageninnern zu verschwinden. Zeitgleich mit dem Zufallen der Tür trat der Fahrer das Gaspedal durch und raste in die Dunkelheit davon.

19

»Eine Lappjagd auf den Wolf? Wie soll das denn gehen, noch dazu im Sommer?« Brunner tippte sich an die Stirn.

»Himmelherrgott«, donnerte Pranschke. »Musst du immer alles negativ sehen. Wir können auch warten, bis der erste Schnee liegt. Allerdings wird der Wolf bis dahin an die hundert Nutztiere gerissen haben.« Und wenn eine neue Fähe einwandert, vermehren die Biester sich wie die Karnickel und dann ist die Kacke richtig am Dampfen. Wenn dir das lieber ist, bitte schön!« Pranschke verzog missmutig das Gesicht.

»Jetzt sei doch nicht gleich beleidigt«, schnaubte Brunner zurück. »Aber wie planst du das anzustellen? Keiner von uns verfügt über Erfahrungen in der Lappjagd. Außerdem dürfte es äußerst schwierig sein, herauszufinden, wo sich der Wolf derzeit aufhält. Der kann doch überall und nirgends stecken in diesem riesigen Waldgebiet.« Brunner machte eine ausladende Geste.

»Das weiß ich selbst. Aber ...« Pranschke reckte grinsend den Zeigefinger und machte eine bedeutsame Pause. »Semmler hat heute früh eine frische Fährte entdeckt, und zwar in dem unerschlossenen Waldstück, wo er neulich schon einmal auf Wolfsspuren gestoßen ist. Außerdem ist er sich sicher, zu wissen, wo der Graurock seine Schlafstelle hat -« Die Ladenglocke ertönte. Pranschke stemmte sich mühsam hoch. »Bin gleich wieder da.« Schleppenden Schrittes verließ er das kleine Hinterzimmer und watschelte in seinen Hofladen.

Brunner war noch immer nicht überzeugt und kippte den Rest seines Kaffees hinunter. Nervös fuhr er sich über den Bart. Im Mittelalter war die Lappjagd, bei der eine Schar Freiwilliger die Wölfe innerhalb einer mit roten

Lappen versehenen Absperrung in ein Fangnetz trieben, üblich gewesen, um den Raubtieren nachzustellen. Anders als Wildschweine, Rehe oder anderes Wild wagten es Wölfe erstaunlicherweise meist nicht, durch die Lappen zu flüchten. Inzwischen war diese Art der Jagd in Deutschland unüblich geworden. Einen derart großen und gefährlichen Prädator am Boden zu bejagen, mutete aus seiner Sicht zudem ein wenig wagemutig an. Einem Wolf allein und unbemerkt vom Hochsitz aus aufzulauern, war etwas anderes. Aber was, wenn der Wolf einen der Treiber angriff, die ihn hetzten? Er tastete seine Westentaschen nach seinen Zigarillos ab. Pranschke hasste es, wenn er in seinem Kabuff rauchte. Aber er pfiff drauf. Er holte das Etui hervor, fingerte einen der dünnen braunen Stumpen heraus und zündete ihn an. Mit geschlossenen Augen nahm er den ersten Zug und inhalierte den Rauch tief in seine Lungen. Das Nikotin beruhigte seine Nerven. Er stellte den Kaffeebecher beiseite und schnickte die Asche in die Untertasse. Aus dem Vorraum drangen Sprachfetzen an sein Ohr. »... zwei Kalbsschnitzel ...«, hörte er eine weibliche Stimme sagen. »Was macht ...?«, erkundigte sich Pranschke. »... beendet bald ... Lehrjahr. Wenn er ... hat, will er fortziehen. Stell dir vor, da könnt' er ..., aber nein, ... will unbedingt nach ... -heim«, empörte sich die Kundin, deren Stimme Brunner nichts sagte. Während Pranschke etwas Unverständliches erwiderte, stand Brunner auf und entnahm dem Kühlschrank, der leise in der Ecke vor sich hin summte, eine Flasche Bier.

Wenig später erschien Pranschke wieder auf der Bildfläche. Er strafte den Zigarillo mit einem vorwurfsvollen Blick, enthielt sich aber eines Kommentars.

»Also, wie stellst du dir das vor mit der Lappjagd?« wollte Brunner wissen.

Pranschke umriss ihm kurz seinen Plan. Er wollte ein totes Hirschkalb, das ein Rottweiler am Vortag angefallen und so schwer verletzt hatte, dass er es hatte erlösen müssen, noch am Nachmittag in der Nähe der Schlafstatt des Wolfs als Luder auslegen, in der Hoffnung, dass der Wolf der Verlockung nicht widerstehen konnte, sich das Aas zu holen. »Sobald er in die Fotofalle läuft, die ich dort aufhängen werde, wissen wir, dass er da ist. Und dann geht's los.« Er rieb sich die Hände.

»Und woher willst du die Treiber kriegen?«

»Ich habe ein paar Männer von der Bürgerinitiative angesprochen. Fünfzehn von ihnen haben sich bereiterklärt, mitzumachen. Wir werden nachher zusammen den Lappenzaun aufstellen und die Fangnetze anbringen. Dieter und Thomas stehen ebenfalls Gewehr bei Fuß, um sofort zur Stelle sein zu können, wenn sich der Wolf an das Hirschkalb heranmacht. Zusammen mit dir und mir wären wir vier Schützen.«

»Wie groß soll das Areal sein, das du mit dem Lappenzaun eingrenzen willst?« Brunner drückte seinen Zigarillo unter Pranschkes missbilligendem Blick in der Untertasse aus.

»Wir wollen rund dreieinhalb Kilometer umschlagen. Das müsste reichen.«

»Und wie soll das mit den Fangnetzen funktionieren? Ich verstehe das nicht ganz.«

»Wir stellen den Zaun so auf, dass er eine Art Flaschenhals bildet. An dem Engpass spannen wir die Netze zwischen großen Stangen auf. Erst ein feines, einen Meter dahinter ein gröberes. Wenn der Wolf da hineinläuft und mit den Netzen in Kontakt kommt, dann fallen sie über ihn.«

»Und was ist mit Hunden?«

»Keine Hunde! Die halten keine Ruhe, wenn sie merken,

dass es auf die Jagd geht. Das Risiko ist zu groß, dass der Wolf sich dann nicht zeigt.«

»Du scheinst ja an alles gedacht zu haben.« Brunner sah Pranschke mit einem vielsagenden Blick an.

»Ich sagte dir doch, wir dürfen keine Zeit verlieren.«

»Mmh«, murrte Brunner.

»Verdammt, Jochen, was ist los mit dir? *Du* wolltest doch neulich unbedingt, dass wir gemeinsame Sache machen«, fuhr Pranschke ihn wütend an.

»Ja. ... Aber wieso erfahre ich das alles als Letzter?«

»Ich habe gestern Abend mehrfach versucht, dich zu erreichen, um zu fragen, wo du bleibst. Wir hatten Versammlung von der Bürgerinitiative. Schon vergessen? Aber du bist weder gekommen noch bist du ans Telefon gegangen. Also beschwer dich gefälligst nicht. ... Wo warst du überhaupt?«

»Geht dich einen feuchten Kehricht an«, entgegnete Brunner.

Pranschke musterte seinen Freund mit zusammengekniffenen Augen. Er wollte etwas erwidern, unterließ es aber. »Also, was ist nun? Bist du dabei?«, fragte er schließlich.

»Meinetwegen«, stimmte Brunner übelgelaunt zu.

Um kurz nach drei in der Früh zeigte Pranschkes Handy an, dass der Wolf in die Fotofalle gegangen war. Das Tier hatte ein paar Brocken Fleisch aus dem Kadaver gerissen, war dann wieder verschwunden, um jedoch nach etwa fünfundvierzig Minuten erneut aufzutauchen.

In der Zwischenzeit hatte Pranschke seine Mannschaft zusammengetrommelt. Um halb Fünf standen die Schützen, ins weiße Licht des Mondes getaucht, entlang des Zauns auf ihren Posten, während sich die zwanzig Treiber lautlos auf ihre Aufgabe vorbereiteten.

Mit einem Mal war es schlagartig mit der Ruhe vorbei. Taschenlampen flammten auf und die Treiber begannen, unter lautem Gebrüll die Lappstatt abzulaufen, während sie mit Stöcken auf die Stämme entlang ihrer Route einhieben. Eine Ricke floh erschrocken mit ihren beiden Kitzen in die nächstgelegene Hecke. Wenig später scheuchte die lärmende Meute eine Rotte Wildsauen auf, die sich durchs Unterholz krachend davonmachte. So ging es etwa fünfundzwanzig Minuten lang weiter, bis einer der Männer plötzlich brüllte: »Da vorn ist er.«

Vom Strahl der Taschenlampe geblendet, hielt der Wolf kurz inne. Ein stattlicher Rüde mit einem imposanten Kopf. Im Schein des Lichtkegels leuchteten seine Augen blau. Nur den Bruchteil einer Sekunde später setzte er sich wieder in Bewegung. In schnellem Tempo nahm er zwischen den Bäumen hindurch Reißaus, weg von der brüllenden Meute, die ihn Richtung Lappenzaun hetzte. Kurz vor der Umzäunung schlug er einen Haken und flüchtete entlang der gespannten Schnur, ohne die Absperrung zu durchbrechen. Die flatternden Fähnchen, die am Zaun angebracht waren und, bis tief hinab auf den Boden reichten, erfüllten offensichtlich ihren Zweck und irritierten ihn.

Brunner erfasste ein unkontrolliertes Zittern am ganzen Körper, als der Grauhund in vollem Galopp auf ihn zusteuerte: Das Wolfsfieber hatte ihn gepackt! In einer routinierten Bewegung riss er die Waffe an die Schulter und feuerte drauflos. Laut hallten die Schüsse durch das Morgengrauen. Doch sie verfehlten ihr Ziel. Der Wolf drehte ab und hetzte zurück in die Richtung, aus der er gekommen war. Noch immer traute er sich nicht, den Lappenzaun zu durchbrechen.

»Weiter Leute, treibt ihn ins Fangnetz«, feuerte Pranschke seine Männer an.

Mit ihren Stöcken versuchten die Treiber, den Wolf daran zu hindern, durch ihre Reihe nach hinten zu entwischen. Sie kesselten ihn ein und trieben ihn mit lautem Gejohle Richtung Flaschenhals, direkt unter die beiden großen Fangnetze, in die der Lappenzaun mündete.

Pranschke schlug seine Waffe an, um dem Wolf den Gnadenschuss zu verpassen. Doch zu seinem Erstaunen fiel das grüne Nylongeflecht nicht herunter. »Verdammte Scheiße, was ist das denn?«

»So schieß doch«, brüllte Warnke, der seinen Stand verlassen hatte.

»Spinnst du! Die Treiber sind viel zu dicht dran.«

Der Wolf nutzte die Schrecksekunde und preschte mitten durch die Treiberlinie hindurch. Die Männer stoben auseinander, um seinem mächtigen Körper auszuweichen. Ein junger Bursche wurde von seinem Nebenmann derart unsanft angerempelt, dass er ins Straucheln geriet. Mit rudernden Armen stürzte er über eine Wurzel und schlug der Länge nach hin. Selbst auf einige Meter Entfernung war das Knacken zu hören, als er sich das linke Fußgelenk brach. Von Schmerz gepeinigt, brüllte er auf und wand sich auf dem Boden, während er sich jammernd den Knöchel hielt.

Währenddessen setzte der Wolf, vom Mut der Verzweiflung getrieben, doch noch zu einem beherzten Satz durch den Lappenzaun an. Nur Sekunden später war er in den Tiefen des Waldes verschwunden.

20

»Ha!« Frensdorf schlug so fest mit der flachen Hand auf die Schreibtischplatte, dass die darauf gestapelten Akten tanzten. Er hatte den richtigen Riecher gehabt, Bernd Lohmann nach Wiesbaden zu schicken. Der Mann war keine vierundzwanzig Stunden im Einsatz und hatte bereits eine heiße Spur. Arnim Breitwieser hieß das Arschloch. Ein Kleinkrimineller, der fünf Jahre und vier Monate wegen räuberischer Erpressung eingesessen hatte und erst seit Kurzem wieder auf freiem Fuß war. Und wer hatte ihm die Haftstrafe eingebrockt? Dirk Kleinke! Wenn das kein Motiv war, um dem Staatsanwalt eins auszuwischen. Außerdem hatte Breitwieser sich äußerst verdächtig gemacht, indem er vor Gericht damit gedroht hatte, es Kleinke beizeiten heimzuzahlen. Und dann hatte Lohmann auch noch aufgeschnappt, dass Breitwieser damit protzte, bald stinkreich zu sein. Sein Gefühl sagte ihm, dass sie der Aufklärung des Falls einen gehörigen Schritt nähergekommen waren. Sie mussten unbedingt an dem Kerl dranbleiben. Zum Glück hatte Westhessen ihm noch ein paar Leute für eine Observation zur Verfügung gestellt. Wer hätte je gedacht, dass er und Kunze, der alte Haudegen, noch einmal gemeinsam auf Verbrecherjagd gehen würde. Frensdorf lachte und rieb sich die Hände. Wie lange hatten sie sich nicht mehr gesehen? Zwanzig Jahre dürften es mindestens sein, überschlug Frensdorf. Jetzt brauchten sie nur noch handfeste Beweise dafür, dass Breitwieser ihr Mann war. Dann konnten die Korken knallen.

Hastig zog Frensdorf die oberste Schublade auf und wühlte blind darin herum. Endlich bekam er die angebrochene Tafel Schokolade zu fassen, brach sich gleich zwei Riegel auf einmal ab, zerkleinerte sie gedankenverloren auf dem Schreibtisch und stopfte sich das erste Stück in den Mund. Dabei schnaubte er ungehalten. Die Zeit drängte. Valerie war nun schon seit sechs Tagen und Nächten verschwunden und es gab noch immer nicht den leisesten Anhaltspunkt, ob sie noch lebte. Sie hatten unter Einbindung aller verfügbaren Kräfte aus nah und fern mittlerweile nahezu jeden Millimeter der Umgebung so oft auf den Kopf gestellt, dass er nicht mehr wusste, wo sie noch nach ihr suchen sollten. Das bewaldete Gebiet mit seinem stellenweise undurchdringlichen und abschüssigen Gelände hatte es ihnen zudem extrem erschwert, die Gegend zu durchkämmen. Ein Aufruf über die Medien an die Bevölkerung hatte ebenfalls keine sachdienlichen Hinweise auf Valeries Verbleib gebracht.

Er nahm das Fahndungsfoto zur Hand, auf dem Valerie neben ihrer Labradorhündin hockte und ihren Arm um deren Rumpf gelegt hatte. Die Aufnahme war im Garten der Ferienwohnung der Familie entstanden. Valerie trug darauf denselben roten Strickpulli, den sie auch am Abend ihres Verschwindens angehabt hatte. Ihre blonden Haare waren zu dicken Zöpfen geflochten, deren einer keck über linke Schulter nach vorn fiel. Ihre blauen Augen blitzen fröhlich in die Kamera, während ihr Lachen den Verlust des ersten Schneidezahns entblößte. Auf ihrer rechten Wange hatte sie ein kleines Muttermal. Sie sah glücklich aus und unbeschwert. Offensichtlich hatten sie es mit einer Bilderbuchfamilie zu tun, sinnierte Frensdorf. Keine der Befragungen von Freunden, Verwandten und Nachbarn der Kleinkes sowie ihre weiteren Ermittlungen hatte Anlass zu der Vermutung gegeben, dass das Gegenteil der Fall sein könnte und Valerie weggelaufen war, weil es Streit zwischen ihren Eltern oder zwischen einem Elternteil und ihr gegeben hätte oder einer von beiden hinter ihrem Verschwinden stecken könnte. Das alles erleichterte es Frensdorf dennoch keineswegs. Selbst wenn sie Valerie wohlbehalten wiederfänden, was allen Erfahrungen nach inzwischen einem Wunder gleichkäme: Nichts wäre für Valerie wie zuvor. Ihr kindliches Urvertrauen hätte für immer einen gewaltigen Knacks. Er fühlte Trauer und Mutlosigkeit in sich aufsteigen. Doch Aufgeben kam für ihn nicht in Frage.

»Mädchen, verdammt, wo bist du?« Mit den Fingerspitzen strich er über das Fahndungsbild, als könnte er die Antwort herausstreicheln.

21

Brunner trieb die Schafe an. Das Wetter war ideal für die alljährliche Schur: der Himmel strahlend blau und die Temperaturen für die anstrengende Arbeit nicht allzu schweißtreibend. Trotzdem hatte er schlechte Laune. Die Schur war ein Verlustgeschäft geworden, seit die Preise für Schafwolle immer weiter fielen. Aber sie war unumgänglich, um die Tiere davor zu bewahren, dass sie unter ihren dichten Locken einen Hitzestau erlitten.

Willig folgte die große Herde dem Mutterschaf und lief auf den umzäunten Rand der Weide zu. Noch schienen die Tiere nicht zu ahnen, was ihnen bevorstand. Auch für sie bedeutete die Schur trotz der Routine, mit der Brunner und seine Leute vorgingen, jedes Mal einen enormen Stress.

Als Brunner den Pferch erreichte, war die mobile Scherstraße bereits fertig aufgebaut. Zwei seiner Leute legten gerade letzte Hand an die seitlich der Fanganlage stehenden Scherplattformen an. Sobald alle Schafe im Pferch waren, verschlossen zwei Helfer schnell das Metallgatter, um zu verhindern, dass die Herde wieder ausbrechen konnte, während zwei weitere Männer damit begannen, die Schafe Stück für Stück den schmalen Laufgang entlangzutreiben. Sobald das Leittier in der Box am Ende der Scherstraße angelangt war, wurde es mittels eines Stopptors festgesetzt, um so die nachfolgenden Schafe anzulocken.

Brunner nahm seine Position auf der rechten Holzscherplatte ein, griff sich die Schermaschine, die an einer elektrischen Winde hing, öffnete die Kammtasche und suchte ein Messer passender Stärke heraus. Nachdem er es auf den Scherkopf gesetzt hatte, schlüpfte er in seine Mokassins. Er nickte seinem Gegenüber, Julian, zu, der ihm, wie jedes Jahr, zur Hand ging, als Zeichen dafür, dass sie loslegen konnten.

Jetzt musste alles schnell vonstattengehen. Brunner zog den seitlich am Laufgang befestigten Schieber hoch, packte das hinter dem Muttertier stehende Schaf, zog es aus der Straße und fixierte es mit den Knien rücklings zwischen seinen Unterschenkeln. Mit langen Strichen fuhr er mit der Schermaschine vom Brustkorb über den Bauch des Tiers hinunter zu dessen Flanken, drehte es anschließend so, dass er erst die eine Seite, dann den Rücken und schließlich die zweite Seite scheren konnte, sorgsam und vorsichtig, um das Schaf, das sich aus dem Klammergriff zu befreien versuchte, nicht zu verletzen. Die Bewegungen waren ihm im Laufe der Jahre so in Fleisch und Blut übergegangen, dass sie ihm wie automatisch von der Hand gingen.

Knappe zwei Minuten später war alles überstanden. Kaum, dass Brunner seinen Griff lockerte, flüchtete das Schaf mit langgestreckten Sprüngen nackt und im doppelten Sinne erleichtert ins saftige Weidegrün davon. So ging es Tier um Tier weiter: Schieber hoch, Schaf raus, Schermaschine ansetzen, das Schaf von der Wolle befreien, loslassen, das nächste packen. Nur die Lämmer blieben verschont, da ihre Wolle noch nicht dicht genug zum Scheren war.

Bald schon fingen Brunners Arme an zu brennen und um seine Füße herum türmte sich das abgeschorene Vlies wie flockiger Badeschaum. Aber er machte verbissen weiter. Mareike kam kaum nach, die dicken Büschel einzusammeln und in die bereitstehenden Jutesäcke zu verfrachten. Schon den ganzen Morgen sprach sie kaum ein Wort und ging ihm verdächtig aus dem Weg.

»Mareike!«, schrillte plötzlich eine weibliche Stimme quer über das Gelände. Brunner drehte sich um. Mareikes

Busenfreundin Tina stürzte über die Weide auf seine Frau zu. Ihr langes blondes Haar flatterte hinter ihr her wie eine Fahne im Wind. Atemlos blieb sie bei Mareike stehen und flüsterte ihr aufgeregt etwas ins Ohr. Noch während sie sprach, malte sich blankes Entsetzen auf Mareikes Gesicht ab. Brunner meinte, sie selbst auf die Entfernung keuchen zu hören. Im selben Moment sackte sie in sich zusammen. Mit letzter Not gelang es Tina, sie aufzufangen, bevor sie zu Boden fiel. Brunner stellte seine Schermaschine ab. Er zögerte.

»Hey, was ist mit dir?« Julians Kopf war von der Anstrengung und der Tatsache, dass er ihn permanent gesenkt halten musste, krebsrot. Sein Blick wanderte zu den beiden Frauen. »Stress?«

»Das geht dich einen Scheißdreck an!«, gab Brunner barsch zurück, während er weiter über seine Schulter hinweg zu Mareike schielte, die nun schluchzend in Tinas Armen lag. Kurz trafen sich ihre Blicke. Es kam Brunner so vor, als löste der Augenkontakt etwas in Mareike aus. Durch ihren Körper ging plötzlich ein Ruck. Abrupt löste sie sich aus Tinas Umarmung und stapfte, unter den hilflosen Blicken ihrer Freundin, die sie vergeblich aufzuhalten versuchte, davon.

Brunner brüllte: »Zum Donnerwetter, Mareike! Was soll das? Komm sofort zurück! Wir sind noch lange nicht fertig!«

Doch Mareike tat, als hörte sie ihn nicht. Je weiter sie sich entfernte, umso schneller wurden ihre Schritte, bis sie schließlich nur noch ein kleiner Punkt am Horizont war.

Verärgert schüttelte Brunner den Kopf. »Dämliches Weibsstück.« Doch der kleine Vorfall hatte ihn aus dem Takt gebracht. Prompt setzte er die Schermaschine falsch an. Das Schaf zwischen seinen Knien schrie auf und wand sich unter seinen großen Händen, um seinem festen Griff zu entkommen. Blut tropfte auf seine Mokassins.

»Scheiße«, fluchte er. »Scheiße, verdammte Scheiße ... *Bruno!*«

Er übergab seinem Helfer das Schaf, damit dieser die Schnittwunde versorgen konnte, bevor er seine Arbeit unter wütenden Flüchen fortsetzte. Es fiel ihm schwer, sich zu konzentrieren. Seine Wut auf Mareike stieg. Wie konnte sie es wagen, ihn so bloßzustellen.

Nach etwas mehr als sieben Stunden waren sie endlich fertig. Während Brunners Leute die Scherstraße abbauten und die einzelnen Teile in den Transporter verluden, machte er sich mürrisch unter den zum Teil mitleidigen, zum Teil amüsierten Blicken seiner Männer auf den Heimweg, was seiner Laune nicht gerade zuträglich war.

Zu Hause angekommen, fand er Mareike im oberen Stockwerk vor.

»Was fällt dir ein, einfach so zu verschwinden?«, fuhr er sie an, als er ins Schlafzimmer stürzte, eine Wolke Schafsduft im Kielwasser.

Schweigend starrte sie ihn an.

Brunner Augen wanderten zu ihren Füßen, wo ein Koffer und eine beinahe fertig gepackte Reisetasche standen. »Was soll das? Wo willst du hin?«

Es war, als hätte sie nur auf diese Frage gewartet. »Ich verlasse dich«, entgegnete sie gefasst.

Brunner glaubte, sich verhört zu haben. Tief in seinem Inneren machte sich zugleich die Erkenntnis breit, dass dieser Entschluss nicht erst heute Morgen, sondern bereits vor langer Zeit in Mareike gereift war. Erneut wallte der Zorn in ihm auf. Er lachte rau. »Das wirst du ganz bestimmt nicht tun.«

»Und ob ich das werde.« Wortlos drehte sie ihm den Rücken zu, um die restlichen Kleidungsstücke, die sie auf dem Ehebett ausgebreitet hatte, in die Tasche zu stopfen.

»Ich sagte, das wirst du nicht tun«, stieß Brunner zwischen zusammengebissenen Zähnen hervor. Er packte sie brutal am Oberarm und wirbelte sie zu sich herum.

Mareike geriet ins Taumeln. Angewidert versuchte sie, ihm auszuweichen, indem sie den Rücken durchbog. Alles Liebevolle, Weibliche war aus ihrem Gesicht gewichen. »Du hast mir gar nichts mehr zu sagen«, schleuderte sie ihm hasserfüllt entgegen.

»Wie kannst du es wagen ...« Seine freie Hand schnellte in die Höhe.

Mareike gab einen japsenden Laut von sich.

Brunner wusste nicht, ob sie ihn auslachte oder ihr die Angst den Atem nahm.

»Was ist? Worauf wartest du? ... Schlag ruhig ein letztes Mal zu«, reizte sie ihn. »Aber diesmal wirst du mich damit nicht mehr gefügig machen.« Kalt sah sie ihn an. »Ich fürchte mich nicht mehr vor dir, jetzt, wo ich alles verloren habe, was mir lieb und teuer war.«

»Was redest du da, Weib?« Seine rechte Faust schloss sich wie ein Schraubstock um ihren Oberarm, während seine Linke zuckte.

Mareike schnappte von Schmerz gepeinigt nach Luft. »Tu doch nicht so scheinheilig.« Sie spie ihm die Worte regelrecht ins Gesicht. Ihr Widerstand brach plötzlich in sich zusammen, als hätte eine Woge ihn hinweggespült. Tränen stiegen in ihre Augen und sie wandte den Kopf ab. »Ah, verstehe. Daher weht der Wind«, stieß Brunner verächtlich aus. »Es geht um Kutscher, nicht wahr?« Er packte nun auch ihren anderen Arm und schüttelte sie heftig.

Mareikes Schluchzen war ihm Antwort genug. »Hatte Pranschke also doch recht. Du elende Nutte! ... Wie konntest du es wagen, mir Hörner aufzusetzen und mich zum Gespött der Leute zu machen, wegen dieses Dreckskerls, der vor keinem Rockzipfel Halt macht. Du willst mir doch nicht allen Ernstes weismachen, dass der was für dich empfindet. Spätestens in ein paar Wochen hat der dich satt und vögelt die nächste.«

»Wenn das so ist: Warum hast du ihn dann umgebracht?«, keuchte Mareike zwischen Verzweiflung und Wut schwankend.

»Was?« Brunner lachte grunzend. »Umgebracht? ... Was redest du da für einen Unsinn?« Sein Gesicht erhellte sich plötzlich. »Ach, ist es das, was deine Freundin Tina dir ins Ohr geflüstert hat? Dieses gemeine Miststück.«

»Also stimmt es?«, fragte Mareike. Ihre Stimme zitterte.

»Du glaubst doch nicht im Ernst, dass ich mir von dir und diesem elenden Klatschweib einen Mord anhängen lasse. Eher mache ich euch beide fertig.«

»Und wo warst du dann vorgestern Nacht?«

Brunner antwortete nicht, sondern versetzte Mareike einen kräftigen Stoß, sodass sie rücklings aufs Bett fiel. Schützend umklammerte sie ihre Knie und rollte sich zusammen wie ein Embryo. »Lass mich gehen, bitte, Jochen«, bettelte sie leise zwischen lautlosen Schluchzern, während sie sich hin und her wiegte.

22

Der Anruf bei Martina Herold hatte Hella gleich drei neue Erkenntnisse gebracht. Erstens hatten die DNA-Untersuchungen im Senckenberg Institut in Gelnhausen ergeben, dass es sich bei der toten Fähe um die Herbsteiner Wölfin handelte. Hella hatte im Grunde nichts Anderes erwartet. Zweitens war die Wölfin, wie befürchtet, trächtig gewesen. Die Geburt der Welpen hatte unmittelbar bevorgestanden. Und drittens hatte die Wolfsberaterin Nachweise dafür gefunden, dass sich tatsächlich ein erwachsener Rüde in der Gegend herumtrieb - aller Voraussicht nach der Erzeuger der Jungen.

»Kommen Sie, hier geht's weiter.« Herold, die weitere Belege für die Anwesenheit des Wolfsrüden sammeln wollte, kletterte einen Hang hinauf, wo sie von einer Ansammlung halbhoher Fichtenstämme verschluckt wurde. »Bis zu der Stelle, an der ich gestern Nachmittag frischen Wolfskot gefunden habe, sind es höchstens noch dreihundert Meter«, rief sie Hella über ihre Schulter hinweg zu.

Im Verlaufe des Vormittags war es stechend heiß geworden und Hella war froh für den Schatten, den das geschlossene Laubdach spendete. Sie hatte dennoch Mühe, mit Herold Schritt zu halten, da Jaggers Nase ständig neue Gerüche ausmachte, die er eingehend analysieren musste.

Herold war auf einer kleinen Anhöhe stehengeblieben, um auf Hella und Jagger zu warten. Sobald die beiden zu ihr aufgeschlossen hatten, umrundeten die drei ein Areal aus Birken, Spitz- und Bergahorn, Vogelbeeren und Wildkirschen, das vor nicht allzu langer Zeit wiederaufgeforstet worden war.

»Könnten wir kurz Pause machen?«, bat Hella, als einige

Zeit später eine Schutzhütte in Sicht kam.

Nachdem sie nebeneinander auf der hölzernen Sitzbank Platz genommen hatten, biss Hella heißhungrig in ihr mitgebrachtes Butterbrot. Jagger lag zu ihren Füßen und nagte an einem Stöckchen.

»Was sagen eigentlich die Experten vom Leibniz-Institut zu der Patrone, mit der die Wölfin getötet wurde?«, fragte Hella.

»Das war ein klassisches Teilmantelgeschoss, wie es für die Jagd üblich ist. Deswegen auch das große Austrittsloch, das die Kugel im Tierkörper gerissen hat, da diese Art von Gewehrkugeln pilzförmig auseinandergehen, sobald sie auf Knochen oder Gewebe treffen.«

Hella nickte wissend. »Was es für die Polizei zugleich schwierig machen dürfte, das Projektil einer Tatwaffe zuordnen.«

»Ja, leider, zumal es sich um ein gängiges Kaliber handelt, ein so genanntes Springfield-Geschoss 30-06.«

»Ich kriege echt die Krätze, wenn ich mir vorstelle, dass der Wilderer unter Umständen straffrei ausgeht.« Hella war der Appetit vergangen. Frustriert packte sie die Reste ihres Butterbrots wieder ein. »Aber noch ist nicht aller Tage Abend. Und ich werde so lange keine Ruhe geben, bis wir den Typen haben und er seiner gerechten Strafe zugeführt wurde.« Sie schraubte ihre Thermosflasche auf und genehmigte sich einen großen Schluck Mineralwasser. Zumindest stehen wir nicht mit leeren Händen da, dachte sie, während sie die Flasche wieder verstaute und den Rucksack mit einer energischen Bewegung verschloss. Sie hatten den Kadaver und einen klaren Beleg für die Todesursache und sie hatten Reifenspuren. Wenn sie jetzt noch einen Zeugen auftreiben konnten, der den Abschuss oder das Entsorgen der Wölfin im Moor beobachtet hatte, reichte das vielleicht, um den Täter zu überführen. Sie wurde einfach das Gefühl nicht los, dass sie den Schlüssel zum Auffinden von Valerie in den Händen hielten, sobald sie den Wolfsmörder gefasst hätten oder umgekehrt. »Wollen wir wieder?« Sie erhob sich.

Sie waren eine weitere gute Viertelstunde gelaufen, als Herold plötzlich stehen blieb und Hella mit seitlich ausgestrecktem Arm daran hinderte, weiterzugehen. »Stopp! ... Schauen Sie nur!« Sie wies auf eine Stelle, einen guten halben Meter vor ihnen.

In einer seichten Pfütze waren mehrere große, länglich-ovale Pfotenabdrücke erkennbar, die ihren Weg kreuzten. Die kräftigen Krallen des Tieres hatten sich tief in die feuchte Erde gegraben.

Herold ging in die Hocke und unterzog die Trittsiegel einer eingehenden Prüfung. »Das ist er!«, raunte sie Hella aufgeregt zu. »Die Abdrücke stammen eindeutig von unserem Wolfsrüden. Er kann erst vor Kurzem hier vorbeigekommen sein. Die Spuren sind frisch. Kommen Sie«, ermunterte sie Hella, »er ist hier entlanggelaufen.«

Eine Zeitlang arbeiteten sich die drei im Gänsemarsch vorwärts. Jagger war aufs höchste erregt. Seine Nase klebte auf der Wolfsfährte, während seine Rute unablässig rotierte. Sie krabbelten über umgestürzte Baumstämme, kämpften sich steile Böschungen hoch, folgten einem kleinen Bachlauf und passierten bald darauf eine von Wildschweinen als Schlammbad genutzte morastige Bodenvertiefung, während die Sonne zwischen zartgrünen Buchenblättern goldene Lichtreflexe auf die Erde zauberte. Der stellenweise feuchte Waldboden machte es ihnen relativ leicht, zu erkennen, welche Route der Wolfsrüde genommen hatte. Nur zwei Mal hätten sie seine Spur beinahe verloren. Doch Herolds

Erfahrung und Jaggers feiner Riecher führten sie schnell wieder auf den richtigen Pfad.

Bald jedoch wurden die Wege immer unzugänglicher, der Marsch immer strapaziöser und Hella glaubte schon, dass sie ihre Unternehmung abbrechen müssten, als Herold plötzlich neben einem Baumstumpf am Rande der Wegkreuzung, auf der sie sich gerade befanden, einen großen, knapp zwanzig Zentimeter langen und mehr als daumendicken Kothaufen entdeckte. Als Hella sich hinunterbeugte, um die gräuliche Hinterlassenschaft näher in Augenschein zu nehmen, stieg ihr scharfer Raubtiergeruch in die Nase.

»Die Losung ist noch feucht«, bemerkte Herold erfreut.

Was bedeutete, dass der Wolf womöglich noch in der Nähe war, überlegte Hella. Angst hatte sie nicht. Mit etwas Glück würden sie ihn vielleicht sogar zu Gesicht bekommen, auch wenn die Wahrscheinlichkeit gering war, da der Wolf, sollte er sie bemerkt haben, sich freiwillig ganz bestimmt nicht zeigen würde. Interessiert schaute sie sich um, während Herold den Kothaufen, der von Haaren und Knochenstückchen durchsetzt war, näher untersuchte und schließlich mit einem Holzspatel in ein mitgebrachtes Plastiktütchen verfrachtete. Doch außer dem Wechselspiel von Licht und Schatten, das Hella vorgaukelte, lebendige Wesen tanzten zwischen den Bäumen umher, war nichts zu sehen.

»Wo geht's da vorn hin?«, fragte sie. »Ist der Wald da zu Ende?«

Herold, die dabei war, ihren Fund in ihrem Notizbuch zu dokumentieren, sah auf und folgte Hellas Blickrichtung. »Nein. Da befindet sich eine als Wildruhezone ausgewiesene große Waldwiese.«

»Ich schaue mich dort ein wenig um. Okay?«

»Machen Sie das. Ich brauche hier eh noch eine Weile. Aber passen Sie auf, dass Sie unterwegs nicht vom Wolf gefressen werden.« Herold zwinkerte ihr zu.

Hella grinste und band Jagger an einem Baum fest. Als sie auf die sonnendurchflutete Lichtung zulief, begleitete sie das Zwitschern der Vögel. Die Wiese war wunderschön gelegen, umrahmt von alten Laubbäumen mit ausladenden Kronen und Ästen, die bis weit hinab zur Erde reichten. Das mit Wildblumen, Klee, Kräutern, Knaul- und Kammgras sowie Leguminosen durchsetzte Grün stand kniehoch und bildete einen Anziehungspunkt für zahlreiche Schmetterlinge und Insekten, die im Sonnenlicht um die Blüten schwebten. Hella genoss die friedliche Stimmung, die von dem Ort ausging. Plötzlich meinte sie, zwischen zwei dicken Stämmen am gegenüberliegenden Waldrand auf Brusthöhe etwas aufblitzen zu sehen. Verwundert kniff sie die Augen zusammen und bewegte sich einige Schritte seitwärts, um einen günstigeren Blickwinkel einzunehmen. Und tatsächlich: Da war es wieder. Eine kurze Reflexion, als ob sich das Sonnenlicht in einem Stück Glas spiegeln würde. Sie fragte sich, was das wohl sein könnte. Im selben Augenblick zerriss ein ohrenbetäubend lauter Knall die Stille, während zeitgleich, nur wenige Zentimeter neben ihr, eine Kugel im Waldboden einschlug. Hella warf sich bäuchlings auf die Erde. Ihr Herz raste. Ihre Gedanken überschlugen sich. Das konnte doch nicht wahr sein? Jemand hatte auf sie geschossen! Und zwar nicht zufällig, sondern offensichtlich gezielt! Mit klopfendem Herzen krabbelte sie, so schnell sie konnte, auf allen vieren zurück in den schützenden Wald. Sobald sie sich sicher genug fühlte, richtete sie sich auf und rannte halb gebückt und mit zitternden Knien zurück zu Herold und Jagger.

»Was war das denn?« Herold sah Hella stirnrunzelnd an. »Ein Schuss mitten am Tag?«

»Jemand hat auf mich geschossen«, berichtete Hella atemlos.

»Was?« Entsetzt riss Herold die Augen auf. »Auf Sie geschossen?... Aber wer? Und ... und wieso?«

»Keine Ahnung. ... Ich habe niemanden gesehen. Ich hatte nur einen Lichtreflex auf der anderen Seite der Wiese wahrgenommen und bin ein Stück die Waldkante entlanggegangen, weil ich wissen wollte, was das war. Unmittelbar danach fiel der Schuss.«

»Aber warum sollte jemand auf Sie schießen?« Herold war noch immer fassungslos.

»Was weiß ich.« Hella zuckte ratlos mit den Schultern. »Der Schuss galt aber eindeutig mir. Die Kugel ist direkt neben mir im Boden eingeschlagen.« Sie zitterte noch immer am ganzen Körper, während sie sich über Jagger beugte, um ihn loszubinden. »Wir sollten besser schnell von hier verschwinden«, drängte sie.

»Ja sicher!« Herold raffte eilig ihre Sachen zusammen.

Schweigend machten sie sich auf den Rückweg, wobei Hella sich wiederholt umblickte, bis sie nach einer knappen Stunde wieder an Herolds Pick-up angelangt waren. Glücklicherweise schien ihnen niemand gefolgt zu sein.

Aufgewühlt und erschöpft ließ sich Hella auf den Beifahrersitz fallen. Es dauerte nicht lange und sie fiel in einen unruhigen Schlaf, der sie in einen Traum entführte, in dem ein kleines Mädchen, lachend und mit wehenden Locken, auf dem Rücken eines Wolfs saß, ihre Hände fest in dessen Mähne gekrallt, während die Zwei im Mondlicht zwischen hohen Fichten hindurch galoppierten. Ein Mann, ganz in Schwarz gekleidet, folgte den beiden. Fluchend stolperte und strauchelte er durchs Unterholz, fing sich wieder, rannte weiter, verzweifelt darum bemüht, die beiden einzuholen, während ihm Äste ins Gesicht peitschten und die Schatten der Nacht nach ihm griffen, wie die Arme eines Tintenfisches. Plötzlich zog er eine Waffe und schoss aufs Geratewohl um sich. Laut hallten die Schüsse durch die nächtliche Stille. Hella, die die Szene von einer Lichtung aus beobachtete, schrie dem Mädchen und dem Wolf zu, dass sie sich beeilen sollten. Noch einmal versuchte der Mann, die beiden mit einem Schuss zu strecken. Wieder verfehlte er sein Ziel. Bald darauf hatte die Schwärze des Waldes das Mädchen und ihren vierbeinigen Gefährten verschluckt.

Hella erwachte erst wieder, als Herold vor der Polizeidirektion in Lauterbach anhielt. Sanft berührte Herold Hellas Schulter. Hella rieb sich die Augen. Die stahlblaue Eingangstür der Polizeidirektion stach wie ein gigantischer quadratischer Farbklecks aus der strahlend weißen Fassade hervor. Enttäuscht realisierte sie, dass sie die Flucht des Kindes und des Wolfs nur geträumt hatte, während sie mit Bitterkeit feststellte, dass die Schüsse, die sie im Traum gehört hatte, keineswegs ihrer Einbildung entsprungen waren.

23

Bernd hatte geduscht und stand in Boxershorts in der Küche seiner Erdgeschosswohnung in Auringen, einem Vorort von Wiesbaden. Mit dem Frotteehandtuch rubbelte er sich die Haare trocken, während er ins Schlafzimmer ging und sich anzog. Zurück in der Küche holte er einen Becher aus dem Hängeschrank, stellte ihn auf das silberne Abstellgitter seines Kaffeeautomaten und betätigte die Cappuccino-Taste. Anschließend entnahm er dem Kühlschrank eine Packung Salami und belegte sich damit dick zwei Scheiben Schwarzbrot, als sein Handy klingelte.

»Alex, was gibt's?« Bernd wischte sich die fettigen Finger an der Hose ab. Alexander Winkler war einer der Kollegen, die mit ihm zusammen zur Observation Breitwiesers eingeteilt worden waren.

»Breitwieser hat soeben das Haus verlassen. Er steigt jetzt in sein Auto. Ich fahre ihm hinterher.«

»Okay. Was ist mit den Kollegen?«

»Reiner und Doreen folgen uns, während Arno und Phil hier die Stellung halten.«

»Alles klar. Gib mir deinen Live-Standort durch. Ich hänge mich mit dran.«

Schnell stellte Bernd seinen Cappuccinobecher in die Spülmaschine und räumte die Salami, die Butter und das Brot wieder zurück in den Kühlschrank. Sie überwachten Breitwieser nun seit zwei Tagen. Nach vorgestern Nacht war der nicht mehr vor seine Haustür getreten. Bernd zog sich in Windeseile seine Jacke über, schnappte sich seine fertig gepackte Tasche, die im Flur jederzeit für einen Aufbruch bereitstand, und verschloss sorgfältig die Wohnungstür. In dem Augenblick rief Alex erneut an.

»Beeil dich. Es sieht so aus, als würde Breitwieser die Stadt Richtung Autobahn verlassen.«

»Bin schon unterwegs.«

Bernd schmiss die Tasche auf den Rücksitz und sprang ins Auto. Auf der A66 kurz vor Erbenheim hatte er Breitwieser und seine Kollegen eingeholt. Er überholte Rainer und Doreen und nutze eine Lücke hinter Alex Audi. In gebührendem Abstand folgte die drei Limousinen Breitwiesers metallicblauem Ford Fiesta. Am Nordwestkreuz Frankfurt fädelte der sich in die Abbiegespur auf die A5 ein.

»Der fährt Richtung Vogelsberg. Da wette ich meinen Arsch drauf«, tönte Alex tiefe Stimme durch die Freisprechanlage. Er stand jetzt in ständigem Kontakt zu Bernd.

»Könnte sein. Ich informiere sicherheitshalber Frensdorf und melde mich dann wieder bei dir.«

Alex sollte Recht behalten. Nach einer guten Stunde hatten Breitwieser und seine Verfolger die Autobahn verlassen und passierten Schotten. Breitwieser schien nicht zu bemerken, dass ihm die Kripo auf den Fersen war. Er hielt auf direktem Wege auf Herbstein zu.

»Was glaubst du, was der vorhat?«, erkundigte sich Alex bei Bernd. »Meinst du, dass der uns zu Valeries Versteck führt?«

»Keine Ahnung.« Bernd war skeptisch. »Das wäre zu schön, um wahr zu sein.«

»Scheiße«, hörte er Alex plötzlich fluchen.

»Was ist?«

»Ich glaube, er riecht die Lunte. Er schaut immerzu in seinen Rückspiegel.«

Alex hatte die Worte kaum ausgesprochen, als Breitwieser den Motor aufheulen ließ und in einem waghalsigen

Manöver den vor ihm fahrenden Lkw überholte.

»Verdammt!«, schimpfte Alex. »Wir sind verbrannt. Der haut ab.« Er zog ebenfalls auf die Gegenfahrbahn, riss das Steuer aber sogleich wieder zurück. Ein langgezogenes Hupen ertönte. »Ja, ist ja gut, ist ja gut.« Alex atmete hörbar aus. Mit knapper Not war es ihm gelungen, einen Frontalzusammenstoß mit einem entgegenkommenden Auto zu verhindern. »Scheiße, wir verlieren ihn!« Mehrmals setzte er erneut zum Überholen an. Doch die unübersichtliche Strecke, die mitten durch einen dichten Wald führte, nahm ihm die Sicht.

Dann endlich, nach einer gefühlten Ewigkeit, konnte er an dem Lkw vorbeiziehen. Der Fahrer zeigte ihm einen Vogel und schüttelte missbilligend den Kopf. In hohem Tempo setzte Alex die Verfolgung fort. Als er eine scharfe Linkskurve nahm, sah er in der rechts verlaufenden Abbiegung die vertrauten Rücklichter aufblitzen, schaffte es jedoch nicht, rechtzeitig abzubremsen. »Bernd, er ist rechts rein in die ...« Er warf ein Blick auf sein Navi, »in die L338. Fahr du ihm hinterher. Ich versuche, euch über Nebenstraßen entgegenzukommen.«

Bernd hatte den Lkw inzwischen ebenfalls passiert und war jetzt knapp zweihundert Meter hinter Alex. Der Wagen von Reiner und Doreen kam nicht nach, wie er mit einem Blick in den Rückspiegel feststellte. Sie schienen den Anschluss verloren zu haben. Alex und er waren fortan auf sich allein gestellt. Kurz nach der Linkskurve bog Bernd rechts ab und trat das Gaspedal voll durch, da die Strecke frei war. Die Fliehkraft drückte ihn in den Sitz. Nach wenigen Minuten tauchte das blaue Heck des Ford vor ihm auf. Bernd bremste ab und schloss zu Breitwieser auf, der wieder in gemäßigtem Tempo fuhr.

»Ich habe ihn wieder«, teilte er Alex mit. »Wir sind jetzt ungefähr auf Höhe des Segelfluggeländes. Ich glaube, er ahnt nicht, dass wir zu zweit sind. Wo bist du?«

»Nicht weit von euch. Ich nähere mich der L338 von Nordost. Fährt er weiter geradeaus?«

»Ja, ... das heißt, nein, warte ... er biegt nach links ab. Vielleicht will er zum Flugplatz.«

»Sehr gut.« Alex triumphierte. »Dann dürfte ich ihn gleich wieder in den Blick bekommen. ... Ja, da ist er! Ich sehe ihn. Er hält genau auf mich zu.«

Im selben Moment bemerkte auch Breitwieser Alex. Sofort beschleunigte er seinen Ford und versuchte, in eine winzige Nebenstraße nach links auszuweichen. Doch Alex erreichte die Abzweigung Sekunden vor ihm und versperrte ihm den Weg, indem er mitten auf die kleine Kreuzung fuhr.

Breitwieser trat mit voller Wucht auf die Bremse. Krachend haute er den Rückwärtsgang rein, setzte mit quietschenden Reifen zurück und versuchte, auf dem begrünten Randstreifen zu wenden. Der Gestank von verbranntem Gummi lag in der Luft.

Bernd reagierte blitzschnell, stellte seinen BMW ebenfalls quer auf die Fahrbahn und blockierte so den Fluchtweg nach hinten. Zu hohen Stapeln aufgeschichtete Baumstämme rechts und links der schmalen Straße verhinderten, dass Breitwieser mit seinem Ford seitlich an Bernds Wagen vorbei ausbrechen konnte.

Breitwieser schien schlagartig klar zu werden, dass er in einer Falle saß. Er riss die Fahrertür auf, sprang aus dem Auto und flüchtete zu Fuß weiter. Innerhalb kürzester Zeit war er zwischen den Bäumen verschwunden.

Bernd und Alex hechteten ihm hinterher. Vor ihnen nichts als hohe Bäume. Auf einmal hörten sie ein lautes Knacken.

Breitwieser war offenbar auf einen heruntergefallenen Ast getreten. Mit einer Kopfbewegung gab Bernd Alex zu verstehen, links herumzulaufen, während er Breitwieser auf direktem Wege nachsetzte. Da plötzlich tauchte der Flüchtende wieder vor ihm auf.

»*Stehenbleiben. Polizei*!«, brüllte Bernd. Sein Abstand zu Breitwieser, der strauchelnd und keuchend durchs Dickicht rannte, betrug etwa dreißig Meter. Das Waldstück war nicht groß, aber unerschlossen. Auch Bernd hatte seine liebe Not, nicht über Wurzeln oder umliegende Baumstämme zu fallen. Immer wieder musste er sich ducken, um tiefhängenden Ästen auszuweichen. Doch er holte kontinuierlich auf.

Als er nur noch etwa fünfzehn Meter hinter Breitwieser war, trat Alex plötzlich wie ein Geist zwischen zwei Buchen hervor. Bevor der Flüchtende reagieren konnte, stürzte Alex sich auf ihn und riss ihn zu Boden. »Das war's, mein Freund.« Er packte Breitwiesers rechten Arm und drehte ihn nach hinten, während er sich auf dessen Rücken kniete.

Wortlos zogen Bernd und Alex den tobenden Breitwieser schließlich gemeinsam auf die Füße und führten ihn ab.

24

Mit dem letzten abgestandenen Schluck Kaffee spülte Frensdorf die Süße herunter, die seinen Gaumen überzog wie ein klebriger Film. Dort, wo er den Becher abstellte, zierten bereits mehrere Ringe die Schreibtischplatte. Nervös tippte er seine Fingerspitzen gegeneinander. Jetzt, wo sie Breitwieser hatten, auch wenn der Kerl noch nicht geständig war, drängte es ihn, zu den Kleinkes zu fahren, um herauszufinden, was Dirk Kleinke ihm über Breitwieser sagen konnte. Nach einem Blick auf die Uhr entschied er, die anstehende Mittagspause dafür zu nutzen.

Er schickte sich gerade an, sein Büro zu verlassen, als er auf der Türschwelle kehrtmachte, zu seinem Schreibtisch zurück hastete und die oberste Schublade aufriss. Nur Sekunden später wanderte eine geöffnete Tafel Trauben-Nuss in seine Jackentasche.

Nach einer Fahrtzeit von knapp fünfundzwanzig Minuten erreichte er das schmucke, freistehende Fachwerkhaus. Bevor er klingelte, zerknüllte er die leere Verpackung und warf sie in eine der Mülltonnen vor dem Haus.

Der Beamte der Verhandlungsgruppe der Kripo, der den Kleinkes zur Seite stand, öffnete ihm. Er wischte sich die Hände an der Hose ab. Das leise Rauschen der Klospülung hinter der weiß gestrichenen Tür neben dem Eingang verriet Frensdorf, dass er den Beamten von der Toilette geholt hatte. Er nickte dem Mann kurz zu und lief voraus in den Wohnbereich. Flüchtig sah er sich um. Vornehm geht die Welt zugrunde, ging es ihm durch den Kopf, als er das zeitlose, aber unverkennbar teure Interieur betrachtete. Zugleich hatte er das Gefühl, die Anspannung und Trauer, die in der Luft hingen, mit den Händen greifen zu können.

Dirk Kleinke saß auf der Wohnzimmercouch und hielt eine aufgeschlagene Tageszeitung auf den Knien. Bei Frensdorfs Eintreten legte er die Zeitung auf das Polster und wuchtete seine gut zwei Zentner hoch, um den Polizeidirektor zu begrüßen. Trotz der sommerlichen Temperaturen trug er zu einer schwarzen Jeans einen langärmeligen dunkelgrauen Pullover und darunter ein kariertes Hemd. Wenn ihn Frensdorfs unangekündigtes Erscheinen erstaunte, so ließ er es sich nicht anmerken.

Wie bereits bei ihrem ersten Zusammentreffen, war Frensdorf beeindruckt von der Präsenz, die Kleinke ausstrahlte. Seine slawischen Gesichtszüge mit den fast schwarzen Augen verliehen ihm zugleich etwas Unnahbares. Wie hatte Lohmann ihn noch gleich charakterisiert? Hochqualifiziert, erbarmungslos und ehrgeizig. Ein sicherlich zutreffendes Urteil, beschied Frensdorf. Er schüttelte Kleinke die Hand und bedeutete ihm, dass er sich wieder setzen könne.

»Wo ist Ihre Frau?«, erkundigte er sich.

»Oben, im Zimmer unserer Tochter.«

»Wie geht es ihr?«

Kleinkes Lippen wurden schmal. »Wie soll es ihr schon gehen? Die Ungewissheit macht sie fertig. Sie verbringt fast den ganzen Tag im Bett, isst kaum etwas.« Er brach ab.

Frensdorf musterte ihn aufmerksam. War Kleinke ehrlich besorgt um seine Frau oder war er nur ein guter Schauspieler? Er selbst schien nach außen hin relativ unberührt von den Vorfällen. Das konnte aber täuschen. Als versierter Staatsanwalt hatte er sicherlich Übung darin, seine Emotionen im Zaum zu halten.

Hektisches Getrippel in seinem Rücken ließ den Polizeidirektor herumfahren. Bea, die blonde

Labradorhündin der Familie, schoss ins Wohnzimmer. Ihr Körper vollführte Schlangenbewegungen und ihre Rute wackelte wie ein Scheibenwischer im Dauerregen hin und her, als sie auf ihn zustürzte.

»Hoppla, nicht so stürmisch.« Frensdorf versuchte, die Hündin mit ausgestrecktem Arm daran zu hindern, an ihm hochzuspringen.

»Entschuldigen Sie. Ich hatte Bea eben in der Küche etwas zu Fressen gegeben, als Sie ... *Bea, lass das! Komm her*!«, befahl Kleinke. Doch die Hündin, die Frensdorf weiter bedrängte, stellte sich taub. »Sie ist ziemlich übergriffig und noch sehr unerzogen.« Kleinke stand auf und zerrte Bea am Halsband zur Couch.

Das Geräusch der Krallen, die über die alten Holzdielen schabten, war Sadismus für Frensdorfs Ohren. Er kniff unwillkürlich die Augen zusammen und fletschte die Zähne.

»*Platz*!«, wies Kleinke Bea scharf an.

Zu Frensdorfs Überraschung gehorchte die Hündin und ließ sich zu Kleinkes Füßen fallen wie ein nasser Sack.

»Verzeihen Sie ... Bitte, setzten Sie sich doch«, forderte Kleinke Frensdorf auf. »Wollen Sie einen Kaffee oder Tee?«

»Ein Kaffee wäre gut.«

Der Beamten, der Frensdorf ins Wohnzimmer gefolgt war, gab Dirk Kleinke mit einer Geste zu verstehen, dass er sich darum kümmern würde. Kaum, dass er sich Richtung Küche bewegte, sprang Bea auf und raste hinter ihm her.

»Dieser Hund!« Kleinke schloss für einen kurzen Moment genervt die Augen, während er vernehmlich durchatmete. »Was führt Sie her? Gibt es neue Erkenntnisse?«, fragte er dann.

Frensdorf wollte gerade antworten, als Bea mit einem unappetitlich aussehenden, zigarrenförmigen Gegenstand wieder auf der Bildfläche erschien. Direkt vor dem Polizeidirektor ließ sie ihn fallen. Der Gestank, der von dem arg zerkauten Teil aufstieg, raubte Frensdorf beinahe den Atem. Instinktiv vermied er es, durch die Nase zu atmen und kickte das übelriechende Etwas kurzerhand mit der Fußspitze unter die Couch. Ein grober Fehler, wie er feststellen musste! Die Kaustange war kaum unter der Sitzfläche verschwunden, da warf sich Bea auf den Bauch und versuchte, sie wieder hervorzuholen, indem sie wie verrückt mit den Vorderpfoten über den Boden kratzte und dabei winselnde Laute von sich gab.

»Bea, zum Donnerwetter, es reicht jetzt.« Kleinke erhob sich, schnappte sich die Hündin und sperrte sie in den Flur. »Dieser eigenwillige Köter raubt mir noch den letzten Nerv«, sagte er, als er sich wieder setzte. »Wäre sie doch nur nie abgehauen, dann wäre das alles nie ... Ach, was soll's.« Er machte eine wegwerfende Handbewegung, verschränkte anschließend die Hände hinter dem Kopf und starrte zur Decke. Sein Atem ging schwer.

Ganz so spurlos, wie Kleinke tat, ging die Situation offenbar doch nicht an ihm vorbei, stellte Frensdorf fest, während er Milch und Zucker in seine Kaffeetasse gab und die Mischung langsam umrührte. Er nahm einen großen Schluck, um dem Staatsanwalt Zeit zu geben, sich zu sammeln. »Herr Kleinke«, begann er schließlich. »Erinnern Sie sich an den Fall Breitwieser?« Zu seinem Leidwesen verspürte er plötzlich ein leichtes Sodbrennen und sein linkes Augenlid begann nervös zu zucken.

»Arnim Breitwieser. Und ob ich mich an den Fall erinnere.« Kleinke schnaubte verächtlich. Er beugte sich vor und fuhr sich durch sein dichtes Haar. »Ein absolut skrupelloser Bursche, der vor nichts zurückschreckt: mehrere

Einbrüche, gefährliche Körperverletzung und schließlich ein Raubüberfall auf eine Tankstelle in Schierstein, wo er die Kassiererin mit einem Messer bedroht hat. So einer sollte meiner Ansicht nach dauerhaft weggesperrt werden. Den resozialisieren Sie nicht mehr. Sobald der wieder draußen ist, richtet der nur das nächste Unheil an.«

»Erinnern Sie sich immer spontan so gut an Ihre Fälle?«, erkundigte sich Frensdorf vorsichtig.

»Hm? ... Nein, nicht an alle.« Kleinke sah den Polizeidirektor erwartungsvoll an. »Aber der Fall hat mich damals zugegebenermaßen sehr bewegt. Wissen Sie, die Frau hat eine Tochter in Valeries Alter. Nach dem Überfall war sie dermaßen traumatisiert, dass sie sich zeitweilig in stationäre psychiatrische Behandlung begeben musste und sich währenddessen nicht um ihr Kind kümmern konnte. Die Kleine war solange in einer Pflegefamilie untergebracht. So etwas lässt einen als Vater nicht kalt, glauben Sie mir. Aber warum fragen Sie mich nach Breitwieser?«

»Er ist seit zwei Monaten wieder auf freiem Fuß.«

Frensdorf sah, wie es in Kleinkes Gehirn arbeitete. Offensichtlich rechnete er im Stillen nach, ob das stimmen und was das zu bedeuten haben konnte.

»Ja, und? Ich verstehe immer noch nicht ...«, sagte er.

»Wir haben Breitwieser heute Vormittag gefasst, als er auf dem Weg nach Herbstein war.«

»Breitwieser war auf dem Weg hierher? Aber ...?« Kleinke sah Frensdorf abwartend an. Dann endlich fiel bei ihm der Groschen. »Ach, Sie meinen, *er* ist ... *er* könnte derjenige sein, der ... der Valerie ...« Er schluckte schwer und wischte sich mit der Hand über den Mund, als wollte er einen üblen Geschmack loswerden.

»Bislang ist es lediglich ein Verdacht, mehr nicht. Halten

Sie es für möglich, dass Breitwieser Sie erpresst?«
»Ich weiß es nicht. ... Vielleicht.« Kleinke verbarg sein Gesicht in den Händen und zuckte hilflos mit den Schultern.

25

Schwermütig schaute Hella aus dem Fenster der Polizeidirektion in Lauterbach, während sie vor dem Büro des Beamten wartete, der Herolds Aussage zu den Vorfällen im Wald aufnahm. Sie fühlte sich noch immer wie betäubt. Jemand hatte versucht, sie umzubringen. Aber warum? Bei der Ausübung ihres Jobs war sie schon mehrfach körperlich angegriffen worden - dreimal hatte sie sich deshalb sogar im Krankenhaus behandeln lassen müssen. Aber hier war sie privat unterwegs und trotzdem trachtete ihr jemand nach dem Leben. War sie nur zufällig zur Zielscheibe eines Irren geworden oder war ihr und Herold heimlich jemand gefolgt, ohne, dass sie es bemerkt hätten, jemand, dem sie bei seinem oder ihrem privaten Feldzug gegen die Wölfe im Weg standen? Beide Vorstellungen behagten Hella ganz und gar nicht und jagten ihr kalte Schauer den Rücken hinunter. Und nun hatte sie auch noch erfahren, dass Mario Kutscher tot war. Über den Haufen gefahren und im Straßengraben liegen gelassen wie ein räudiges Tier. Und der Fahrer: auf und davon, ohne sich um sein Opfer zu kümmern. Worin war sie da bloß hineingeraten?

Die Naturparkidylle, die sie in den Vogelsberg geführt hatte, bekam zusehends tiefe Risse. Selbst der urige, schier endlos scheinende Wald mit seinem alten Baumbestand und dem dichten Unterbewuchs kam ihr mit einem Mal düster und gefährlich vor. Wäre sie abergläubisch, würde sie meinen, ein Fluch läge auf der Gegend. Da sie jedoch nicht an Geister, Gespenster oder Hexen glaubte, musste es eine andere Erklärung dafür geben, dass sich innerhalb von so kurzer Zeit in und um Herbstein die Verbrechen häuften. Als der Polizeibeamte, bei dem sie ihre Aussage gemacht hatte, ihr vom Tod Kutschers berichtet hatte, hatte sie sich verpflichtet gefühlt, ihm vom Streit zwischen dem Schreinermeister und Gottlob zu erzählen, auch wenn ihr nicht wohl dabei war, da sie niemanden zu Unrecht verdächtigen wollte. Im Grunde hielt sie es sogar für äußerst unwahrscheinlich, dass Gottlob seinen ehemaligen Schulfreund ins Jenseits befördert haben könnte. Oder war sein Hass auf Kutscher doch größer gewesen, als es der Streit zwischen den beiden vor der Kirche vermuten ließ? Sie konnte und wollte das nicht glauben. Dies festzustellen, war außerdem nicht ihre Aufgabe, sondern die der Polizei. Sie hatte momentan wirklich andere Sorgen: Wer, in Gottes Namen, trachtete ihr nach dem Leben und weshalb? Sie bezweifelte, dass es Brunner gewesen war. Selbst, wenn der Landwirt herausbekommen haben sollte, dass sie und Friederike ihn und seine Frau mit ihrer angeblichen Recherche über alte Gehöfte hinters Licht geführt hatten und sie anschließend auch noch unerlaubt auf seinem Grundstück herumgeschnüffelt hatte, würde er bestimmt nicht auf die verrückte Idee kommen, sie umbringen zu wollen. Da wäre es doch naheliegender gewesen, sie zur Rede zu stellen. Aber wer dann?

Sie seufzte. Was für eine verzwickte Geschichte. Kurz dachte sie daran, den Aufenthalt in Herbstein abzubrechen und zurück nach Hause zu fahren. Aber sie verwarf die Idee gleich wieder. Ihr würde schon nichts passieren. Und schon gar nicht stand ihr der Sinn danach, Bernd auf die Nase zu binden, was heute Morgen passiert war, jedenfalls nicht gleich. So wie er gestrickt war, würde er in Wiesbaden sofort alles stehen und liegen lassen und nach Herbstein kommen, um ihr fortan wie ein Wachhund an den Fersen zu kleben. Das fehlte ihr gerade noch. Ihr ging plötzlich auf, dass ihr

Liebster sich in den vergangenen Tagen kein einziges Mal bei ihr gemeldet hatte. Seltsam. Das sah ihm gar nicht ähnlich. Noch während sie darüber nachsann, was der Grund hierfür sein könnte, schwang die Tür neben ihr auf und Herold kam heraus. Auch ihr war anzusehen, wie sehr sie die Ereignisse mitnahmen. Hella überkam ein schlechtes Gewissen. Unbeabsichtigt hatte sie auch Herold in Gefahr gebracht. Aber sie durften jetzt nicht klein beigeben.

Als die Wolfsexpertin sie eine knappe halbe Stunde später vor ihrem Ferienhaus absetzte, stellte Hella verblüfft fest, dass Bernds BMW in der Einfahrt stand. Wusste er etwa schon Bescheid? Das konnte unmöglich sein. Sie hatte bei der Polizei ausdrücklich darum gebeten, ihn nicht zu informieren, da sie das übernehmen wollte. Trotzdem ging sie mit einem mulmigen Gefühl ins Haus. Sie ließ ihre Wanderschuhe und den Rucksack im Eingangsbereich zurück und atmete tief durch, um sich zu wappnen.

Sie traf Bernd in der Küche an. »Hi. Das ist ja eine Überraschung«, sagte sie betont frohgelaunt und gab ihm einen Kuss. »Mit dir hätte ich noch gar nicht wieder gerechnet. Seit wann bist du zurück?«

Über Bernds Gesicht huschte ein beiläufiges Lächeln. Er sah abgespannt aus, wirkte aber ahnungslos. Offenbar gab es einen anderen Grund für seine Rückkehr. »Seit halb zwei etwa.« Er fischte sich eine Gewürzgurke aus dem Glas, das vor ihm stand. Anschließend biss er abwechselnd in die Gurke und das Stück Gouda, das er in der anderen Hand hielt.

»Hast du deine Mission in Wiesbaden bereits erfolgreich beendet?« Hella stibitzte sich ebenfalls eine Gurke und setzte sich auf einen der beiden Hocker am Küchentisch.

Bernd verzog zweifelnd den Mund. »Ist noch nicht

sicher. Wir haben einen Verdächtigen geschnappt. Er wird gerade vernommen.« Er sah auf die Uhr. »Die Einzelheiten erzähle ich dir später. Ich muss nämlich gleich wieder weg.«

»Bleibst du über Nacht in Herbstein oder fährst du zurück nach Wiesbaden?«, fragte Hella schnell und schleckte sich das Gurkenwasser von den Fingern.

»Ich fahre nur rüber nach Lauterbach und bin gegen Abend wieder da.«

Hella nickte und rutschte vom Hocker. Es kam ihr gar nicht ungelegen, dass Bernd noch mal losmusste. Das gab ihr die Gelegenheit, den Vormittag zu verarbeiten und sich einen Plan für ihr weiteres Vorgehen zurechtzulegen. Gleichzeitig seufzte sie bei dem Gedanken, dass sie spätestens heute Abend mit Bernd über die jüngsten Ereignisse würde sprechen müssen. Doch sie war fest entschlossen, ihm zu verklickern, dass sie nicht im Traum daran dachte, sich einschüchtern zu lassen und ihre Nachforschungen einzustellen.

26

Mutter! Ich habe dich geliebt. Und du? Hast mich verlassen, allein zurückgelassen mit dem Vater, der mir meine Träume aus dem Leib geprügelt hat, im Suff oder weil ihm einfach danach war. Meine Kindheit hast du mir gestohlen und meine Zukunft. Sogar auf den Hund, meinen einzigen Freund, hast du nicht Acht gegeben; hast zugelassen, dass er dem Wolf anheimfiel.

Bei jeder seiner Erinnerungen fuhr der Stechmeißel hämmernd ins Holz, dass die Späne nur so flogen. Noch ließ der Block nur eine grobe Gestalt erkennen - halb Mensch, halb Tier. Doch er arbeitete wie besessen weiter, verspürte weder Hunger noch Durst, nur den unbändigen Drang, das Holz zu formen, ihm das Antlitz zu verleihen, das vorerst nur in seiner Phantasie existierte.

Die Luft in der Werkstatt war zum Schneiden dick. Es roch nach Staub, Holz, Harz, Wachs, Öl und menschlichen Ausdünstungen, vermischt mit dem faulig-gärigen Odeur des Todes. Ohne hinzuschauen, griff er nach dem Hobel, rundete Ecken und Kanten ab, glättete, wo erforderlich, mit Raspel und Feile nach und ließ mit dem Stechbeitel Höhlungen entstehen.

Tot sollen sie sein. Tot! Tot!

Der Schweiß brannte in seinen Augen, überzog seine Haut mit einem klebrig-salzigen Film. Doch er konnte nicht aufhören, musste vollenden, was er angefangen hatte – für das Kind. Das Kind, das sich nie mehr den väterlichen Zwängen würde beugen müssen. Das sich auf ewig seine Träume bewahren konnte.

Tot! Für immer tot!

27

»Verflucht, hier ist noch eine!« Hella kniete auf dem Wohnzimmerboden ihrer Ferienwohnung und suchte Jagger nach Zecken ab, die er auf dem Waldspaziergang eingesammelt hatte. Mit spitzen Fingern durchwühlte sie seinen rotbraunen Bart, bis sie das winzige Spinnentier soweit freigelegt hatte, dass sie die Zeckenzange ansetzen konnte. Beherzt zog sie den kleinen Parasiten heraus.

»Das war jetzt schon die dritte. Sobald ich in Wiesbaden bin, muss ich unbedingt Jaggers Zeckenschutz erneuern.« Sie wickelte die Zecke in das Papiertaschentuch, in dem sie schon die anderen zwei entsorgt hatte, und zerquetschte den Parasiten mit den Fingernägeln. »Eklige Blutsauger!«

»Ich dachte, die kleinen Vampire fänden wenigstens vor den Augen einer Tierschützerin Gnade.« Friederike schüttelte amüsiert ihre schwarzen Locken und griff nach ihrem Kaffeebecher. Sie saß am Esszimmertisch vor ihrem aufgeklappten Notebook.

Hella hatte die Stille in der fremden Wohnung nicht lange ausgehalten. Bei jedem Geräusch war sie zusammengezuckt und von der Couch aufgestanden, um sich zu vergewissern, dass sie und Jagger auch wirklich allein waren. Sie hatte deshalb Friederike angerufen und sie gebeten vorbeizukommen. Die Journalistin hatte keine Sekunde gezögert und sich umgehend ins Auto geschwungen. Seit sie da war, fühlte Hella sich bedeutend wohler.

Hella ließ eine Hand über ihrem Schädel rotieren. »Sehen Sie einen Heiligenschein? ... Auch meine Tierliebe kennt Grenzen. Zecken bereiten mir, ehrlich gestanden, mehr Sorgen als Wölfe. Ich habe erst kürzlich in einer veterinärmedizinischen Studie gelesen, dass fast jeder zweite

Hund innerhalb eines Jahres eine von Zecken übertragene Infektion durchmacht, darunter so gefährliche und mitunter tödliche Krankheiten wie die Anaplasmose, Ehrlichiose und Lyme-Borreliose. Dagegen ist die Zahl der Hunde, die von Wölfen getötet werden, verschwindend gering, übrigens auch im Vergleich zu den jährlich tausenden Vierbeinern, die von Jägern beim vermeintlichen oder tatsächlichen Wildern erwischt und erschossen werden. Offizielle Zahlen gibt es dazu interessanterweise nicht, da die meisten Landesjagdgesetze keine Angaben über die Abschüsse verlangen. Angeblich ist der bürokratische Aufwand hierfür zu groß.« Sie tastete Jaggers Fell ein letztes Mal ab. »So, für heute bist du erlöst«, verkündete sie schließlich und gab ihm einen Klaps. Mit ausgestreckten Beinen setzte sie sich neben ihn.

Friederike studierte mit ernster Miene Hellas Gesicht. »Apropos Abschuss: Ich kann es immer noch nicht glauben. Wenn ich mir vorstelle, der Schütze hätte sie getroffen - nicht auszudenken.«

»Lassen Sie uns nicht weiter darüber reden«, bat Hella. »Und noch etwas.« Sie sah Friederike eindringlich an. »Ich möchte nicht, dass der Vorfall öffentlich bekannt wird. Ich will ums Verrecken keine Reportermeute am Hals haben. Das würde mir zu meinem Glück noch fehlen.«

»Sie können sich voll auf mich verlassen. Von mir erfährt niemand etwas.« Friederike hob die Finger zum Schwur.

Hella lächelte sie dankbar an und sah dann interessiert zu Friederikes Notebook. »Sind Sie fündig geworden?«

Die Journalistin stellte ihren Becher ab und wandte sich wieder ihrem Gerät zu. »Ja und nein. Zu Pranschke und Brunner habe ich nichts gefunden. Aber die Bürgerinitiative hat eine Seite auf Facebook eingerichtet. Höchst interessant, was dort alles im Chat steht. Wollen Sie ein paar Kostproben hören?«

»Ich bin ganz Ohr.« Hella stützte sich hinter ihrem Rücken auf ihren Händen ab und kreuzte die Unterschenkel, während Jagger seinen Kopf zwischen seine Pfoten bettete und, begleitet von einem tiefen Seufzer, die Augen schloss.

Friederike scrollte durch den Chat, bis sie die Stelle gefunden hatte, mit der sie beginnen wollte, und las dann laut vor:

»Nichts auf der Welt ist so gefährlich wie der Mensch. Nur wer zu faul und zu dumm ist, will die Wölfe vernichten.«

»Wie arrogant ist das denn? Wieso ist das Retten angeblich aussterbender Tiere politisch korrekt, während Menschen, die im Einklang mit der Natur leben wollen, als dumm bezeichnet werden? Wölfe gefährden massiv die Weidewirtschaft und damit den natürlichen Erhalt und Schutz vieler Pflanzen, Insekten, Reptilien und Kleintierarten«, zitierte sie mit verstellter Stimme.

»Vollkommen korrekt! Und wir Schäfer sollen unsere Tiere freiwillig den Wölfen zum Fraß vorwerfen und müssen uns im Rissfall auch noch verhöhnen lassen.« Friederike imitierte einen tiefen Bass.

Hella lachte.

»Unglaublich, mit welcher Dummheit hier Fakten geleugnet werden! Jedes Jahr werden in deutschen Schlachthäusern über eine Million Schafe getötet. Die meisten davon sind Lämmer. Wo bleibt denn da euer Mitleid?«, fuhr Friederike fort.

»Recht hat er oder sie!«, warf Hella ein. »Ganz abgesehen von den abertausenden Tieren, die Jahr für Jahr durch Krankheit und schlechte Haltung zugrunde gehen und in den Tierkörperbeseitigungsanlagen landen! Aber nach denen kräht natürlich kein Hahn.«

»Warten Sie, es wird noch besser.« Friederike hob erneut an: »*Wenn ich diesen Mist lese, könnte ich kotzen. Rotkäppchen lügt!!!! Der Wolf frisst keine Pilzsammler oder Wanderer. Er holt sich auch keine kleinen Kinder. Ihr guckt echt zu viele schwachsinnige Filme.*«

»Bravo!« Hella klatschte in die Hände. »Ist das nicht absurd? Wir Europäer maßen uns an, den Indern und Russen vorzuschreiben, Tiger vor der Ausrottung durch den Menschen zu schützen, sind aber nicht gewillt, mit ein paar Wölfen zu leben. Das ist dermaßen bescheuert!«, sagte sie, während sie Jagger, der sich auf den Rücken gedreht hatte, den Bauch kraulte.

Friederike arbeitete sich weiter durch den Chat. »Hier. Die drei sind auch noch interessant«, verkündete sie. »*Wenn ihr mich fragt: Für den Tod des kleinen Mädchens sollte man Politiker und Umwelt-Aktivisten persönlich zur Verantwortung ziehen. Diese Mystifizierung und Verharmlosung des Wolfes gehen mir wirklich auf den Geist.*«

»*Dich fragt aber keiner, du Hirni!*«

»*Arschloch! Dich sollte man gleich mit wegsperren.*«

»Sind die Beiträge eigentlich mit Namen versehen?«, fragte Hella. Sie war aufgestanden und an den Esstisch herangetreten.

Friederikes Blick haftete auf dem Bildschirm. »Ja, aber das sind alles Phantasienamen: Horrido, Krümelmonster, Karl Toffel oder Lachmeister zum Beispiel.«

»Das hatte ich befürchtet.« Hella setzte sich hin, stützte die Ellenbogen auf der Tischplatte ab und bettete ihr Kinn auf ihre Handflächen, während sie noch einmal die Liste studierte, die sie erstellt hatte und die inzwischen sechs Namen umfasste. Friederike hatte ihr erzählt, dass es einen Stammtisch gab, der sich jeden Samstag im Gasthaus in der Mittelstraße traf, und dem neben Jochen Brunner und Christoph Pranschke auch die Landwirte und Schafhirten Dieter Warnke und Thomas Semmler angehörten. Die Journalistin hatte darüber hinaus erfahren, dass die Männer allesamt im Besitz von Jagdwaffen waren. Und dann waren da noch Kutscher und Gottlob. Sechs Männer, sechs Namen, einer davon tot, und keinerlei stichhaltige Beweise, ob einer von den anderen etwas mit den Verbrechen der jüngsten Zeit zu tun hatte, grübelte Hella. Brunners blutverschmierte Schuhe und seine Hose konnten alles bedeuten. Vielleicht hatte er einem Schaf beim Ablammen geholfen oder die Sachen getragen, als er Wild geschossen und anschließend versorgt hatte. Wer sagte ihr außerdem, dass nicht auch eine Frau hinter all dem steckte? Womöglich gab es in der Gegend mehr als ein Dutzend Personen, die für die Straftaten in Frage kämen und sie wusste nicht, wie sie es anstellen sollten, dies herauszufinden. Frustriert fingerte sie einen Keks aus der geöffneten Packung, die auf dem Tisch lag, und knabberte darauf herum, als die Tür aufging und Bernd hereinkam.

***

Nachdem Friederike sich verabschiedet hatte, waren Hella und Bernd mit einer Flasche Rotwein auf die kleine Terrasse hinter das Haus umgezogen. Die Wasseroberfläche des inmitten des Gartens angelegten kleinen Weihers glitzerte im Licht der tiefstehenden Abendsonne. Eine Libelle verharrte im Schwebeflug über den Seerosenblättern.

»Hast du Hunger?«, fragte Hella in der Hoffnung, noch etwas Zeit schinden zu können. »Ich habe frischen Spargel und Lammkoteletts da und könnte uns dazu Salzkartoffeln machen.«

»Später vielleicht«, entgegnete Bernd. »Setz dich bitte zu mir.« Er sah sie ernst an.

Hella schluckte. Also doch kein Aufschub.

»Kannst du mir bitte erklären, warum jemand auf dich geschossen hat?«, fragte er sie unumwunden.

Sie betrachtete eingehend ihre Fingernägel, bevor sie aufblickte. »Ich weiß es nicht«, antwortete sie.

»Und das soll ich dir glauben.«

»Ich weiß es wirklich nicht«, betonte Hella und schilderte dann aus ihrer Sicht, was sich am Vormittag zugetragen hatte.

»Und du hast keine Idee, wer das gewesen sein könnte«, beharrte Bernd.

Hella zögerte einen Moment zu lang, bevor sie zu einer Antwort ansetzte.

»Hella!« In Bernds Augen stahl sich ein zorniges Funkeln.

»Ist das hier jetzt eine Vernehmung, oder was?«, wand sie sich. Sie spürte, wie die Argumentation, die sie sich am Nachmittag zurechtgelegt hatte, in sich zusammenfiel wie ein Kartenhaus.

Bernd schwieg.

»Nein, ... das heißt, vielleicht, ... also, ich habe nur so eine Vermutung. Obwohl, eigentlich ist die vollkommen abwegig.« Sie winkte ab.

»Den Namen, Hella!«

»Brunner«, platzte sie schließlich heraus.

»Brunner?«

»Ja, der Schafzüchter, der fünf seiner Tiere an den Wolf verloren hat. Ich war mit Frau Roth vorgestern Vormittag bei ihm auf dem Hof. Wir haben mit Brunners Ehefrau über das Gehöft und die Schafzucht geplaudert. Sie haben den Hof mit einem Wahnsinnsaufwand renoviert. Das muss

Unsummen verschlungen haben. Von den Einnahmen aus der Schafzucht allein können sie das unmöglich finanziert haben«, führte sie aus. »Brunner kam irgendwann dazu. Ein unsympathischer Kerl. Ihm traue ich ohne weiteres zu, dass er zur Waffe greift, und Selbstjustiz übt, zumindest bei den Wölfen. Wir sind dann bald aufgebrochen«, fasste sie zusammen.

»Ich kann nicht ganz folgen. Wieso glaubst du, dass er ein Motiv gehabt haben könnte, auf dich zu schießen?«

»Ich ...« Hella räusperte sich, »ich habe mich anschließend vor Ort noch ein wenig umgeschaut.«

Bernds Gesicht wurde weiß. Hella sah, wie der Zorn in ihm hochkochte. »Was heißt umgeschaut?«

»Ich habe Frau Roth, kurz nachdem wir weggefahren sind, gebeten, anzuhalten und auf mich zu warten, und bin dann noch mal zurück zum Hof, um -«

»Das heißt, du bist unbefugt auf das Grundstück zurück, um herumzuspionieren.« Bernds Augen verengten sich zu Schlitzen.

Hella nickte.

»Mensch, Hella, das ist Hausfriedensbruch.«

»Ich weiß«, räumte Hella zerknirscht ein.

»Hat Brunner dich erwischt?«

»Nein! Frau Roth hat von ihrem Posten aus beobachtet, wie jemand zum Hof fuhr und hat mich gewarnt. Daraufhin bin ich natürlich sofort abgehauen.«

»Aber es ist nicht auszuschließen, dass Brunner, seine Frau oder der Besucher dich gesehen haben?«

Hella zuckte mit den Schultern. »Möglich ist es.«

»Meine Güte, Hella«, stieß Bernd grimmig hervor. »Was hast du dir bloß dabei gedacht?«

»Ich hatte gehofft, Beweise zu finden, die uns

weiterbringen«, räumte Hella kleinlaut ein. »Wir treten doch mit den Ermittlungen auf der Stelle -«

»*Wir?* Die Ermittlungen sind immer noch Sache der Kripo«, fiel Bernd ihr ins Wort. »Außerdem richtest du mit deinen eigenmächtigen Aktionen mehr Schaden als Nutzen an. Ist dir das nicht klar?«

»Doch.« Sie rang die Hände und verdrehte die Augen zum Himmel.

»Weißt du, bei wem es sich um den Besucher gehandelt hat?«, hakte Bernd nach.

»Pranschke, Christoph Pranschke«, gab sie, ohne zu zögern zu.

»Aha. Den kennst du also auch schon«, sagte Bernd mit einem sarkastischen Unterton. »Wer ist das?«

»Ebenfalls ein Landwirt. Er führt einen kleinen Hofladen am Ortsausgang. Ich habe dort vorgestern eingekauft und wollte mich ein wenig mit ihm unterhalten. Aber der ist verstockter als ein Fisch und auch einer von diesen Wolfshassern. Auf sein Betreiben hin hat sich eine Bürgerinitiative gegründet. Wie es scheint, findet die eine Menge Zuspruch. Und das ist nicht das Einzige, was das Dorf aufbietet, um die Wölfe zu vertreiben«, sagte Hella, froh, endlich ein wenig vom Thema ablenken zu können. Sie stand auf und ging ins Haus, von wo sie gleich darauf mit dem Artikel aus dem Herbsteiner Boten zurückkehrte, den sie Bernd reichte.

Während er las, entkorkte sie die Rotweinflasche und berichtete weiter. »Ich war Dienstagvormittag bei der Gründungsversammlung der Bürgerinitiative und habe dabei zufällig einen heftigen Streit zwischen zwei jungen Männern mitangehört. Tja, und einer von beiden ist nun tot.«

Bernd blickte auf. Langsam ließ er den Artikel sinken. »Tot?«

»Ja. Mario Kutscher, ein bekennender Wolfsbefürworter. Er war Schreiner und gehörte dem örtlichen Umwelt- und Naturschutzverein an. Er wurde gestern Nacht auf der Landstraße zwischen Lanzenhain und Herbstein überfahren. Der Unfallverursacher hat Fahrerflucht begangen.« Hella schenkte ihnen Rotwein ein.

Bernd zog nachdenklich die Stirn kraus.

»Der, mit dem sich Kutscher vor der Dorfkirche gestritten hatte, war zu Schulzeiten angeblich sein bester Kumpel gewesen, wie mir eine Dorfbewohnerin berichtete. Mittlerweile konnten die beiden sich aber wohl nicht mehr ausstehen. Irgendwas Gravierendes muss da vorgefallen sein. Wer weiß, worum es da ging. Auf jeden Fall hatte es aber wohl auch damit zu tun, dass Gottlob – so heißt der andere Mann – sich einen Dreck um Jagdverbote schert und alles abknallt, was ihm vor die Büchse kommt. Jedenfalls hat Kutscher das behauptet. Außerdem hat er Brunner und dessen Stammtischbrüdern vorgeworfen, den Schutz ihrer Herden bewusst zu vernachlässigen, um Geld vom Staat für den Verlust ihrer Tiere kassieren zu können. Gottlob wäre vor Wut fast geplatzt. Meine Güte, war der sauer. Ich dachte schon, der geht Kutscher in aller Öffentlichkeit an die Gurgel.« Hella nippte an ihrem Rotwein.

Bernd legte den Kopf in den Nacken und schloss die Augen. »Und wie soll es jetzt weitergehen?«, fragte er nach einer Weile, wobei er sie wieder ansah.

»Ich finde, wir sollten uns diese Stammtischbrüder der Reihe nach näher anschauen«, sagte sie.

»Was?« Bernd starrte sie ungläubig an. »Sag mal, hast du mir nicht zugehört? Du hältst dich fortan aus den

Ermittlungen heraus.«

»Gut. Dann schlag du Frensdorf vor, dass er die Vier observieren lassen soll. Auf dich hört er mehr als auf mich«, sagte Hella mit Nachdruck.

»Hella -, was - ich - eigentlich – meinte -, ist«, Bernd betonte jedes einzelne Wort. »Ich halte es für angebracht, wenn wir zurück nach Wiesbaden fahren, und zwar heute noch.«

»Kommt gar nicht in Frage. Ich bleibe!« Hella verschränkte trotzig die Arme vor der Brust. »Du kannst meinetwegen fahren, wenn du unbedingt willst. Ich lasse mir von so einem Irren keine Angst einjagen.«

Bernd verbarg sein Gesicht zwischen den Händen und holte tief Luft. »Womit habe ich das bloß verdient?«, murmelte er, während er langsam und betont ausatmete. Es kostete ihn Mühe, die Contenance zu wahren.

»Bitte, Bernd!« Hella beugte sich zu ihm hinüber. »Du kannst meinetwegen Tag und Nacht auf mich aufpassen. Aber wir können doch jetzt nicht aufgeben. Ich bin sicher, einer von denen war es. Oder vielleicht stecken sie sogar alle unter einer Decke.«

»Und ich kann dir sagen, dass Frensdorf deine Stammtischbrüder garantiert bereits unter die Lupe genommen und ihre Waffen kontrolliert hat. Wenn einer von denen auch nur den geringsten Anlass für eine Observierung geliefert hätte, dann hätte Frensdorf diese längst veranlasst«, setzte Bernd ihr auseinander.

»Und wenn er etwas übersehen hat? ... Bitte, Bernd, sprich mit ihm!«, versuchte Hella es noch einmal.

Bernd wandte sich ab und verfiel in ein dumpfes Schweigen.

Über den Rand ihres Glases hinweg betrachtete Hella

sein Profil, die markanten Wangenknochen, die gerade Nase und die kleine Narbe unter dem Kinn, die er sich als Kind bei einem Fahrradsturz zugezogen hatte. Er sah blass aus und müde, mit tiefen Ringen unter den Augen. »Hunger?«, wagte sie einen zweiten Anlauf. Sie hielt es für klüger, ihn vorerst nicht weiter zu bedrängen.

Bernd nickte müde.

In der Küche schrubbte Hella zunächst die fettige Pfanne und die zwei benutzten Töpfe vom Vortag, bevor sie sich an die Vorbereitungen für das Abendessen machte. Dabei beobachtete sie Bernd durch das Fenster. Er kraulte Jagger geistesabwesend den Nacken, während er zum Weiher blickte, wo sich auf einem der großen Steine, die verteilt im Wasser lagen, ein Fischreiher niedergelassen hatte.

Hella war froh, dass ihr Streit nicht weiter eskaliert war. Bis auf Kabbeleien über alltägliche Dinge, wie ihren unterschiedlichen Ordnungssinn oder ihre Neigung, chronisch zu spät zu kommen, die im krassen Gegensatz zu Bernds Hang zur Pünktlichkeit stand, hatten sie noch nie wirklich ernsthaft miteinander gestritten. Erstaunlich eigentlich, so dickköpfig wie sie beide waren, ging ihr auf. Wahrscheinlich war es nur eine Frage der Zeit, bis die Fetzen mal so richtig flogen.

Sie stellte das Kochgeschirr auf das Abtropfgitter, zog die unterste Schublade des Hochschranks auf und holte zwei Handvoll Kartoffeln hervor. Während sie sich daranmachte, sie zu schälen, wurde ihr schlagartig bewusst, wie dünn das Eis noch war, auf dem Bernd und sie sich bewegten, und dass es jederzeit zerbrechen könnte. Zu ihrer Verwunderung versetzte ihr das einen gewaltigen Stich.

Nachdem sie wenig später das Essen aufgetischt hatte, forderte Hella Bernd auf, zu erzählen, wie es ihm in den letzten zwei Tagen ergangen war. Sein Groll auf sie schien sich verflüchtigt zu haben. Ausführlich schilderte er ihr, wie er, Alex Winkler und vier weitere Kollegen Breitwieser observiert und er und Winkler Breitwieser verfolgt und in Herbstein dingfest gemacht hatten.

»Breitwieser scheint mit dem Verschwinden von Valerie allerdings nichts zu tun haben«, sagte er. »Jedenfalls gibt es bislang keinen Hinweis darauf, dass er lügt.«

Hella verzog betrübt das Gesicht. »Aber er ist der Erpresser?«

»Ja. Daran besteht kein Zweifel.« Bernd zerdrückte eine Kartoffel. »Allem Anschein nach hatte er vor, die missliche Lage des Ehepaars auszunutzen und Dirk Kleinke zu erpressen. Er wusste von der Geschichte aus den Medien und hielt sie für eine willkommene Gelegenheit, Rache zu üben dafür, dass Kleinke als Staatsanwalt seinerzeit bei Gericht die Höchststrafe gegen ihn durchgesetzt hat.«

»Hatte er denn wegen der Lösegeldübergabe noch einmal Kontakt mit den Kleinkes aufgenommen?« Hella balancierte die Gabel zum Mund und biss vorsichtig die vor zerlassener Butter triefende Spitze der Spargelstange ab.

»Nein. Er wollte Dirk Kleinke von Herbstein aus eine Nachricht zukommen lassen, wann und wo er das Lösegeld deponieren sollte.«

»Meine Rede: Ein klassischer Trittbrettfahrer, der aus dem Leid der Familie Profit schlagen wollte.«

Bernd nickte seufzend. »Ja, genau so ist. Aber dazu ist es ja glücklicherweise nicht gekommen«, sagte er, während er mit dem Messer die restlichen Fitzelchen Fleisch von seinem Lammkotelett schabte.

*»Der Teufel hat Gewalt,
sich zu verkleiden, in lockende Gestalt.«*

William Shakespeare

28

Sie folgten dem Geopfad nach Hochwaldhausen. Die Strecke war angenehm zu erwandern, da sie gemächlich bergab ging und ausnahmslos durch bewaldetes Gebiet führte. Gesteinstypen aller Arten am Wegesrand bildeten Zeugnis zahlreicher Epochen des Erdzeitalters. Friederike kannte Kay von ihrer Jagdausbildung und hatte sich spontan mit ihm zu einer Wanderung verabredet. Als Pächter vom nur wenige Kilometer südlich von Herbstein gelegenen Jagdrevier Grebenhain war er bestens in der Vogelsberger Jagdszene vernetzt und Friederike hoffte, dass er ihr die ein oder andere nützliche Information über die hiesigen Schützen liefern würde. Um keine schlafenden Hunde zu wecken, hatte sie jedoch auch ihm erzählt, dass sie zu Recherchen über alte Gehöfte in den Vogelsberg gekommen sei.

»Bis zum Teufelstisch ist es nicht mehr weit«, verkündete Kay und deutete nach vorn.

»Teufelstisch?« Friederike strich sich die Strähne, die sich aus ihrer hochgesteckten Frisur gelöst hatte, hinters Ohr und schloss zu ihm auf, um ihn besser verstehen zu können.

»So nennen die Leute eine aus erkalteter Lava entstandene Gesteinsplatte, an der der Sage nach zwei Waldarbeiter einst mit einem düsteren Gesellen Karten gespielt und dabei ihre gesamten Ersparnisse verloren haben«, klärte Kay sie auf. »Erst, als der geheimnisvolle Fremde sich von ihnen verabschiedete, bemerkten sie, dass sie sich mit dem Teufel eingelassen hatten.«

»Glücklicherweise haben sie nur ihr Geld verloren und nicht ihr Leben«, ulkte Friederike.

Derweil waren sie im Schwarzbachtal angelangt. Im

Gleichschritt ging es voran, begleitet vom Plätschern des wild-romantischen Bergbachs, der sich in seinem natürlichen Bett über Gesteinsbrocken, herabgefallene Äste und umgestürzte Bäume hinweg ins Tal ergoss.

Wie von Kay angekündigt, tauchte bald eine Felsenformation vor ihnen auf, die eine verblüffende Ähnlichkeit mit einem Tisch und einer Sitzbank aufwies. Die hüfthohe, fast drei Meter breite Tischplatte bildete ein flacher, stellenweise mit Moos bewachsener Basaltbrocken. Er ruhte auf einem kleineren, gleichfalls kompakten steinernen Sockel. Auf Armeslänge daneben befand sich ein länglicher, beinahe ebenmäßig geformter Felsblock von gut zwei Metern Länge. Er reichte Friederike bis zum Knie. Kleinere Bruchstücke aus Basaltschutt auf der gegenüberliegenden Seite des Teufelssteins erweckten den Anschein von Hockern. Zu Füßen der geheimnisvollen satanischen Tafel wuchsen vereinzelt lichtgrüne Büschel aus Gras oder Farn. Friederike fand, dass sie wie die Reste eines zerschlissenen Teppichs aussahen. Das Millionen Jahre alte Ensemble wurde eingerahmt von einer Armada turmhoher Baumstämme. Schweigend bargen die hölzernen Giganten, wie schon Generationen von Bäumen vor ihnen, die unzähligen Geheimnisse, die diesen Ort umgaben.

Friederike nahm auf der steinernen Sitzbank Platz. Sie musste die Fußspitzen aufstellen, um mit den Zehen nicht vor den Sockel zu stoßen. Wie sie da so saß, konnte sie die von Kay beschriebene Szene leibhaftig vor sich sehen. »Irgendwie gruselig, die Vorstellung, hier könnte der Teufel gesessen haben, auch wenn es nur eine Sage ist«, sagte sie und strich ehrfürchtig über die raue Oberfläche des Tisches.

»Komm, gleich da vorn geht's zum nächsten sagenumwobenen Ort.« Kay ergriff ihre Hand und zog sie hoch.

Und tatsächlich: Unweit des Teufelstisches tat sich vor ihnen eine weitere eindrucksvolle Felsformation auf, die ebenfalls Anlass für märchenhafte Phantasien bot – riesige Klippen, Relikte der Abbruchkante eines Lavastroms, die sich über einen halben Kilometer erstreckten und an ihrer höchsten Stelle zehn Meter in den Himmel ragten. Auch sie trugen, wie der Teufelstisch, ein löchrig grünes Moosskleid. Am Fuße der Klippen hatte sich eine Halde aus Blockschutt gebildet.

Friederike erklomm einen der abgebrochenen Basaltbrocken und legte den Kopf in den Nacken. Ihr Blick wanderte entlang der Felswand, über die sich schützend das lichtgrüne Laubdach wölbte, gen Himmel. »Man könnte meinen, in das Gesicht eines Riesen zu blicken«, sagte sie mit zu Schlitzen verengten Augen, während sie das Relief an der Spitze der Klippe eingehend studierte.

»Man nennt sie die Uhuklippen«, erklärte Kay. »Die Erzählung besagt, dass ein mannsgroßer Uhu einen Säugling stahl, der in seiner Wiege unter einem Apfelbaum schlief. Der Vater des Kindes, ein Müllermeister, bewaffnete sich daraufhin mit einer Mistgabel und verfolgte den Greif bis zu den Klippen, wo er ihn nach einem langen Kampf schließlich tötete und seinen Sohn unversehrt aus einer nahegelegenen Höhle befreien konnte.«

Gebannt hatte Friederike Kay zugehört. »Ein Teufel, der mit den Menschen Karten spielt. Ein Uhu, der einen Säugling stiehlt. Gefräßige Bestien, die in den Vogelsberger Wäldern ihr Unwesen treiben und kleine Kinder verschleppen«, sinnierte sie halblaut vor sich hin. »Ihr Vogelsberger seid schon ein seltsames Völkchen.«

»Stets redlich und ehrlich und immer und bei allem schön überlegt. So sagt man es uns nach.« Kay fasste sich mit beiden Händen an die Brust und machte dabei eine theatralische Miene.

»*Stets redlich und ehrlich*? Schön wär's«, murmelte Friederike.

»Hm?«

»Ach, nichts.« Sie winkte ab: Ihr kam plötzlich eine Idee. »Die Höhle, von der du eben sprachst, wo befindet die sich?«

»Gleich da vorn.« Kays ausgestreckter Arm wies auf eine dreieckige Spalte an der Frontseite der Klippen.

Friederike kletterte über die Felsen auf die Höhle zu. Gelegentlich stützte sie sich mit den Händen ab, um nicht abzurutschen. Die Spalte wurde von zwei großen Basaltbrocken flankiert und war so niedrig, dass Friederike sich ducken musste, um sich hindurchzwängen zu können. Drinnen roch es modrig und feucht. Langsam wagte Friederike sich vor. Doch bereits nach zwei Schritten hielt sie inne, da sie nichts als Schwärze umgab. »Hast du ein Feuerzeug dabei?«, fragte sie, ohne sich umzudrehen, während ihr rechter Arm nach hinten wanderte. Ihre Stimme klang gedämpft.

»Nur Zündhölzer.« Kay langte in seine Hosentasche und legte Friederike die Streichholzschachtel in die geöffnete Handfläche. »Was glaubst du denn da drin zu finden - doch nicht etwa Hänsel oder Gretel?«, spöttelte er.

Friederike ließ seine Frage unbeantwortet, fummelte blind ein Streichholz aus dem Schächtelchen und riss es an. Ein schwacher, flackernder Lichtschein breitete sich aus und erhellte notdürftig Friederikes unmittelbares Sichtfeld. Vorsichtig und mit gebeugtem Rücken tastete sie sich vor, in der Hoffnung, einen Blick bis in die Tiefe der Höhle erhaschen zu können, als ein Luftzug hereinwehte und die kleine Flamme zwischen ihren Fingern gleich wieder zum

Erlöschen brachte. Schnell zündete Friederike ein neues Streichholz an und setzte ihren Weg fort. Die Höhle war höchstens dreieinhalb Meter tief. Je mehr sie in den Felsspalt vordrang, umso mehr musste sie sich bücken, um sich nicht den Kopf zu stoßen, bis sie schließlich nur noch in einer kauernden Stellung verharren konnte. In der Enge war es unmöglich, sich um die eigene Achse zu drehen. Für einen erwachsenen Menschen erschien Friederike die Höhle als Unterschlupf gänzlich ungeeignet. Sie zweifelte auch, ob ein Kind sich ein derart düsteres und ungemütliches Versteck suchen würde. In der Not vielleicht. Langsam, Schritt für Schritt, trat sie den Rückzug an. Als sie den Kopf wandte, um zu schauen, wie weit es noch bis zum Ausgang wäre, sah sie im fahlen Schein des verglimmenden Zündholzes etwas Helles zu ihren Füßen liegen. Im selben Moment, in dem sie sich danach bücken wollte, versengte ihr die Streichholzflamme die Fingerkuppen. »Shit«, zischte sie, leckte sich die Fingerspitzen und öffnete das Streichholzkästchen ein weiteres Mal. Es war leer. Leise fluchend, ließ sie sich auf die Knie nieder und tastete blind nach der Stelle, wo sie das, was sie gesehen hatte, vermutete.

»Ist alles in Ordnung mit dir?«, hörte sie Kay draußen besorgt rufen.

»Alles paletti. Bin gleich wieder bei dir«, beruhigte sie ihn, während sie mit beiden Handflächen behutsam den Boden abtastete. Da endlich verspürte sie an ihrer linken Handkante einen kleinen beweglichen Widerstand. Schnell schloss sie ihre Finger darum und krabbelte zurück zum Ausgang.

»Was hast du denn so lange da drin gemacht?« Kay hockte kauend auf einem der Basaltbrocken vor dem Eingang und hielt einen angebissenen Apfel in der Hand.

»Hier, schau mal, was ich gefunden habe.« Friederike öffnete die Handfläche und hielt Kay ihren Fund unter die Nase, eine filigrane Holzfigur in Gestalt eines sitzenden Hundes mit Schlappohren, einer kräftigen Rute und einem breiten Brustkorb. Das Holz war stellenweise fleckig und speckig, als wäre es zigfach angegriffen und von schwitzigen Fäusten umklammert worden. »Hübsch, nicht wahr? Sieht aus, wie ein Kinderspielzeug, findest du nicht?«, fragte sie, während sie sich mit der anderen Hand ihre Hose sauber klopfte.

»Zeig mal.« Kay nahm ihr das kleine Kunstwerk ab und betrachtete es von allen Seiten. »Ja, das ist wirklich sehr hübsch. Bestimmt hat es ein Kind verloren, als es die Höhle erkunden wollte.« Er gab Friederike, die zwischenzeitlich ihre Haare neu gerichtet und zu einem Dutt aufgerollt hatte, das Holzfigürchen zurück und stand auf. »Komm, lass uns umkehren. Ich muss noch einige Dinge im Revier erledigen. Wenn du magst, kannst du mir gerne dabei helfen.« Bevor er loslief, musterte er Friederike von oben bis unten.

Verwundert sah sie an sich herunter. »Was ist? Sag mir bitte nicht, dass ich dreckig bin. Das weiß ich selbst.« Sie verdrehte lachend die Augen.

»Deswegen schaue ich nicht. Hast du Klamotten für die Jagd dabei?«

»Du meinst geräuscharme Kleidung? Nee, warum?« Friederike stopfte sich das Holzfigürchen in ihre Beintasche und sprang vom Felsen.

»Morgen Abend findet bei mir ein Gemeinschaftsansitz auf Rehwild statt. Das Nachbarrevier macht ebenfalls mit und anschließend setzen wir uns in meiner Jagdhütte zusammen, grillen Würstchen und schwätzen ein bisschen. Das wird bestimmt lustig«, antwortete Kay.

»Und?«

»Möchtest du mitkommen?«

»Witzbold! Wie denn ohne Sachen?«

»Du kannst eine Jacke von meiner Frau haben. Ihr habt dieselbe Kleidergröße. Deine Hose ist okay. Und feste Schuhe hast du auch dabei.« Er blickte hinunter auf ihre Füße. »Ein Gewehr und ein Fernglas würde ich dir leihen.«

»Au ja, sehr gern!« Friederike strahlte. Was für eine willkommene Gelegenheit, ihre Erkundigungen über die Geschehnisse der letzten Tage auf eigene Faust im Kreis der Jäger weiter vorantreiben zu können, schoss es ihr durch den Kopf. Sie betete nur, dass sie dabei nicht Brunner begegnete, da sie nicht wusste, wie sie dann erklären sollte, dass sie sich mitnichten für alte Gehöfte interessierte. Aber das Risiko musste sie eingehen.

29

Das schlechte Gewissen machte ihn fertig. Was hatte er getan? Welcher Teufel hatte ihn bloß geritten? Mit den Fäusten trommelte er gegen seinen Schädel, fünfmal, zehnmal, fünfzehnmal, immer und immer wieder. Seine Augen lagen tief in ihren Höhlen. Feine Äderchen durchzogen das Weiß der Bindehaut. Wie betäubt starrte er vor sich hin. Verdammte Scheiße, warum musste das passieren? Hätte er doch nur auf die anderen gehört. Und dann dieses Geräusch. Am schlimmsten war das Geräusch gewesen. Nie mehr würde er dieses grauenvolle Knacken vergessen. In der Nacht war er mindestens viermal hochgeschreckt, weil er im Traum in einem fort dieses entsetzliche Knacken gehört hatte, wie in einer Endlosschleife. *Knack, knack, knack.*

Seine Fingerspitzen bohrten sich in seine Schädeldecke, als er sie mit beiden Händen umklammerte und zudrückte, als könnte er die Erinnerung aus seinem Gehirn pressen. Doch die Bilder ließen sich nicht herausquetschen, wie der Saft aus einer Zitrone, trieben ihn um, machten ihn fertig, selbst jetzt, am helllichten Tag. Er biss die Zähne so fest aufeinander, bis seine Kieferknochen schmerzten, und stieß einen unterdrückten Schrei aus.

Eine zornige Stimme rief seinen Namen. Er reagierte nicht. Sollte der Alte ruhig rufen. Es war ihm egal. Alles war ihm egal, der Stall, der Hof, sein Vater, seine Mutter. Sie konnten ihn alle mal. Er würde hier ohnehin nicht mehr glücklich werden. Kurz lachte er auf: Glück! Was für ein Hohn! War er je glücklich gewesen? Seine Gedanken schweiften ab, hingen der Vergangenheit nach und verdrängten für einen Augenblick die grauenvollen Bilder. Als junger Bub vielleicht, als er noch geglaubt hatte, Herbstein wäre seine Heimat, seine Wurzeln, das Dorf, aus dem er nie wegziehen, in dem er eine Frau finden, eine Familie gründen wollte. Aber das hatte sich geändert, schleichend zwar, doch unwiderruflich, als er merkte, dass die Arbeit ihm keine Zeit für ein Privatleben ließ. Nur Schuften, von früh bis spät, jeden Tag, jeden verfickten Tag: Montag, Dienstag, Mittwoch, Donnerstag, Freitag, Samstag, Sonntag. Immer wieder von vorn, Woche für Woche, Monat für Monat, Jahr für Jahr. Während andere in den Urlaub fuhren, die Welt kennenlernten, saß er hier fest. Irgendwann hing ihm das alles nur noch zum Hals raus. Aber er sah keinen Ausweg. Er hatte nichts anderes gelernt als Landwirt. Der Alkohol war sein einziger Trost. Wenn er sich so richtig die Kante gab, konnte er für einige Zeit diesem erbärmlich eintönigen Leben entfliehen, das ihn gefangen hielt, wie ein Käfig, aus dem es kein Entrinnen gab. So wie gestern.

Gestern.

Auf der Bettkante hockend, ließ er seinen Kopf nach vorn fallen und barg sein Gesicht zwischen seinen Händen. Wie sollte er je mit dieser Schuld leben können?

Sein Kopf fuhr ruckartig hoch, als sein Vater die Tür aufriss, ohne anzuklopfen.

»Hier steckst', Bub! Warum bist' nicht im Stall?« Die Stimme voller Zorn, ohne einen Hauch von Besorgnis.

Wortlos starrte er seinen Vater an, die Augen zu schmalen Schlitzen verengt. Hass wallte in ihm auf.

»Hat es dir jetzt auch noch die Sprache verschlagen, oder was? Mach dich gefälligst an die Arbeit. Die Kühe drehen durch, wenn sie nicht bald gemolken werden.«

»Melk' deine scheiß Kühe allein und lass mich in Frieden«, sagte er, sprang auf und stieß seinen Vater gegen den Türrahmen, als er an ihm vorbei aus dem Zimmer stürzte.

»Was fällt dir ein, so mit mir zu reden!«, brüllte der Vater ihm hinterher. »Wenn du dich nicht ständig besaufen würdest, hättest du vielleicht auch mal gute Laune.«

»Fick dich«, zischte er, während er laut polternd die Holztreppe herunterrannte. Nur weg von hier, dachte er, weg, weit, weit weg. Irgendwohin, wo dich niemand kennt.

Er riss die Haustür auf und prallte im selben Moment zurück, als wäre er vor eine Wand gelaufen. Zwei Polizisten blockierten die Schwelle. Die Hand des einen schwebte über der Klingel, die er im selben Moment hatte drücken wollen, wie ein Falke, der rüttelnd innehielt, bevor er sich im Sturzflug auf seine Beute fallen ließ.

»Markus Gottlob?«, fragte der Beamte.

Gottlob schluckte schwer und nickte stumm.

»Wir hätten ein paar Fragen an Sie.«

Gottlob schloss kurz die Augen. Sein Kinn sackte auf die Brust, als würde es von einem schweren Gewicht nach unten gezogen. Im Hintergrund hörte er die Hühner gackern. Die Kühe, deren Euter zum Bersten voll waren, schrien nach Erleichterung. Er sammelte sich und hob das Kinn wieder an. »Ich weiß, weswegen Sie gekommen sind«, sagte er mit fester Stimme, zog die Tür leise hinter sich zu und folgte den Beamten.

30

Wie mancherorts im Vogelsberg, so stellte auch dieser Teil im Oberwald aufgrund seines urwaldähnlichen Bewuchses, durchsetzt mit von Buschwerk bewachsenen Gesteinsbrocken für ungeübte Wanderer eine Herausforderung dar. Dicke Wurzeln durchzogen den Boden und bildeten gefährliche Stolperfallen, sofern man nicht höllisch Acht gab, wohin man seine Füße setzte. Der kräftige Regen, der in der Nacht gefallen war, machte die Wanderung zusätzlich beschwerlich, insbesondere dort, wo man sich nur mehr oder weniger kletternd fortbewegen konnte.

»Du immer mit deinen dämlichen Einfällen«, maulte Ivonne. »Abkürzung! Das ich nicht lache. Wir kraxeln seit einer geschlagenen Dreiviertelstunde durch diese Wildnis und ich wette, du hast keinen blassen Schimmer, wo wir uns befinden.« Die Dreiundzwanzigjährige mit dem stachelig abstehenden Blondschopf blieb stehen und betrachtete die Umgebung. Wohin sie auch blickte, sah sie nichts als Steine und undurchdringliches Grün.

»Ich weiß gar nicht, was du hast. Ist doch cool hier, voll das geile Naturschutzgebiet«, wehrte sich Sebastian und breitete die Arme aus wie ein Herrscher, der sein Reich präsentierte.

»Du sagst es. Schon mal was davon gehört, dass man in einem Naturschutzgebiet die Wege nicht verlassen darf. Aber nein, du Oberklugscheißer musst natürlich mal wieder mitten durch die Botanik stapfen.«

»Mein Gott! Jetzt hab dich doch nicht so. Dein dauerndes Genörgel geht mir echt auf den Senkel.« Sebastian stöhnte vernehmlich, während er die App auf seinem Handy konsultierte. »Also gut. Wenn wir da lang gehen«, er zeigte nach Norden, »sind wir in fünf bis zehn Minuten auf einem ausgewiesenen Wanderweg. Zufrieden?« Ohne ihre Antwort abzuwarten, setzte er sich wieder in Bewegung.

»Du mich auch«, grummelte Ivonne, zog eine Grimasse und machte hinter seinem Rücken eine Drohgebärde mit der Faust, bevor sie ihm folgte.

Schweigend gingen sie weiter. Doch auch nach fünfundzwanzig Minuten befanden sie sich noch immer inmitten unberührter Natur.

Ivonne ließ sich auf einem Baumstumpf nieder. »Ich habe die Schnauze voll«, grollte sie. »Entweder bist du zu blöd, deine Wander-App zu lesen oder das scheiß Ding taugt nichts. Ich habe das Gefühl, wir laufen ständig im Kreis. Wenn das so weitergeht, irren wir morgen noch -«

»Pst, halt mal die Klappe«, fuhr Sebastian sie an. Er war stehengeblieben und lauschte angestrengt in den Wald.

»Sag mal, spinnst du! Willst du mir etwa den Mund -«

»Verdammt, sei still!« Sebastian neigte leicht den Kopf und hielt sich eine Hand hinters Ohr. »Hörst du das nicht? Da wimmert doch was ...«

»Bei dir wimmert's gewaltig im Gehirn«, entgegnete Ivonne, während sie sich an die Stirn tippte. Genervt zog sie aus ihrer Bauchtasche den Tabakbeutel hervor und begann, sich eine Zigarette zu drehen.

Sebastian überging ihr Gemaule und bewegte sich auf die Stelle zu, wo er das Wimmern vermutete. Als er schon dachte, er hätte sich getäuscht, schwollen die jämmerlichen Laute plötzlich erneut an. Sie ähnelten einem krampfhaften, stoßweisen Schluchzen und kamen aus dem Gebüsch unmittelbar zu seiner Linken. Seltsam, dachte Sebastian, das klang beinahe menschlich. Kurz zögerte er, ob es nicht besser sei, das Wesen, was immer es war, in Ruhe zu lassen, da er fürchtete, es noch mehr zu verschrecken oder gar den Zorn der Mutter auf sich zu ziehen, sollte es sich um ein Jungtier handeln und sie in der Nähe sein. Doch seine Neugier war größer. Mit einem mulmigen Gefühl ging er in die Hocke, drückte die Zweige des Buschwerks vorsichtig zur Seite und blickte zu seiner Verwunderung geradewegs in zwei angstvoll aufgerissene blaue Augen.

»Ei, wer bist denn du?« Sebastian bog die Zweige noch weiter auseinander. »Was machst du denn da? ... Spielst du Verstecken?«

Das Mädchen gab einen verängstigten Laut von sich und kauerte sich noch tiefer in das Dickicht.

»Hey, Kleine, ... du musst keine Angst haben. Ich tue dir nichts. Komm ...« Er hielt ihr seine Hand hin, aber sie rührte sich nicht von der Stelle. »Ivonne, komm mal schnell. Hier hockt ein Kind im Gebüsch«, rief Sebastian über seine Schulter hinweg.

»Was?« Ivonne trat ihre Zigarette aus und stand auf. »Mich laust der Affe«, sagte sie, als sie hinter Sebastian trat. »Wie kommt die denn hierher? Und wo sind ihre Eltern?« Sie blickte sich um. Doch, wie es schien, waren sie die Einzigen weit und breit.

»Was weiß ich. Sie scheint völlig verängstigt zu sein und traut sich nicht da raus.«

»Lass mich mal.« Ivonne schob Sebastian beiseite und übernahm seine Position. »Hi, Süße, ich heiße Ivonne. Und wer bist du?«, sagte sie in einem schmeichelnden Ton.

Das Mädchen atmete gepresst durch die Nase und brachte keinen Ton hervor.

»Wo sind denn deine Eltern? Du bist doch bestimmt nicht allein unterwegs. Es ist doch viel zu gefährlich für ein so kleines Mädchen, allein im Wald herumzulaufen.«

Ivonne musterte das dreckverschmierte Gesichtchen, das umrahmt war von Haaren, die offenbar seit geraumer Zeit keinen Kamm mehr gesehen hatten. Plötzlich schlug sie sich mit beiden Händen an die Wangen. »Das glaube ich jetzt nicht«, rief sie aus.

»Was ist?«

Sie sah zu Sebastian hoch. »Das ist die Kleine, die sie überall suchen.«

»Welche Kleine?«

»Ei, das Mädchen, das seit Ende letzter Woche verschwunden ist, du Hirni.« Sie machte eine ungehaltene Geste.

»Ich denke, die ist tot.«

»Quatsch! Ganz sicher. Das ist sie. Ich habe gestern noch das Fahndungsfoto in Facebook gesehen und gedacht, was für ein hübsches Mädchen ... Wie heißt die noch ... Verena oder so ähnlich ... Nee warte ... Mist!« Sie fasste sich mit den Händen an die Schläfen, während sie fieberhaft nachdachte.

»Hieß die nicht Valerie?«

»Valerie! Genau!« Ivonne strahlte Sebastian an und drehte sich wieder dem Gebüsch zu. »Du bist die kleine Valerie, stimmt's?« Sie lächelte das Mädchen aufmunternd an.

Ein schwaches, von einem Schluckauf untermaltes Nicken war die Antwort.

31

Frensdorf biss sich auf die Unterlippe und starrte vom Beifahrersitz des Streifenwagens aus angestrengt durch die Windschutzscheibe. Der endlose Hochwald rauschte gleichförmig an ihm vorbei. Er konnte es noch immer nicht glauben: Valerie lebte! Gleich würde er sie sehen. Den Standortdaten zufolge musste die Stelle, wo die beiden Wanderer, die das Mädchen gefunden hatten, auf sie warteten, hinter der nächsten Biegung liegen.

Die Nachricht war vor weniger als einer Stunde im Präsidium eingeschlagen wie eine Bombe, nachdem die Einsatzzentrale gemeldet hatte, dass ein junger Mann angerufen und behauptet hätte, zusammen mit seiner Freundin ein kleines Mädchen in einem Gebüsch versteckt gefunden zu haben, auf das die Beschreibung von Valerie passte. Ein Handyfoto, das der Anrufer von dem Kind gemacht und an die Zentrale geschickt hatte, hatte ihnen die Gewissheit gegeben, dass seine Aussage stimmte. Valerie sah auf dem Bild blass und schmal aus. Aber sie war es. Eindeutig! Einige aus Frensdorfs Team waren daraufhin in laute Jubelschreie ausgebrochen, andere hatten triumphierend beide Fäuste in die Luft gereckt. Vereinzelt, vor allem unter den weiblichen Beamten, hatte es ein paar Freudentränen gegeben.

»Da vorn sind sie.« Frensdorf wandte seinen Kopf zur Rückbank, wo seine türkische Kollegin Zeynep, ein Mitglied der SoKo Valerie, und die Kinderpsychologin Katja Wissmuth saßen. Wissmuth, eine brünette Mittvierzigerin mit braunen Kulleraugen und Pagenkopf, blinzelte. Ihr Lächeln wirkte angespannt. Auch Frensdorf spürte, wie ihm das Herz bis zum Hals schlug, als sie auf das Trio zufuhren.

Das Paar, eine Frau mit blonder Igelfrisur und schwarz umrandeten Augen, die ihr das Aussehen eines Waschbären verliehen, sowie ein Schlacks mit elend langen Gliedern und Bubigesicht, das den Anschein erweckte, als hätte es noch nie eine Rasur nötig gehabt, hockte auf einem Stoß gefällter Lärchen. Valerie saß in ihrer Mitte und schmiegte sich eng an die Frau, wobei sie unverwandt auf den Boden blickte und auch nicht aufsah, als sich das Polizeiauto den dreien näherte. Sie trug eine helle Jeans und ein rot-weiß geringeltes langärmliges Shirt. Sie sah für Frensdorf auf den ersten Blick unversehrt aus. Als der Streifenwagen anhielt, stand der Mann auf. Die Frau blieb sitzen, den Arm schützend um Valerie gelegt.

Frensdorf winkte den Mann zu sich, während Zeynep und die Psychologin auf Ivonne und Valerie zugingen.

Wissmuth hockte sich vor das Mädchen. »Hallo Valerie. Ich bin Katja«, begann sie, leise zu sprechen. »Es ist alles gut. Du bist jetzt in Sicherheit. ... Die Frau hier heißt Zeynep und der Mann dort hinten, das ist Herr Frensdorf.« Katja zeigte auf die beiden Beamten. »Sie sind von der Polizei ...« Sie machte eine Pause, um Valeries Reaktion abzuwarten. »Wir sind gekommen, um dich abzuholen«, fuhr Katja fort, als Valerie mit keiner Regung signalisierte, dass sie sie verstanden hatte. »Wir wollen uns nur kurz anschauen, ob es dir gut geht. Und dann bringen wir dich zu deiner Mama und deinem Papa. Wie findest du das?«

Valerie hielt die Augen noch immer gesenkt und gab keinen Ton von sich, während sie ihren Griff um Ivonnes Taille verstärkte, als würde sie sich an eine rettende Boje klammern.

»Sie ist stumm wie ein Fisch«, erklärte die junge Frau überflüssigerweise. »Ich glaube, sie hat voll den Schock weg.

Echt krass, wenn man sich vorstellt, dass sie wahrscheinlich tage- und nächtelang allein im Wald umhergeirrt ist, mit all den wilden Tieren und ohne was zu essen und zu trinken und so.«

Katja schmunzelte. »Wir werden sehen. Sie wird uns bestimmt bald alles erzählen.« Sie sah wieder Valerie an. »Du musst jetzt nicht reden, wenn du nicht magst, Valerie«, sagte sie. »Es reicht, wenn du nickst oder den Kopf schüttelst. ... Also, was hältst du davon: Sollen wir es so machen, wie ich es gesagt habe?«

Ein kaum merkliches Nicken in Richtung von Ivonnes Bauchnabel war die Antwort.

»Großartig. Du bist ein tapferes Mädchen«, sagte Katja und stemmte sich hoch.

Endlich sah Valerie auf. Eine Weile musterte sie Katja, wohl, um zu ergründen, ob sie ihr auch wirklich trauen konnte. Schließlich lockerte sie ihren Griff um Ivonnes Bauch.

»Na dann los, du kleines Klammeräffchen«, ermunterte Ivonne sie und stand ebenfalls langsam auf. »Ich wette, dass deine Mom und dein Paps schon ganz verrückt danach sind, dich zu sehen.«

32

Claudia und Dirk Kleinke fuhren herum, als die Tür aufging und Dr. Alexander Vogt, Pädiater am Kreiskrankenhaus Schotten, das Arztzimmer zusammen mit einer südländisch aussehenden Polizistin betrat. Der Kripobeamte, der das Ehepaar ins Krankenhaus gefahren hatte, lehnte an der Fensterbank.

In den letzten Stunden hatte die Kleinkes ein Wechselbad der Gefühle erlebt: In die unbeschreibliche Freude und Erleichterung darüber, dass Valerie gefunden worden war und lebte, hatte sich die Sorge vor dem geschlichen, was sie erwartete. Vor lauter Nervosität und Vorfreude hatte sich Claudia Kleinke, auf der Kante ihres Stuhls im Arztzimmer hockend, ununterbrochen ihre schweißnassen Hände an der Hose abgewischt oder war sich damit durchs Haar gefahren, während ihr Mann mit grauem Gesicht neben ihr regungslos die Tischplatte angestarrt hatte.

Claudia sprang auf. »Wo ist Valerie? Wie geht es ihr? Geht es ihr gut?« Ihr Ton hatte etwas Flehendes.

»Bitte, setzen Sie sich wieder«, bat Zeynep freundlich. »Valerie ist nebenan. Wir bringen sie gleich zu Ihnen. Sie ist in guten Händen. Eine Kinderpsychologin, Frau Wissmuth, ist bei ihr. Herr Dr. Vogt und ich wollten Sie vorher nur kurz sprechen.«

»Ist sie verletzt? Ist sie ...?« Claudias Blick flog zwischen dem Arzt, der hinter seinem Schreibtisch Platz genommen hatte, und der Kripobeamtin hin und her. Sie spürte, wie Sorgen und Panik augenblicklich wieder die Oberhand gewannen.

»Schatz, bitte, setz dich.« Dirk Kleinke streckte den Arm nach seiner Frau aus.

Zögernd kam Claudia seiner Bitte nach.

»Ich kann Sie beruhigen«, begann Dr. Vogt. »Valerie geht es nach ersten Untersuchungen den Umständen entsprechend gut. Sie hat keine erkennbaren körperlichen Verletzungen, bis auf ein paar Kratzer und blaue Flecke, die sie sich voraussichtlich selbst zugezogen hat. Als sie gefunden wurde, war sie außerdem leicht unterkühlt. Aber mittlerweile ist ihre Körpertemperatur wieder völlig normal. Soweit wir das beurteilen können, hat auch keine sexuelle Gewaltanwendung stattgefunden«, fasste er zusammen und lächelte das Ehepaar aufmunternd an.

»Gott sei Dank.« Claudia seufzte erleichtert. Sie ergriff die Hand ihres Mannes und suchte seinen Blick. Er lächelte schmal. Seine Mundwinkel zuckten leicht.

»Mit welchen psychischen Folgen aufgrund ihres Verschwindens mittel- oder langfristig zu rechnen ist, können wir zum aktuellen Zeitpunkt allerdings nicht vorhersagen. Momentan weigert sich Valerie, zu sprechen, was aber nach einem Trauma, wie sie es erlitten hat - allein schon aufgrund der langen Trennung von Ihnen - nicht weiter verwunderlich ist.«

»Was heißt, sie weigert sich, zu sprechen? Heißt das, sie hat bislang mit niemandem gesprochen, auch nicht mit Ihnen oder der Psychologin?« Dirk blickte besorgt zu Zeynep. »Aber mit uns wird sie doch sicher reden, oder?«, wandte er sich wieder an den Arzt.

Dr. Vogt nickte. »Davon gehe ich aus, ja. Seien Sie unbesorgt. Dass Kinder, selbst nach einem schweren Trauma, völlig verstummen, ist äußerst selten. Meist bezieht sich ihre Sprachlosigkeit nur auf Fremde oder auf bestimmte Situationen, in denen sie sich unwohl fühlen. Mit vertrauten Menschen reden die Kinder in aller Regel ganz normal.

Man nennt das selektiven Mutismus. Oftmals ist diese Art der Sprechblockade auch nur vorübergehend und legt sich mit der Zeit wieder. Trotzdem muss ich Sie bitten, dass Sie Valerie, selbst wenn sie sich Ihnen gegenüber benimmt, als wäre nichts gewesen, unter keinen Umständen bedrängen, mit Ihnen über das zu reden, was ihr widerfahren ist. Gestalten Sie den Alltag so entspannt wie möglich. Seien Sie für sie da und zeigen Sie ihr, dass sie sich bei Ihnen jederzeit sicher und geborgen fühlen kann. Außerdem muss ich Sie darauf hinweisen, dass Valerie gegebenenfalls weitere Verhaltensauffälligkeiten, wie Angst- oder Anpassungsstörungen, eine Depression beziehungsweise Schlaf- oder Essstörungen entwickeln kann. Aber auch das sind nur denkbare mögliche Folgen eines seelischen Traumas, die nicht zwingend eintreten müssen und ebenfalls vorübergehend sein können. Ich bin sicher, dass Valerie mit einer entsprechenden kinderpsychologischen Betreuung ziemlich bald Fortschritte machen wird. Sie scheint mir ein recht robustes Kind zu sein«, gab sich Dr. Vogt zuversichtlich.

Claudia hatte sich während der Ausführungen des Arztes auf die Fingerknöchel gebissen, um ein erneutes Schluchzen zu unterdrücken.

»Wir werden Ihre Ratschläge selbstverständlich beherzigen«, sagte Dirk. »Ein Letztes noch, bevor wir Valerie sehen dürfen.« Er wandte sich an Zeynep. »Valerie hat offensichtlich nicht die gesamte Zeit im Wald verbracht. Sehe ich das richtig? Was darauf schließen lässt«, fuhr er fort, ohne Zyneps Antwort abzuwarten, »dass sie tatsächlich jemand zeitweilig festgehalten haben muss, sie dann aber entweder fliehen konnte oder im Wald ausgesetzt wurde.«

Zeynep nickte bedächtig. »Ihr Gesundheitszustand lässt

vermuten, dass sie höchstens einen Tag und eine Nacht allein im Wald unterwegs gewesen war und dass sie, wo immer sie die Zeit davor verbracht hat, ausreichend zu essen und zu trinken hatte. Mehr kann ich Ihnen zum jetzigen Zeitpunkt nicht sagen.«

»Ja, Valerie muss gut versorgt worden sein«, pflichtete Dr. Vogt ihr bei. »Sonst wäre sie abgemagerter und dehydrierter gewesen.«

»Das heißt aber auch, dass sich der Ort, an dem sie festgehalten wurde, höchstwahrscheinlich in der Nähe der Stelle befindet, wo man sie gefunden hat, sollte sie geflohen sein«, folgerte Dirk.

Katja machte eine zweifelnde Geste. »Wie gesagt, wir wissen noch nichts Genaues.«

Als die Kinderpsychologin Valerie wenig später hereinführte, gab es für Claudia kein Halten mehr. Sie sprang auf, lief ihrer Tochter entgegen und ging vor ihr in die Knie. Sie drückte Valerie so fest an sich, als wollte sie sie nie mehr loslassen. »Valerie, meine Süße, mein Mädchen! Mein Gott, ich bin so unendlich glücklich, dass du wieder da bist. Wir haben dich so vermisst«, sagte sie, während sie gleichzeitig lachte und weinte, Valeries Gesicht zwischen die Hände nahm und mit Küssen überdeckte.

Auch bei Valerie brachen sämtliche Dämme. Da ihre Jeans und das Ringelshirt zur erkennungsdienstlichen Untersuchung sichergestellt worden waren, trug sie nun ein geblümtes türkisfarbenes Sommerkleid, das ihre Mutter mit ins Krankenhaus gebracht hatte. Sie schlang die Arme um den Hals ihrer Mutter und begann, haltlos an deren Schulter zu weinen. Ihr zarter Körper bebte. Immer wieder schluchzte sie leise »Mama«.

»Mein Mäuschen, mein armes Mäuschen«, flüsterte

Claudia ihr unter Tränen ins Ohr, während sie ihre beiden Oberkörper hin und her wiegte und Valerie übers Haar strich. »Alles wird wieder gut, meine Kleine. Alles wird wieder gut. Das verspreche ich dir.«

Dirk hatte ebenfalls Mühe, seine Rührung zu verbergen. Er schluckte mehrmals schwer und wischte sich verstohlen mit den Fingern seiner Linken über die geschlossenen Augenlider, während seine Rechte auf Claudias Schulter ruhte.

»Zeynep?« Katja formte den Namen beinahe lautlos mit den Lippen und versuchte, den Blick der Kripobeamtin einzufangen. Als diese reagierte, winke Katja sie mit dem Zeigefinger so unauffällig wie möglich zu sich und hielt ihr ein Papier hin.

Zeynep nahm das Blatt entgegen, vergewisserte sich, dass die Kleinkes nichts mitbekamen, und drehte sich dann so, dass sie mit ihrem Rücken zum Raum stand, während sie das Papier betrachtete. Es war eine Buntstiftzeichnung. Valerie hatte sie angefertigt, während sie zusammen mit Katja darauf gewartet hatte, ihre Eltern wiedersehen zu dürfen.

Mittig auf dem Bild war ein Mann zu sehen. Er hielt einen stockähnlichen schwarzen Gegenstand in der rechten Hand und trug grüne Kleidung. An seiner Seite befand sich ein braunes Tier, einem Hund ähnlich. An den äußersten Bildrand hatte Valerie ein kleines Mädchen gezeichnet. Das Kind hatte blondes Haar, das zu Zöpfen gebunden war und war mit einem roten Oberteil und einer blauen Hose bekleidet. Neben dem Mann und seinem vierbeinigen Begleiter stand ein zotteliges graues Wesen mit hochstehenden Ohren und leuchtend gelben Augen. Aus seinem Rumpf tropfte rote Farbe auf die Erde.

33

Der urige Holztisch neben der Berghütte war dekoriert mit aprikotfarbenen und weißen Kerzen und kleinen Sträußen aus violett-weißen Nelken, kombiniert mit graugrünen Ziergräsern. Die gestärkten weißen Servietten auf den Porzellantellern und die geschliffenen Kristallgläser bildeten einen stilvollen Kontrast zum rustikalen Ambiente, während das Licht, das aus dem seitlichen Fenster der Hütte fiel, dem Ort einen goldgelben Schimmer verlieh.

Hella hatte auf einem der beiden dunkelbraunen Lederstühle Platz genommen. Das kuschelige Schafsfell, auf dem sie saß, wärmte ihren Rücken und ihr Gesäß. Das weiße Windlicht und die nostalgische Milchkanne, die zu ihren Füßen etwas abseits des Tisches standen, als hätte sie jemand dort absichtlich vergessen, verstärkten das romantisch-gemütliche Flair. Es kam ihr vor, als sei die Zivilisation meilenweit entfernt.

Bernd zupfte die dezent gemusterte, nachlässig über die Lehne der Holzbank drapierte Wolldecke zurecht, auf der er saß, streckte seine Arme über den Tisch und nahm Hellas Hände in seine. »Gefällt es dir hier?«, fragte er.

»Es ist wunderschön«, schwärmte Hella, während ihr Blick die riesigen Fichten streifte, deren Zweige sich mit einem leisen Wispern im Wind wiegten. Die Geschlossenheit, mit der die massigen Stämme die Hütte und den Tisch gegen die Umgebung abschirmten, verlieh dem Ort eine gewisse Intimität.

Der Kellner brachte ihnen eine Flasche Wein. Bernd wartete, bis sie wieder allein waren und hob dann sein Glas. »Herzlichen Glückwunsch zum Geburtstag!« Er prostete Hella zu.

»Danke.« Gerührt stieß Hella mit ihm an. »Ich weiß gar nicht mehr, wann ich meinen Geburtstag das letzte Mal gefeiert habe«, überlegte sie. »Das ist Jahre her.«

»Dann wurde es aber höchste Zeit!«, sagte Bernd.

Hella lächelte, vor allem über sich selbst. Ihr lag nichts daran, viel Gewese von sich zu machen. Doch Bernd schien auch diesbezüglich neue Saiten in ihr zum Klingen zu bringen. Seine Aufmerksamkeit und Wertschätzung taten ihr gut. Außerdem war sie erleichtert darüber, dass er ihr nicht nachzutragen schien, dass sie heimlich bei den Brunners herumgeschnüffelt und darauf bestanden hatte, trotz des Schusses auf sie in Herbstein zu bleiben.

Genüsslich ließ sie sich kurze Zeit später das gebratene Zanderfilet in Tomaten-Zitronenbutter auf der Zunge zergehen. »Das Essen ist großartig!«, schwelgte sie zwischen zwei Bissen.

»Allerdings«, pflichtete ihr Bernd bei, der sich seinen Filetteller mit demselben Wohlgenuss einverleibte. »Ich habe gestern übrigens mit Frensdorf über den Vorfall von neulich gesprochen ...«, Bernd schob sich eine Ladung Spätzle mit Champignonsauce auf die Gabel. Er vermied es, den Schuss auf Hella als Anschlag zu bezeichnen. »Er hat -«

Zu Hellas Füße erklang der vertraute Klingelton ihres Handys. Sie legte ihr Besteck beiseite und angelte nach ihrem Rucksack.

»Musst du da jetzt unbedingt drangehen?«, fragte Bernd beklommen.

»Es ist Frau Roth.« Hella zuckte entschuldigend mit den Achseln, wobei sie Bernd das Display zudrehte, bevor sie den Anruf annahm.

»Störe ich?«, fragte Friederike.

»Wie man es nimmt«, sagte Hella und betrachtete Bernds

verdrießliche Miene. »Wir sitzen beim Abendessen in der Taufsteinhütte.«

»Dann mache ich es kurz: Markus Gottlob hat Mario Kutscher überfahren.«

Hella stöhnte auf. »Also doch!«

»Ja, aber offenbar nicht mit Absicht, sondern im Suff.«

»Im Suff?« Hella sah Bernd an und wiederholte lautlos, was Friederike ihr soeben mitgeteilt hatte. Doch Bernd schüttelte nur fragend den Kopf. »Moment, Frau Roth, ich stelle auf Lautsprecher, damit Herr Lohmann mithören kann«, sagte Hella. Sie drückte auf die Taste mit dem Lautsprechersymbol und hielt das Handy zwischen sich und Bernd.

»'n Abend, Herr Lohmann«, sagte Friederike. »Sorry, dass ich Sie beim Essen störe. ... Es gibt interessante Neuigkeiten zum Tod von Kutscher. Also: Gottlob war vorgestern Abend mit einigen Saufkumpanen in einer Kneipe verabredet gewesen. Gegen elf ist er dann aufgebrochen. Ein Freund hat wohl noch versucht, ihn zu überreden, ein Taxi zu nehmen, da Gottlob so sternhagelvoll war, dass er kaum gerade stehen konnte. Aber Gottlob hat den Autoschlüssel nicht rausgerückt und ist einfach auf und davongefahren. Nach allem, was man sich erzählt, war es nicht das erste Mal, dass er sich besoffen hinters Steuer gesetzt hat. Bislang ist es allerdings immer gut gegangen«, berichtete Friederike. »Na ja, wie dem auch sei: Das Schicksal wollte es in dieser Nacht leider anders. Auf dem Nachhauseweg ist ihm nämlich Kutscher auf dem Fahrrad entgegengekommen. Gottlob will ihn angeblich erst bemerkt haben, als es gekracht hat und Kutscher über die Kühlerhaube gesegelt ist. ... Der muss wirklich hackedicht gewesen sein.« Sie gab einen verächtlichen Laut von sich. »Als ihm dann klar wurde, dass er einen Menschen überfahren hat, ist er in Panik geraten und abgehauen, weil er seinen Führerschein nicht verlieren wollte.«

»Unfassbar!« Hella zischte erbost durch die Zähne.

»Ich finde das auch unglaublich. Er hätte doch wenigstens anhalten und aussteigen können, um nachzuschauen, wie schwer verletzt Kutscher ist und anonym die Rettung informieren. Vielleicht wäre Kutscher dann noch am Leben. ... Was ein Arsch!«, fauchte Friederike durch den Hörer.

»Woher wissen sie das alles so genau?«, fragte Bernd.

Durch das Telefon hörten Hella und Bernd im Hintergrund Autos vorbeifahren.

»Ich stehe hier vor einer Kneipe, wo ich gerade eine Kleinigkeit gegessen habe. Neben mir am Tisch saß ein Typ, der mich ununterbrochen zugetextet hat. Der hat so viel Scheiß gelabert, dass ich zunächst nur mit halbem Ohr zugehört habe, zumal ich nebenbei auf meinem Notebook arbeiten wollte. Aber plötzlich meinte er, ob ich mitbekommen hätte, dass man den Kerl geschnappt hat, der den jungen Schreiner totgefahren hat. Da wurde ich natürlich hellhörig. Ich habe ihn gefragt, ob er wüsste, wer das sei. Das konnte mir dieser Wichtigtuer zwar nicht sagen. Aber der Wirt, der ihm gerade ein frisches Pils brachte, hat unser Gespräch mitbekommen. Und der hat dann erzählt, dass es sich um Markus Gottlob handelte. Es ist nämlich seine Kneipe, in der Gottlob sich mehr oder weniger allabendlich abfüllt. Und von dessen Vater wusste der Wirt, dass die Polizei Markus Gottlob am Nachmittag abgeholt und der daraufhin den Unfall samt Fahrerflucht gestanden hatte. Der alte Gottlob und sein Sohn konnten nach den Worten des Wirts noch nie gut miteinander und nun ist der Ofen wohl endgültig aus. Deswegen hat der Senior auch kein Blatt vor den Mund genommen und so richtig über seinen Filius abgewettert. Angeblich will er nichts mehr mit ihm zu tun haben und ihn sogar enterben.«

»Und was ist mit den anderen Verbrechen, Valerie und der erschossenen Wölfin? Hat Gottlob damit auch etwas zu tun?«, Hella kaute auf ihrem letzten, inzwischen kalt gewordenen Stück Zanderfilet herum.

»Ich denke eher nicht. Sonst hätte der Vater dem Wirt das bestimmt auch erzählt oder wenigstens Andeutungen gemacht.«

»Okay. Danke, dass Sie uns informiert haben«, sagte Hella. Sie wischte sich geistesabwesend den Mund ab und legte die Serviette neben ihren Teller. Anschließend steckte sie das Handy weg und schob den leeren Teller von sich. In ihrem Magen machte sich ein unangenehmes Ziehen breit. Friederikes Schilderungen gingen ihr gewaltig unter die Haut.

»Glaubst du, dass es wirklich nur ein tragischer Zufall war, dass die beiden sich auf der Landstraße begegnet sind?«, fragte sie Bernd. »Da sind sich zwei ehemalige Schulkameraden spinnefeind, zoffen sich in aller Öffentlichkeit, dass es aussieht, als wollten sie sich gegenseitig an die Gurgel gehen, und dann fährt der eine den anderen kurz darauf, angeblich ohne es zu wollen, über den Haufen. ... Hm, ich weiß ja nicht.« Sie machte ein ungläubiges Gesicht.

»Wenn Gottlob wirklich so besoffen war, wie Frau Roth sagt, kann das schon stimmen. Woher sollte er auch gewusst haben, dass Kutscher ihm just um die Uhrzeit auf der Landstraße entgegenkommen würde. Wenn er ihn verfolgt hätte, wäre das vielleicht etwas anderes. Aber so. ... Außerdem wäre es saudumm, wenn Gottlob tatsächlich geplant hätte, Kutscher auf diese Art aus dem Weg zu räumen, weil der Schreiner vielleicht etwas über ihn wusste, dass ihm schaden könnte. Das Risiko, dass jemand den Unfall beobachtet oder Kutscher überlebt hätte, wäre viel zu groß gewesen. Und vergiss nicht: Gottlobs Auto wird den Unfall auch nicht unbeschadet überstanden haben. So etwas bleibt in der Regel nicht verborgen. ... Möchtest du noch ein Dessert?«, fragte Bernd, als der Kellner erneut an ihren Tisch trat.

»Ja, aber lass uns noch einen Moment warten.« Hella war für den Augenblick der Appetit vergangen.

Bernd bedeutete dem Kellner, ihnen noch einmal die Speisekarten zu bringen.

»Was du sagst, klingt einleuchtend.« Hella nippte versonnen an ihrem Rotwein. Sie setzte das Glas wieder ab, stützte das Kinn auf die Hände und seufzte. »Blöd nur, dass der schießwütige Wolfshasser nun immer noch frei herumrennt. Und auch, wenn *du* mir gleich an die Gurgel gehst, mein Bauchgefühl sagt mir immer noch, dass unser gesuchter Schütze derselbe ist, der Valerie in den Händen gehabt hat.« Sie sah Bernd mit einem schelmischen Grinsen an. »Was wolltest du mir vorhin eigentlich erzählen, bevor Frau Roth angerufen hat?«

Bernd ließ Hella nicht aus den Augen, als er ihr eröffnete: »Die Spurensicherung hat eine leere Patronenhülse gefunden, im Wald, schräg gegenüber der Stelle, an der du gestanden hast, als der Schuss auf dich fiel.«

»Und?«, fragte Hella interessiert und richtete sich wieder auf.

»Es handelt sich um dieselbe Munition, wie die, mit der auf die Wölfin geschossen wurde, Kaliber 30-06 Springfield.«

»Hm, was meine Vermutung weiter nährt, dass wir es womöglich mit ein und demselben Täter zu tun haben, was immer ihn antreibt«, äußerte Hella. »Trotzdem dürfte es bei dem Kaliber schwierig sein, den Schützen zu ermitteln.«

»Abwarten«, erwiderte Bernd. »An der Hülse sind dieses Mal bruchstückhafte DNA-Spuren gefunden worden, für die es zwar keine Entsprechung im System gibt.« Ein kleines Grinsen umspielte seine Lippen.

»Und weiter?«, fragte Hella gespannt. »Du willst doch noch was sagen. Das sehe ich dir an der Nasenspitze an.«

»Frensdorf genügt das, um sich an erster Stelle deine Stammtischbrüder noch einmal gründlich vorzuknöpfen. Aber tue mir bitte den Gefallen und behalte das vorläufig für dich. Auch kein Wort zu Frau Roth. Verstanden?« Er sah ihr tief in die Augen.

»Geht klar«, sagte Hella und nickte, während sie sich ein Loch in den Bauch freute. »Wenn du nichts dagegen hättest, würde ich jetzt gerne ein Dessert bestellen!«, fügte sie mit neu aufkeimendem Appetit hinzu.

34

Warnke knallte sein Pilsglas so heftig auf den Tisch, dass Pranschke Angst hatte, es könnte in dessen Hand zerbrechen. Schaum schwappte über Warnkes Finger. Die beiden Landwirte saßen zusammen mit Brunner und Semmler in ihrer Stammkneipe. Es war später Nachmittag. Angesichts der Tatsache, dass sie alle vier erneut von der Kripo befragt worden waren, hatten sie sich zu einem vorgezogenen Feierabendbier verabredet, um Kriegsrat zu halten. Der eigentliche Restaurantbetrieb würde erst in einer guten Stunde losgehen. Daher war der Gastraum noch nahezu leer. Nur ein weiterer Gast nippte an der Theke an seinem Bier und knabberte Erdnüsse, während er sich leise mit dem Wirt unterhielt, der Gläser polierte. Aus der Küche drangen Schneidegeräusche und das Scheppern von Töpfen in Vorbereitung für die absehbar eingehenden Bestellungen der Speisen.

»Nicht zu fassen. Was glauben die eigentlich, wer wir sind?«, wütete Warnke. Schuppen rieselten von seinen Schultern und er lief gefährlich rot an. »Bestellen uns ins Polizeipräsidium ein, nehmen Fingerabdrücke und löchern uns mit dämlichen Fragen, als wären wir Schwerverbrecher. Und kein Wort darüber, worum es eigentlich geht.« Er kippte den Rest seines Pils derartig schwungvoll hinunter, dass er sich verschluckte. Würgend und hustend rang er nach Luft, wobei er erneut dunkelrot anlief.

»Langsam, Dieter, nun reg dich mal nicht so auf«, versuchte Pranschke ihn zu beruhigen, während er ihm auf den Rücken klopfte.

»Was heißt hier, nicht so aufregen. Dieter hat doch recht«, stieß Semmler zwischen seinen gelben Zähnen aufgebracht hervor. »Ich wüsste auch zu gerne, wessen man uns verdächtigt. Was meinst du, was bei mir daheim los ist? Erst filzen sie unsere Waffen und nun das. Der Haussegen hängt bei uns schief, seit die Bullen aufgekreuzt sind und verlangt haben, dass ich aufs Präsidium komme. Gerda denkt, dass ich irgendein krummes Ding gedreht habe. Und bei Marco, meinem Jüngsten, der mich, seit er in der Pubertät ist, eh nur noch für einen Idioten hält, bin ich völlig unten durch, weil er sich vor seinen Klassenkameraden für mich rechtfertigen muss«, fuhr Semmler erregt fort.

»Haste?«, krächzte Warnke, dessen Hustenanfall sich wieder gelegt hatte. Er räusperte sich noch einmal kräftig.

»Was?«

»Ein krummes Ding gedreht.«

»Sag mal, spinnst du! Was red'ste denn da?«

»Jemand hat auf eine Staatsbeamtin geschossen«, brummte Brunner in seinen Backenbart, ohne die anderen anzusehen.

Für den Bruchteil einer Sekunde herrschte überraschtes Schweigen.

»Wo?«, fragte Warnke schließlich.

»Na, hier, ganz in der Nähe«, knirschte Brunner.

»Ach? ... Und woher weißt *du* das?«, fragte Semmler. »Haben die Bullen dir mehr verraten als uns?« Er kratzte sich am Oberschenkel.

Auch Warnke sah Brunner erwartungsvoll an.

»Weiß ich eben«, sagte Brunner, noch immer, ohne aufzublicken.

»Aha, das weißt du also einfach so. ... Und weißt du auch, ob die tot ist?«, fragte Semmler.

»Was interessiert dich das denn so brennend?«, gab Brunner gereizt zurück. »Kann dir doch scheißegal sein, ob die lebt oder tot ist, wenn du nichts damit zu tun hast.« Er funkelte Semmler wütend an.

»Hey, Vorsicht!«, schoss der zurück.

»Mensch, Jochen, jetzt lass deine miese Laune nicht an Thomas aus«, ging Pranschke dazwischen. »Er kann schließlich nichts dafür, dass deine Mareike über alle Berge ist.«

»Wo ist Mareike überhaupt?«, fragte Warnke mit schwerer Zunge. Er war inzwischen bei seinem vierten Pils angelangt und hatte darüber hinaus zwei Schnäpse intus.

»Bei ihrer Schwester in Schotten«, grummelte Brunner.

»Spricht sie denn mit dir?«, wollte Warnke wissen.

»Wer?«

»Na, Mareike.«

»Nee, die will nichts mehr von mir wissen«, sagte Brunner mürrisch und starrte wieder auf die Tischplatte.

»Ich habe dir gestern schon gesagt: Die steht bestimmt bald reumütig vor der Tür, jetzt, wo sie weiß, dass nicht du Kutscher überfahren hast, sondern der Markus«, sprach Pranschke Brunner Mut zu. Er hob die Hand, um noch eine Runde zu ordern. »Sie kann ja nicht auf Dauer bei ihrer Schwester wohnen bleiben und einen Job hat sie auch nicht.«

»Und wenn schon. Die soll ja nicht glauben, dass ich sie mit offenen Armen empfange«, sagte Brunner.

»Aber ich verstehe trotzdem nicht«, fing Semmler erneut an. Er hatte sich noch immer nicht beruhigt. »Wie kommt die Polizei darauf, dass einer von uns auf eine Staatsbeamtin geschossen haben soll?«

»Mein Gott«, polterte Brunner drauflos. »Weil die im Hessischen Umweltministerium arbeitet und für den Tierschutz zuständig ist.«

»Ach! Ist ja interessant. ... Und warum sagst du das nicht gleich?«, ranzte Semmler zurück.

»Weil ich die kenne, verdammt«, sagte Brunner, ohne auf Pranschkes warnenden Blick zu achten.

»Was? ... Woher kennst du die denn?«, lallte Warnke. Mühsam richtete er seine glasigen Augen auf Brunner.

Brunner zögerte. »Weil die letzthin bei mir zu Hause war.«

»Bei dir zu Hause?«, fragte Semmler. »Das wird ja immer besser. ... Wegen deiner Schafe, oder was?«

»Nein, du Schafskopp. Nicht wegen meiner Schafe. Die hat gar nicht gesagt, dass sie in Wiesbaden im Ministerium arbeitet. Die ist einfach so bei uns reingeplatzt und hat behauptet, sie wäre Journalistin. Sie war auch nicht allein da, sondern mit einer anderen, so eine Schwarzhaarige mit zwei verschieden farbigen Augen. Die haben so getan, als würden sie sich für unseren Hof interessieren. Aber das kam mir gleich spanisch vor. Und als ich dann erzählt habe, dass offensichtlich irgendein Vieh wieder bei meinen Schafen im Pferch gewesen war, hat die vom Ministerium auf einmal so komisch nachgefragt. Da wusste ich, dass mit denen was nicht stimmt.«

»Aber woher weißt du, dass die im Ministerium arbeitet?«

»Das war nicht allzu schwer herauszufinden. Die hat nämlich knallrote Haare. So eine fällt auf. Ich habe ein bisschen herumgefragt, bis mir jemand vom Kreisbauernverband gesagt hat, ich soll mal auf die Internetseite vom Hessischen Umweltministerium schauen. Die Landestierschutzbeauftragte hätte so einen Pumucklschopf.«

Nachdenkliches Schweigen machte sich breit, während Brunner sein Glas mit einem tiefen Schluck leerte.

»Ach du Scheiße«, unterbrach Semmler seine Grübeleien.

»Du meinst, die Kripo glaubt, einer von uns hätte auf die geschossen. Aber warum?«

»Weil wir Angst um unsere Schafe haben und die sich für die Wiederansiedlung der Wölfe einsetzt.«

»Das ist ja völlig bescheuert. Deswegen muss man die doch nicht gleich umbringen wollen.«

»Hm«, brummte Brunner nur.

Semmler sah fragend zu Pranschke. »Warum sagst du eigentlich die ganze Zeit keinen Ton?«

Pranschke enthielt sich einer Antwort und schüttelte mit einem Seitenblick zu Brunner nur leicht den Kopf, um sein Missfallen über dessen Offenheit zum Ausdruck zu bringen.

»Ach, jetzt verstehe ich. Du wusstest das bereits alles. Sag mal, spinnt ihr«, tobte Semmler, dem Pranschkes Blick nicht entgangen war. »Da lasst ihr Dieter und mich ins offene Messer laufen, statt uns vorzuwarnen. ... Ihr habt sie ja wohl nicht mehr alle.« Er hieb mit der Faust auf den Tisch, dass die Gläser klirrten. »Und so was nennt sich Freunde.«

»Jetzt mach mal halblang«, bremste Pranschke ihn. »Gar nichts verstehst du. Und wenn du es nicht warst, hast du ja auch nichts zu befürchten.«

»Was heißt hier: *Wenn ich es nicht war*. Natürlich war ich es nicht«, fuhr Semmler auf. Er kniff die Augen zusammen. »Das habe ich ja schon gesagt oder glaubt ihr mir etwa nicht?« Er sah fragend von Pranschke zu Brunner. »Bei euch wäre ich mir da allerdings nicht mehr so sicher. ... Also, was ist? ... War es einer von euch oder habt ihr vielleicht sogar gemeinsame Sache gemacht – einer hat Schmiere gestanden, während der andere auf die Frau geballert hat?«, legte er nach, als die beiden nichts erwiderten. »Vielleicht ging es ja um mehr, als nur um die Schafe? Hä? ... Und vielleicht ist Mareike ja auch gar nicht abgehauen, weil sie dachte, du hättest ihren Markus totgefahren? ... Na, was ist? ... Was verheimlicht ihr uns noch alles?«

Pranschke lachte laut auf, lehnte sich zurück und verschränkte die Arme vor seinem massigen Oberkörper, während Brunner missmutig in sein halbvolles Glas stierte.

»Ach, ihr könnt mich mal!« Semmler sprang auf, knallte einen Zehn-Euro-Schein auf den Tisch und preschte aus der Kneipe.

35

Die Jagdhütte war ein dunkelrot gestrichener Holzbau, der Friederike an ein Schwedenhaus denken ließ, mit einer schmalen Holzveranda, auf der ein langer, grob gezimmerter Tisch stand, eingefasst von zwei ebenso rustikalen Sitzbänken. Vor der Hütte befand sich eine von Vulkangestein eingerahmte Feuerstelle, die allem Anschein nach regelmäßig in Gebrauch war, was Friederike aus den halb verkohlten, aber trockenen Holzscheiten schloss, die unter dem Feuertopf aufgeschichtet waren.

Friederike fühlte sich, als hätte sie jemand in einen Kartoffelsack gesteckt. Es war ihr völlig schleierhaft, wie Kay annehmen konnte, seine Frau und sie hätten dieselbe Statur. Annett überragte sie um mehr als einen Kopf, wog mindestens fünf Kilo mehr und hatte eine beträchtlich üppigere Oberweite. Mit einem milden Lächeln und den Worten »Die ist mir inzwischen zu eng geworden, die müsste dir einigermaßen passen«, hatte Annett ihr eine olivgrüne Fleecejacke gereicht, die aber immer noch mindestens zwei Nummern zu groß war. Das Gewehr dagegen, das Friederike von Kay bekommen hatte, eine Blaser R 8, war dasselbe Modell, das sie auch zu Hause bei der Jagd benutzte. Kay besaß zwei Ausführungen davon, eine mit einem Holz- und eine mit einem Synthetikschaft. Er hatte ihr großzügigerweise die Wahl gelassen und sie hatte sich für die camouflagegrüne Variante mit dem gelochten Pistolengriff und dem Schalldämpfer entschieden.

So ausgerüstet saß sie nun auf ihrem Hochsitz mit Blick auf eine Lichtung. Sie öffnete die Jacke. Die Luft war mild. Der Wind war ideal, denn er kam von vorn, was bedeutete, dass das Wild sie nicht wittern konnte, wenn es auf die Lichtung trat.

Friederike stellte das Fernglas scharf. Unter ihrem Sitz hörte sie eine Amsel eifrig im Waldboden nach Regenwürmern und Insekten scharren. Aus den benachbarten Bäumen erklang der Gesang von Meisen, in die ein Mäusebussard von Zeit zu Zeit mit seinem Katzenschrei einstimmte. Ansonsten war es still, abgesehen vom leisen Rauschen der Blätter, Geräusche, die Friederike so vertraut waren, dass sie ungehindert ihren Gedanken nachhängen konnte.

Sie waren zu sechst: Neben Kay und ihr verteilten sich noch Julia und Daniela, die etwas jünger als Friederike waren, sowie Wolfgang, den Friederike auf Anfang sechzig schätzte, und sein Sohn Gerit, ein großer, kräftiger Bursche mit einem auffallend charmanten Lächeln über das Revier. Sie alle gehörten zu Kays Truppe. Zu Friederikes großer Erleichterung ging Brunner nicht bei Kay zur Jagd, sondern offensichtlich in einem der benachbarten Reviere. Sie hoffte, dass er nachher nicht zum Grillen zu ihnen stieß.

Plötzlich vernahm sie am linken Waldrand ein leises Knacken. Sie hob das Fernglas und wartete gespannt. Nach einer knappen halben Minute trat ein einjähriger Bock aus dem Geäst hervor und wechselte auf die Lichtung. Behutsam legte Friederike das Gewehr auf die hölzerne Brüstung, schob den Handspanner nach vorn, um die Waffe scharfzustellen, und nahm das Tier ins Visier. Es war jetzt etwa dreißig Meter entfernt und damit beschäftigt, frisches Grün zu äsen. Friederike zielte auf einen Punkt kurz hinter seinem Schulterblatt und geduldete sich, bis der Bock richtig stand. Sobald er den Kopf hob, ließ sie die Kugel fliegen. Der Schuss war noch nicht richtig verhallt, da sank das Reh auch schon tödlich getroffen zu Boden.

Sie war nicht die einzige glückliche Schützin. Auch Daniela und Gerit hatten je einen Bock erlegt. Und Kay war trotz der frühen Stunde sogar eine Wildsau vor die Büchse gelaufen, die nun ebenfalls, mit einem frischen Fichtenzweig zwischen ihren kräftigen Kiefern, auf der Strecke vor der Jagdhütte lag. Julias kleiner Jack Russell Fips umkreiste aufgeregt kläffend das erlegte Wild.

Mit einem »Waidmannsheil« gratulierte Kay Friederike zu ihrem Abschuss und überreichte ihr einen kurzen Tannenzweig. In Ermangelung einer waidgerechten Kopfbedeckung steckte Friederike ihn sich hinter ihr rechtes Ohr. Kay wiederholte das Ritual bei den anderen beiden erfolgreichen Schützen, bevor sie alle zusammen mit Wasser, Bier und Cola auf ihren Jagderfolg anstießen.

Friederike liebte die jagdlichen Bräuche ebenso wie die Jägersprache, da sie altes Kulturgut waren und dazu dienten, das Gemeinschaftsgefühl unter den Jägern zu stärken. Kay hatte außerdem nicht zu viel versprochen. Schnell entspann sich ein zwangloses Gespräch, bei dem Jagdanekdoten die Runde machten und herzhaft gelacht wurde. Da es noch immer recht mild war, obwohl es auf halb zehn zuging, und das Lagerfeuer, auf dem bereits mehrere Wildwürste brutzelte, sie wärmte, hatten sie es sich auf den Holzbänken vor der Hütte bequem gemacht. Julia hatte eine Schüssel Kartoffelsalat mitgebracht und Daniela einen Möhrensalat mit Linsen und Datteln beigesteuert.

Friederike genoss das heitere Geplauder. Dennoch blickte sie von Zeit zu Zeit suchend über ihre Schulter, was Kay, der neben ihr saß, nicht verborgen blieb.

»Was ist? Warum schaust du dich ständig um?«, fragte er.

»Wo sind denn die anderen? Kommen die nicht?«, erkundigte sie sich und biss ein Stück von der kräftig gewürzten Wurst ab. Sie umklammerte das Brötchen mit beiden Händen.

»Welche anderen?«

»Hattest du nicht gesagt, dass die Schützen vom Nachbarrevier zum Grillen dazu stoßen wollten?«

»Ach, die meinst du«, sagte Kay, während er sich zum zweiten Mal eine große Portion Kartoffelsalat auf den Teller häufte. »Daraus wird nichts.«

»Wieso?«

»Unsere Nachbarn mussten allesamt bei der Polizei vorstellig werden und ihre Waffen vorläufig abgeben«, erklärte Wolfgang, der ihr Zwiegespräch belauscht hatte. Sein graumeliertes Haar war nach der Jagd leicht verstrubbelt, da er geschwitzt hatte, was ihn jünger erscheinen ließ.

»Warum das?«, fragte Friederike und ihr Erstaunen war nur zum Teil gespielt. Gab es neue Entwicklungen, was die Schüsse auf Hella und die Wölfin anging?

»Die Kripo sucht jemanden, der vorgestern Vormittag auf eine Frau geschossen haben soll«, antwortete Kay.

»Auf eine Frau?«, tat Friederike ahnungslos und ließ die Gabel mit dem Möhrensalat wieder sinken. Hatte der Anschlag auf Hella also doch schon die Runde gemacht. Hoffentlich war nicht auch ihr Name publik geworden. »Was für eine Frau?«, fragte sie.

»Eine Touristin aus Wiesbaden, heißt es«, gab Wolfgang zur Auskunft.

»Aber wie kommt die Polizei darauf, dass der Schütze ein Jäger ist?« Erleichtert führte Friederike die Gabel erneut zum Mund.

»Keine Ahnung«, sagte Wolfgang kauend. »Wahrscheinlich, weil es naheliegend ist. Sonst besitzt keiner eine Waffe.« Er schluckte seinen Bissen herunter und trank einen großen Schluck von seinem Bier.

»Ja gut. Das ist mir schon klar. Aber warum gerade eure

Nachbarn?«, fragte Friederike. Sie meinte, ein wenig Zimt aus dem Zitronendressing herausgeschmeckt zu haben. Das Rezept musste sie sich nachher unbedingt von Daniela geben lassen. »Was sind das denn für welche?«

»Ach, das sind eigentlich totale nette Kerle«, sagte Kay. »Landwirte und Schäfer. Die kennen sich alle schon ewig, gehen auch seit Urzeiten zusammen auf Jagd und treffen sich jeden Samstagabend zum Stammtisch.«

Friederike merkte, wie sie kribbelig wurde. Das konnten nur Brunner und seine Freunde sein. Jetzt nur den Bogen richtig schlagen, dachte sie und überlegte fieberhaft, wie sie es anstellen konnte, mehr Informationen über die Stammtischbrüder zu bekommen, ohne dass es auffiel.

Doch Daniela, die sich mit ihrem vollen Teller neben Friederike auf Kays frei gewordenen Sitzplatz zwängte, da der sich zur Grillstelle begeben hatte, um die Würstchen zu wenden, lieferte ihr unerwartet eine Steilvorlage. »Na ja, *eigentlich nette Kerle* halte ich für maßlos übertrieben.« Sie zog missbilligend die Augenbrauen hoch.

»Warum?«, fragte Friederike.

»Es weiß jeder hier im Dorf, dass der Brunner seine Frau regelmäßig windelweich prügelt«, sagte Daniela. »Wenn ich Mareike wäre, wäre ich schon längst über alle Berge gewesen. Wurde höchste Zeit, dass sie den hat sitzenlassen. Sonst hätte der sie eines Tages womöglich noch totgeschlagen. Hoffentlich überlegt sie es sich nicht anders und kehrt zu diesem Idioten zurück.« Sie nahm das Feuerzeug, das auf dem Tisch lag und zündete die drei großen Kerzen an, die in der Mitte standen. Mittlerweile war es tiefschwarze Nacht, bis auf den schalen Schein des abnehmenden Mondes.

»Du hast ja recht, Daniela«, ergriff Julia das Wort. Ihre Hände umspielten ihre halbleere Colaflasche. »Aber, das heißt noch lange nicht, dass Jochen auf Wildfremde schießt. Warum sollte er?«

»Nee, natürlich heißt es das nicht«, lenkte Daniela ein. »Trotzdem ist er ein Riesenarschloch.«

»Und die anderen von diesem Stammtisch? Was ist mit denen?«, warf Friederike ein, da sie fürchtete, Julia könnte die Unterhaltung in eine andere Richtung lenken.

»Na ja, man guckt den Menschen immer nur vor den Kopf«, sagte Wolfgang.

»Hey Leute, jetzt hört aber mal auf«, sagte Julia. »Das sind alles feine Kerle. Manchmal vielleicht ein bisschen ungehobelt, aber von denen bringt keiner eine um. Die haben momentan sowieso andere Sorgen, weil sie Angst um ihre Schafe haben, wegen der Wölfe.«

»Ja, das habe ich gehört, dass ein Wolf sich in der Gegend herumtreibt und Schafe reißt«, sagte Friederike schnell. »Angeblich soll der sogar ein Kind getötet haben«, fügte sie hinzu, in der Hoffnung, das Gespräch weiter am Köcheln halten zu können.

Gerit, der die Unterhaltung bislang verfolgt hatte, ohne sich zu beteiligen, da er vollauf damit beschäftigt gewesen war, vier Würstchen und drei Teller Salat zu verdrücken, lachte. »So ein Quatsch. Wölfe sind für Menschen komplett harmlos«, sagte er und streckte seine langen Beine unter dem Tisch aus, wobei er Friederikes Unterschenkel streifte. »Ich wünschte, ich würde endlich mal einen sehen.«

»Das mit dem Kind stimmt auch nicht«, erklärte Julia. »Die Kleine ist mittlerweile wieder wohlbehalten aufgetaucht. Zwei Wanderer haben sie im Oberwald in einer Hecke gefunden, nicht weit von den Uhuklippen. Angeblich hatte sie jemand entführt.«

»Und, hat man den Entführer?«, fragte Friederike, um

einen neutralen Tonfall bemüht.

»Nein, nicht, dass ich wüsste.« Julia schüttelte den Kopf.

»Will noch jemand ein Würstchen?«, rief Kay von der Feuerstelle. »Der nächste Schwung ist fertig.« Er hielt mit der Grillzange eine gut durchgebratene Wildbratwurst hoch und kam an den Tisch. »Die Geschichte von dem Wolf, der das Kind gefressen haben soll, hat von uns eh keiner so wirklich geglaubt. Das mit dem Entführer klingt für mich viel plausibler. Wie heißt es doch so schön: Homo homini lupus«, zitierte er und legte Wolfgang, der auf seine Frage hin den Finger gehoben hatte, die Wurst auf den Teller.

»Der Mensch ist dem Menschen ein Wolf«, übersetzte Friederike und zwinkerte Gerit zu, aus dessen ratlosem Gesicht sie schloss, dass er das Zitat nicht kannte. »Der Spruch geht ursprünglich auf einen römischen Komödiendichter namens Plautus zurück und war eigentlich noch länger. Auf Lateinisch kriege ich den Satz nicht mehr vollständig zusammen. Aber sinngemäß hatte Plautus zum Ausdruck bringen wollen, dass der Mensch sich anderen Menschen gegenüber feindlich verhält, solange er nicht weiß, mit wem er es zu tun hat, so wie Wölfe es mit Fremden angeblich tun. Im 17. Jahrhundert hat der englische Philosoph Thomas Hobbes daraus eine Staatstheorie abgeleitet. Er nahm an, dass die Menschen von Natur aus böse, unmoralisch und egoistisch sind und sich nach der Art wilder, raubsüchtiger Wölfe gegenseitig bekämpfen. Nach Hobbes Vorstellung konnte nur ein souveräner, autoritärer Staat die wölfische Natur des Menschen in Schach halten und eine gesamtgesellschaftliche Ordnung herstellen, die dem Einzelnen Schutz, Sicherheit und Wohlstand garantiert.«

Kay ließ einen anerkennenden Pfiff hören.

»Nicht nur du kannst Schweinchen Schlau«, sagte

Friederike und blickte lachend zu ihm auf.

»Ich finde das Hobbesche Menschenbild allerdings sehr bedenklich, vor allem, weil es dem Wolf nicht gerecht wird«, räumte Kay ein. »Wölfe haben von Natur aus ein extrem hohes Sozialverhalten und kämen ohnedies sicher nie auf die Idee, die Menschheit auszurotten. Umgekehrt wird dagegen eher ein Schuh draus. Hier laufen doch auch schon einige Amok und sähen es am liebsten, wenn die Wölfe wieder gänzlich von der Bildfläche verschwänden, anstatt sich zu überlegen, wie wir miteinander leben können.«

»Wer hat eigentlich diese alberne Geschichte von dem kinderfressenden Wolf im Vogelsberg in Umlauf gebracht?«, fragte Daniela. »Weiß das jemand von euch?«

»Bestimmt dieser Märchenonkel«, sagte Gerit lachend.

»Was für ein Märchenonkel?«, fragte Friederike, während sie ein Brötchen zerrupfte und aus dem weichen Inneren eine kleine Kugel formte, die sie sich in den Mund stopfte.

»Ach, Gerit meint Hans Rübsamen. Der geht bei der Truppe drüben mit und kennt sich hervorragend mit den Märchen der Gebrüder Grimm aus«, klärte Daniela sie auf.

»Ich denke, der Hans geht nicht mehr auf die Jagd«, sagte Wolfgang. Er setzte sich wieder an den Tisch, nachdem er sich ein frisches Bier aus der Hütte geholt hatte.

»Ja, stimmt. ... Zum Stammtisch kommt er übrigens auch nicht mehr. Das hat Pranschke mir letzthin erzählt, als ich Gemüse bei ihm gekauft habe«, führte Julia aus. »Hans Frau ist Anfang des Jahres an Krebs gestorben. Seither verkriecht er sich auf seinem Hof«, sagte sie an Friederike gewandt, um sie ins Bild zu setzen. »Angeblich hat er seitdem eine gewaltige Schraube locker.« Sie machte mit der Hand eine Drehbewegung an ihrer Stirn. »Pranschke hat ihn wohl vor Kurzem auf seinem Hof besucht. Er meinte, Hans hätte nur wirres Zeug gebrabbelt. Ehrlich, mir tut der arme Kerl leid. Wahrscheinlich macht ihn die Einsamkeit fertig.«

»Also, ich fand, der hatte schon immer einen an der Waffel«, sagte Gerit. »Aber seine Holzskulpturen, die sind echt klasse.«

»Holzskulpturen?« Friederike stutzte. Sie griff in ihre Beintasche und förderte das kleine geschnitzte Kunstwerk zutage, das sie in der Höhle gefunden hatte. »So eine, wie die hier?«, fragte sie und reichte Gerit das filigrane Figürchen.

»Ja, genau. ... Die ist von Hans. Die hat er mir mal gezeigt.« Begeistert drehte Gerit das Kunstwerk hin und her. »Das ist sein Labrador-Mischling Mogli. Den hatten die Rübsamens, als er noch ein Kind war. Als Mogli gestorben ist, wollte Hans Vater ihm weismachen, dass ein Wolf den Hund aufgefressen hat. Hans hat seinem Alten das voll geglaubt, obwohl es damals gar keine Wölfe in Deutschland gab. Man munkelt sogar, dass er das Ammenmärchen heute noch für wahr hält. Krass, woher hast du die?«, erkundigte er sich und sah Friederike gespannt an, fuhr dann aber fort, ohne ihre Antwort abzuwarten. »Ich hatte das Gefühl, für Hans ist die kleine Figur eine Art Heiligtum. Er würde sie freiwillig nie verschenken.«

»Die habe ich zufällig im Wald gefunden«, antwortete Friederike ausweichend. Sie hatte plötzlich das Gefühl, eine entscheidende Entdeckung gemacht zu haben. Hatte Julia nicht eben gesagt, dass das Mädchen in der Nähe der Uhuklippen gefunden worden war? Genau dort war doch die Höhle gewesen, in der sie auf das Holzfigürchen gestoßen war. Konnte das nur ein Zufall sein? »Sag mal, wo wohnt dieser Hans? Ich würde mir gerne mehr von seinen Skulpturen anschauen, wenn die so toll sind. Kann man die auch kaufen?«, fragte sie.

»Ich denke schon. Jedenfalls hat er früher welche verkauft. Vielleicht macht er das jetzt nicht mehr, wo er so komisch drauf ist. Aber probieren kannst du es ja. Warte, ich schreibe dir seine Adresse auf«, bot Gerit an und erhob sich. »Kay, hast du was zu schreiben da?«, fragte er.

»Ja, auf dem Tisch in der Hütte liegen ein Kuli und Zettel«, rief Kay ihm zu. Er war gerade dabei, die Fackeln anzuzünden, die den Weg zur Hütte säumten.

»Hier«, sagte Gerit, als er Friederike wenig später die Adresse überreichte.

Schnell steckte sie den Zettel ein. Sie konnte es kaum erwarten, mit Hella zu sprechen.

36

Hella sah auf die Uhr im Armaturenbrett, während sie eine ihrer Pfefferminzpastillen lutschte. 15:43 Uhr. Sie war spät dran. Laut Navi hätte sie höchstens eine Viertelstunde benötigen dürfen. Nun aber kurvte sie seit einer geschlagenen Dreiviertelstunde durch die zweifellos hübsche Landschaft mit ihrem lieblichen Wechsel aus Hügeln und Tälern, wofür sie aber derzeit überhaupt keinen Blick hatte, da sie auf der Suche nach dem kleinen Café war, in dem sie sich mit Frau Roth um halb vier treffen wollte. Dabei war sie extra früh losgefahren, weil sie mit Jagger vor ihrem Treffen noch ein paar Schritte gehen wollte. Doch die Verbindungsstraße zwischen Herbstein und Bierstein war wegen einer Baustelle in beide Richtungen gesperrt, was sie allerdings erst erfahren hatte, als sie vor der Absperrung stand. All das wäre halb so schlimm gewesen, wäre wenigstens die Umleitung vernünftig ausgeschildert. Dem war aber nicht so. Ein einsames gelbes Schild hatte ihr vor etwa fünfundzwanzig Minuten die grobe Richtung gewiesen. Danach: nichts mehr. Offensichtlich überließ man die Autofahrer im Vogelsberg wahlweise ihrem angeborenen Orientierungssinn oder ihrer Ortskenntnis. Hella fehlte es an beidem. Verzweifelt hielt sie nach einer Menschenseele Ausschau, die sie um Hilfe bitten könnte.

Da endlich kam eine Tankstelle in Sicht. Hella setzte den Blinker und fuhr, fast ohne zu bremsen, auf das Gelände. Erleichtert stieg sie aus und hastete in den Geschäftsraum, wo sich die Kassiererin mit einem Kunden unterhielt.

»Entschuldigen Sie«, unterbrach Hella das Gespräch, »ich will zum Kulturcafé Fliegende Ente. Wie komme ich da auf dem schnellsten Weg hin?«

Der Kunde, ein hagerer Mann mittleren Alters mit

Halbglatze, Brille und einer auffallend hohen Stirn, lachte. »Mitten durch die Baustelle.« Die blonde Kassiererin stimmte heftig nickend in sein Lachen ein.

»Wie? Ich kann doch nicht einfach durch die Absperrung fahren.«

»Das machen alle so. Neben der Sperre ist genügend Platz. Außerdem ist das der kürzeste Weg und den wollten Sie doch wissen«, sagte der Mann. »Hinter der Baustelle sind es dann nur noch gut zweihundert Meter bis zur Fliegenden Ente. ... Aber Sie können natürlich auch die Hauptstraße zurückfahren und dann an der Kreuzung rechts -«

»Nein, nein, ich nehme den Weg durch die Baustelle«, sagte Hella schnell und machte eine abwehrende Handbewegung. »Wenn Sie sagen, dass das geht, wird das stimmen. Für Umwege habe ich keine Zeit mehr.«

»Glauben Sie mir. Da passiert nichts. Die Baustelle ist schon längst außer Betrieb. Aber Sie wissen ja, wie das ist«, fügte der Kunde hinzu, als Hella, die zwar nicht wusste, wie das ist, aber ahnte, was der Mann meinte, und zugleich hoffte, dass sie nicht in einem tiefen Loch landen würde, wenn sie seinem Ratschlag folgte, bereits wieder die Türklinke in der Hand hatte.

Zehn Minuten später bog sie endlich in die Straße Zum Ahl ein, wo das Café, versteckt vor neugierigen Blicken, in einem kleinen Hof lag.

»Jagger, ich verspreche dir, wir gehen nachher eine Runde«, rief Hella ins Heck, knallte die Fahrertür zu und eilte auf die Fliegende Ente zu.

Auf den kopfsteingepflasterten Hof vor dem einstöckigen Gebäude mit dem roten Ziegeldach und dem hellblauen Garagentor, von dem an einigen Stellen bereits die Farbe abblätterte, hatten die Wirtsleute zwei Holztische gestellt, um die sich mehrere unbesetzte Stühle gruppierten. Die äußeren weinroten Doppelflügeltüren der Gaststube waren weit geöffnet. Unmittelbar neben dem Eingang stand ein kleiner Klapptisch aus Holz, den eine stahlblaue Teekanne zierte.

Von schlechtem Gewissen geplagt, hoffte Hella, dass Friederike sich ebenfalls verspätet hatte. Als sie durch die schwere geschnitzte Eichentür mit dem dicken Knauf und dem halbrunden Fenster trat, wurde sie jedoch eines Besseren belehrt. Friederike saß bereits in einer Nische neben dem Eingang und tippte etwas in ihr Handy. Sie war der einzige Gast.

»Hallo Frau Roth. Sorry, dass ich zu spät bin. ... War das vielleicht eine Odyssee hierher«, entschuldigte sich Hella und pellte sich aus ihrer Jacke. Stöhnend ließ sie sich auf einen Stuhl plumpsen. »Von einer ordentlichen Verkehrsführung haben die hier noch nichts gehört, wie mir scheint.« Sie hängte die Jacke über die Lehne.

Friederike lachte. Vor ihr standen bereits ein Kännchen Kaffee und ein Stück Kuchen. »Sie meinen sicher die Baustelle auf der Landstraße. Ich wollte Ihnen gerade schreiben, dass Sie die Schilder ignorieren und mitten hindurchfahren sollen«, sagte sie. »So habe ich es gemacht. Und die Wirtin versicherte mir eben, dass hier jeder das so macht.«

»Das hat man mir an der Tankstelle, die ich in meiner Verzweiflung angesteuert habe, auch geraten. Sonst wäre ich wahrscheinlich morgen noch unterwegs«, sagte Hella. »Nun bin ich aber glücklicherweise da. ... Das ist aber ein entzückendes Café«, fügte sie hinzu, während sie ihre Blicke schweifen ließ. »Sieht aus wie eine Puppenstube.«

Der Gastraum maß nur wenige Quadratmeter. Er war eingerichtet mit einem großen und einem kleinen

Buffetschrank aus dunklem Massivholz, die mit Gläsern, hübschem Porzellan, einer ansehnlichen Sammlung Spirituosen sowie mehreren Salz- und Pfefferstreuern gefüllt waren, einer langen Theke, antiken Stühlen und Sesseln sowie einer überschaubaren Anzahl von Tischen. Der Boden auf der kleinen Empore war bedeckt mit einem großen abgetretenen Orientteppich. Kuchenhauben aus Glas ließen den Blick frei auf köstlich aussehende selbstgebackene Torten. Das Interieur besaß in Kombination mit den farbigen Lampenschirmen aus Stoff und Glas, dem Samowar, den als Wandschmuck angebrachten tönernen Amphoren neben dem rückwärtigen Fenster und der Mischung aus modernen und zeitlosen Bildern sowie diversen anderen originellen Dekorationsartikeln ein ganz eigentümliches, heimeliges Flair. Hella fühlte sich umgehend entschädigt für die lange Irrfahrt.

»Bevor wir loslegen, brauche ich auch erst mal eine kleine Stärkung«, sagte sie und lächelte der freundlich aussehenden Wirtin zu, die bereits auf dem Weg zu ihrem Tisch war.

»Also, raus mit der Sprache. Was gibt es Neues?«, fragte sie, nachdem auch sie mit Kaffee und Kuchen versorgt war.

Friederike berichtete Hella von dem, was Kay und seine Mitjäger ihr über die Befragungen von Brunner und seinen Stammtischbrüdern durch die Kripo erzählt hatten.

»Ich weiß«, sagte Hella und nahm schlürfend einen Schluck Kaffee. »Bernd hat mir, als wir neulich abends in der Taufsteinhütte zum Essen waren, erzählt, dass die Patronenhülse, die die Kripo bei der Waldwiese gefunden hat, zu einer Jagdwaffe passt und identisch ist mit denen, mit der auf die Wölfin geschossen wurde. Ich musste ihm versprechen, es erst einmal für mich zu behalten.« Sie machte ein vielsagendes Gesicht.

»Verstehe. ... Dann wissen Sie sicher auch schon, dass Brunner regelmäßig seine Frau schlägt und die wiederum ein Verhältnis mit Mario Kutscher gehabt hatte.«

»Nein, das wusste ich nicht«, gab Hella zu. »Wundern tut mich allerdings beides nicht«, fügte sie hinzu. »Mareike Brunner ist eine attraktive Frau und Kutscher war ein sehr attraktiver junger Mann. Und bei Jochen Brunner habe ich mir schon gedacht, dass er die Hand locker sitzen hat. Er ist jedoch aus dem Rennen, was den Tatverdacht angeht«, fuhr sie fort. »Die DNA, die man an der Patronenhülse gefunden hat, stimmt nicht mit seiner überein – ebenso wenig wie übrigens mit der seiner drei Stammtischbrüder«, sagte sie mit einem bedauernden Achselzucken. Jetzt, wo sie wusste, dass es kein Geheimnis mehr war, dass man die vier Landwirte verdächtigt hatte, hielt sie es nicht mehr für geboten, die Informationen, die ihr Bernd heute früh zum aktuellen Stand der Ermittlungen mitgeteilt hatte, vor Friederike zu verheimlichen. »Und wenn die Patrone tatsächlich aus derselben Waffe stammt, mit der auch auf die Wölfin geschossen wurde, fehlt da ebenfalls weiter jede Spur vom Täter. Ganz abgesehen davon ist nach wie vor völlig unklar, wo Valerie gesteckt hat, bevor sie im Wald gefunden wurde. Sie spricht noch immer nicht über die Zeit ihres Verschwindens. Wir sind also im Grunde nicht viel weiter als am Anfang.«

»Na ja, immerhin konnte Frensdorf einige Tatverdächtige ausschließen«, sagte Friederike. »Wenn ich das richtig sehe, hat die Kripo aber bislang nur von vier Männern die Waffen eingesammelt und Fingerabdrücke genommen. Stimmt doch, oder?«

»Korrekt: Jochen Brunner, Christoph Pranschke, Dieter Warnke und Thomas Semmler«, zählte Hella auf, während sie sich eine Gabel voll Kuchen in den Mund schob.

»Zum Stammtisch gehört aber noch ein fünfter Mann«, sagte Friederike.

»Ein fünfter?« wiederholte Hella erstaunt. Sie hörte abrupt auf zu kauen.

»Ja, Hans Rübsamen. Er ist ebenfalls Jäger, geht aber wohl seit Wochen nicht mehr auf die Jagd und auch nicht zu den Stammtischtreffen.«

Hella kniff fragend die Augenbrauen zusammen und sah Friederike erwartungsvoll an.

»Seine Frau ist Anfang des Jahres an Krebs gestorben. Seitdem lebt er völlig zurückgezogen auf seinem Hof, ohne Kontakt zur Außenwelt und seinen ehemaligen Freunden. Pranschke hat ihn wohl vor einiger Zeit besucht, um nach dem Rechten zu sehen. Rübsamen muss dabei einen wirren Eindruck auf ihn gemacht haben.«

»Hm. Worauf wollen Sie hinaus?«, fragte Hella. »Wenn dieser Rübsamen seit Wochen nicht mehr vor die Tür getreten ist, wieso sollte er dann für uns oder die Polizei interessant sein?«

Friederike hatte das Holzfigürchen aus ihrer Tasche geholt und schob es Hella über den Tisch hinweg zu.

»Was ist das?« Hella nahm die kleine Skulptur in die Hand und betrachtete sie von allen Seiten.

»Die habe ich in einer Höhle bei den Uhuklippen gefunden, ganz in der Nähe der Stelle, wo die Wanderer Valerie im Gebüsch entdeckt haben.«

»Ja und?«

»Die hat Hans Rübsamen geschnitzt, im Andenken an den Hund, den er als Kind gehabt hatte. Nachdem der Hund gestorben war, muss sein Vater ihm erzählt haben, dass ein Wolf den Hund aufgefressen hätte. ... Ehrlich, was manche

Leute ihren Kindern für Märchen auftischen, unglaublich.«
Friederike schüttelte verhalten den Kopf.

»Moment.« Hella sah sich das fein gearbeitete hölzerne Hündchen noch einmal genauer an. Erst jetzt fielen ihr die Holzskulpturen wieder ein, die sie in Pranschkes Garten und auf dem Grundstück von Jochen Brunner gesehen und die sie so bewundert hatte, der große, lebensecht wirkende Keiler und die weidenden Schafe. Sie berichtete Friederike kurz davon. »Jetzt dämmert mir auch, worauf sie hinauswollen«, sagte sie und gab Friederike die kleine Figur zurück. »Sie meinen, wenn die Schnitzerei ursprünglich Hans Rübsamen gehört hat, der angeblich seit Wochen seinen Hof nicht mehr verlassen hat, Sie die Figur aber in der Höhle unweit des Fundorts von Valerie entdeckt haben, dann war das Mädchen womöglich bei ihm und hat die Figur an sich genommen, ohne dass er es gemerkt hat, bevor sie geflohen ist oder er sie im Wald ausgesetzt hat.«

»Könnte doch sein«, sagte Friederike mit einem leichten Achselzucken.

»Oder aber Rübsamen hockt doch nicht nur zu Hause herum, wie seine Freunde behaupten. Vielleicht ist ihm vor lauter Einsamkeit irgendwann die Decke auf den Kopf gefallen und er war bei den Uhuklippen spazieren und hat dabei das Figürchen in der Höhle verloren. Unter diesen Umständen müsste er nicht zwingend etwas mit Valeries Verschwinden zu tun haben.«

»Das halte ich für unwahrscheinlich. Die Höhle ist so eng und dunkel, dass ein erwachsener Mann nicht hineinpasst, ohne sich alle naselang den Kopf zu stoßen oder gar steckenzubleiben«, sagte Friederike. »Selbst ich hatte Mühe, mich dort drinnen zu bewegen. Was sollte er also in der Höhle gewollt haben? Ich könnte mir dagegen eher vorstellen, dass Valerie dort war, vielleicht in der Hoffnung, sich in der Felsspalte die Nacht über verstecken zu können.«

»Hm«, machte Hella wieder. »Aber warum, in Gottes Namen, sollte dieser Rübsamen Valerie entführt haben? Und nur mal gesetzt den Fall, dass er auch derjenige wäre, der die Wölfin erschossen hat. Warum sollte er das getan haben? Hat er auch schon Nutztiere an den Wolf verloren?«

»Ich weiß es nicht.«

»Und der Schuss auf mich? Wie passt das dazu? Das ergibt doch alles keinen rechten Sinn«, sinnierte Hella halblaut vor sich hin, während sie sich nachdenklich das Kinn rieb.

»Ach, noch was«, unterbrach Friederike ihren Gedankengang. »Einer von denen, die gestern Abend dabei waren, hat Rübsamen als *Märchenonkel* bezeichnet. Er muss wohl ein absoluter Experte bezüglich Gebrüder Grimm und Konsorten sein.«

»Märchenonkel«, murmelte Hella, wobei sie gedankenverloren über die schwarze Tischplatte wischte, als würde das Wort nur in Zeitlupe durch ihre Gehirnwindungen sickern. Plötzlich klatschte sie sich mit der flachen Hand vor die Stirn.

»Was ist?«, fragte Friederike.

»Verdammt«, sagte Hella. »Was, wenn Rübsamen nicht nur ein bisschen wirr ist, aufgrund des Todes seiner Frau, sondern ganz gewaltig durch den Wind?«

»Wie meinen Sie das?«

»Na ja, auch wenn es wie ein Klischee klingt. Aber angenommen, Rübsamen ist aufgrund seines außergewöhnlichen bildhauerischen Talents, das er zweifelsohne besitzt, ein äußerst sensibler und empfindsamer Mensch, wie so viele Künstler.«

»Okay.« Friederike nickte gespannt.

»Außerdem sagten Sie vorhin, dass das geschnitzte Holzfigürchen eine Nachbildung des Hundes ist, der ihn seine Kindheit über begleitet hat und der nach den Worten von Rübsamens Vater einem Wolf zum Opfer gefallen ist.«

»Richtig«, pflichtete Friederike ihr bei. »Rübsamen muss die kleine Skulptur wie ein Heiligtum behandelt haben«, fügte sie hinzu, als sie sich an Gerits Worte erinnerte. »Angeblich glaubt er sogar noch heute an das, was sein Vater ihm erzählt hat, obwohl er inzwischen wissen müsste, dass Wölfe damals in Deutschland ausgerottet waren.«

Hella nickte heftig. »Das würde passen. ... Nehmen wir mal weiter an, dass die Mär, die Rübsamens Vater ihm über den Tod seines Hundes aufgetischt hat, Spuren auf der empfindsamen Kinderseele von Rübsamen hinterlassen hat – sonst würde das ja nicht noch als erwachsener Mann für bare Münze nehmen. Durch seine Arbeit und seine künstlerische Verwirklichung hat er das Trauma aber zunächst gut verarbeiten können, ohne dass es sein Leben besonders beeinträchtigt hätte. Seelische Narben können jahrelang in einem Menschen schlummern, ohne, dass es auffällt. Oft braucht es erst wieder einen Schlüsselreiz, wie der Tod eines geliebten Menschen oder Tieres, ein vertrauter Geruch oder ein bestimmtes Geräusch, um das Trauma wiederzubeleben. Und nun stirbt plötzlich Rübsamens Frau, die er womöglich sehr geliebt und die ihm Halt gegeben hat. Das Trauma der Verlustangst bricht wieder auf und er verliert dadurch komplett den Bezug zur Realität. Und zu allem Unglück siedeln sich dann auch noch Wölfe im Vogelsberg an -«

»und Rübsamen sieht sich in seinem wahnhaften Glauben bestätigt, dass Wölfe das todbringende Böse verkörpern, und knallt sie ab. Und Valerie, die zufällig beobachtet hat, wie er die Wölfin tötet und ihm in die Arme läuft, nimmt er spontan mit zu sich nach Hause«, spann Friederike den Faden weiter.

»Vielleicht hielt er sie wegen ihres roten Strickpullis für Rotkäppchen«, sagte Hella mit einem unterdrückten Schmunzeln. »Was auch erklären würde, warum dem Kind nichts weiter geschehen ist, weil Rübsamen nie vorhatte, ihr etwas anzutun, sondern sie womöglich sogar beschützen wollte.«

»Oha, das klingt zwar alles ziemlich weit hergeholt, um nicht zu sagen verrückt, aber nicht unlogisch. ... Das hieße dann aber auch, dass wir es mit einem Irren zu tun hätten.« Friederike blickte unglücklich drein.

»Zumindest mit jemandem, der unberechenbar ist und nicht gezielt und überlegt handelt, was ihn äußerst gefährlich macht.«

»Aber warum sollte Rübsamen auf Sie geschossen haben?«, warf Friederike erneut die Frage auf.

»Frau Herold und ich hatten in dem Waldstück die Fährte von dem Wolfsrüden ausgemacht. Vielleicht war Rübsamen ihm an dem Vormittag auch auf der Spur, hat mich an der Waldkante entdeckt und in seinem Wahn auf mich geschossen, weil er wer weiß was in mir gesehen hat, vielleicht den Werwolf höchstpersönlich. ... Keine Ahnung, was in einem kranken Hirn vorgeht«, gab Hella zurück.

»Könnte sein.« Friederike lächelte gequält. »Und was machen wir jetzt, um unsere Theorie zu beweisen?«

»Wissen Sie, wo Rübsamen wohnt?«, fragte Hella.

»Warten Sie.« Friederike holte den Zettel hervor, auf dem Gerit ihr die Adresse aufgeschrieben hatte.

»Großartig. Dann fahren wir da jetzt hin«, sagte Hella.

***

Nur wenig später kam der abgelegene Aussiedlerhof in Sicht, auf dem Rübsamen lebte. Anders als das schmucke Gehöft der Brunners war auf den ersten Blick erkennbar, dass für den Erhalt dieses Anwesens schon lange keine Investitionen mehr getätigt worden waren. Das Gebäude wirkte baufällig und das gesamte Grundstück ungepflegt. Auf dem windschiefen Dach eines Anbaus, vermutlich ein ehemaliger Stall, klaffte ein mehrere Quadratmeter großes Loch. Direkt neben dem Hauptgebäude türmte sich der Müll nebst zwei großen Misthaufen, aus denen feuchter Dampf aufstieg. Das Gras ringsherum wucherte kniehoch. Stellenweise schimmerte schlammiger Boden hindurch. Seitlich auf dem Gelände erblickte Hella einen leeren Hundezwinger und einen Stapel alter Autoreifen. Einzige Zier waren die zwei hüfthohen Holzskulpturen am rechten Rand der Zufahrt: die Statue eines Adlers mit weit ausgebreiteten Schwingen und aufgerissenem Schnabel und eine weitere, die zwei miteinander ringende Raubkatzen darstellte.

Hella hatte sich mit Friederike darauf geeinigt, dass sie nicht gemeinsam, sondern getrennt zu Rübsamen fahren wollten, für den Fall, dass eine von ihnen schnell Hilfe holen müsste. Die beiden Frauen waren sich durchaus bewusst, dass das, was sie vorhatten, riskant war, sollte ihre Annahme stimmen und Rübsamen unter einer wahnhaften Psychose leiden.

Auf der Fahrt hierher hatte Hella sich überlegt, dass sie versuchen wollte, Rübsamen in ein Gespräch über seine Kunstwerke zu verwickeln, falls sie ihn anträfen, in der Hoffnung, dass er ihnen dann nicht misstraute. Sie verdrängte zugleich das aufkeimende schlechte Gewissen und den Gedanken an die Standpauke, die ihr bevorstand, sobald Bernd erfuhr, dass sie, ohne ihn oder Frensdorf zu informieren, wieder auf eigene Faust gehandelt hatte und der Kripo damit in ihre Arbeit hineinpfuschte. Doch sie wollte wenigstens irgendeinen stichhaltigen Beweis dafür finden, dass Rübsamen der war, den sie suchten, bevor sie Bernd ins Vertrauen zog. Sie war inzwischen felsenfest davon überzeugt, dass ihre Theorie stimmte.

Da das Gelände unmittelbar um den Hof überwiegend aus freier Fläche in Form von Wiesen und Feldern bestand und sich somit für Hella und Friederike keine Möglichkeiten bot, ihre Autos hinter einem Gebüsch oder einer Hecke abzustellen, mussten sie das Risiko eingehen, dass Rübsamen sie bemerkte oder vielleicht sogar längst bemerkt hatte, sollte er zu Hause sein, spätestens aber dann, wenn er zurückkehrte, noch während sie sich auf seinem Anwesen herumtrieben. Aber auch dies ließ sich nun nicht mehr ändern.

Hella stellte ihren Geländewagen etwa fünfzig Meter vor der Zufahrt ab und gab Friederike durch die Windschutzscheibe zu verstehen, nach einer Parkmöglichkeit hinter dem Hof zu suchen. So würden sie nicht beide gleichzeitig zur Zielscheibe werden, falls Rübsamen mit geladener Waffe hinter einem der Fenster hockte.

Schnell tippte sie die Botschaft »Lassen Sie uns noch fünf Minuten warten, bevor wir aussteigen. Dann schauen Sie sich am besten so unauffällig wie möglich hinter dem Hof um und ich übernehme den vorderen Teil« in ihr Handy und sandte sie an Friederike. Der gereckte Daumen, der kurz darauf auf dem Display erschien, verriet ihr, dass Friederike die Mitteilung gelesen hatte.

Nachdem auch nach fünf Minuten alles ruhig geblieben war, stieg Hella aus und wagte sich auf das Anwesen vor, erst zögerlich, dann immer mutiger, sobald sie sich einigermaßen sicherer wähnte, dass ihr nicht jeden Moment Gewehrkugeln um die Ohren flogen. Auch hinter dem Haus blieb alles ruhig.

Mit klopfendem Herzen näherte sie sich den beiden Statuen. Sie kam nicht umhin, sie aus nächster Nähe zu bewundern, und blieb daher stehen. Auch hier fielen die verblüffend echt anmutenden Darstellungen und das schwungvoll ausgeführte, detailgetreue Schnitzhandwerk ins Auge. Ehrfürchtig strich sie mit der Hand über das Federkleid des Adlers. Sie hatte das Gefühl, als würde der Greif jeden Moment seinen hölzernen Kokon abwerfen, um sich in die Lüfte zu schwingen. Auch die beiden Raubkatzen schienen den Kampf ihrer ineinander verschlungenen Körper jederzeit beenden zu können, um sich in lebende Wesen zu verwandeln.

Als Nächstes nahm sie sich den baufälligen Stall vor. Das Tor hing schräg in den Angeln und stand einen Spaltbreit offen. Hella lugte vorsichtig hindurch. Tageslicht fiel durch das große Loch im Dach und erhellte das Innere so weit, dass Hella sich nach einem kurzen Rundumblick sicher war, dass sich niemand im Stall befand. Sie zog das Tor weiter auf und schlüpfte hinein.

Der Stall barg, wie sie schon vermutet hatte, die Werkstatt von Rübsamen. Neben einer Werkbank machte sie diverse bildhauerische Werkzeuge aus, deren Bezeichnung und Funktion sie im Einzelnen nicht benennen konnte. Etwa zwei Meter dahinter hatte sich auf dem Boden des Stalls eine Pfütze aus Regenwasser gebildet, das durch das Loch im Dach gefallen war. Am Fuße eines stellenweise noch recht grob bearbeiteten Holzklotzes – offensichtlich Rübsamens nächstes Werk – sammelten sich Unmengen von Hobelspänen. Das, was sich aus dem abgesägten Abschnitt des Stamms schälte, der einstmals eine stolze Eiche trug, ließ erkennen, dass dieses Mal ein abstraktes Gebilde entstehen sollte – eine Art Chimäre, halb Mensch, halb Tier.

Hella ging einige Schritte zurück, um die Skulptur aus größerer Distanz zu betrachten. Der obere der zwei Köpfe wies wolfsähnliche Züge auf, mit überlangen Zähnen, die aus einem weit aufgerissenen Maul ragten, kleinen, spitzen Ohren und einem zotteligen Fell, das den Kopf wie eine Löwenmähne umrahmte, während der zweite, aus der Brust des Mischwesens wachsende und auf einem schmalen Hals sitzende Kopf das Antlitz eines Menschen hatte, den Mund wie zu einem Schrei geöffnet und mit Augen, in denen sich das Entsetzen spiegelte. Die Läufe der Chimäre ruhten auf riesigen Tatzen mit langen Krallen. An ihrem Hinterteil prangte ein kräftiger Schweif, der wie peitschend durch die Luft fuhr. Hella spürte, wie sie eine Gänsehaut bekam.

Sie sah sich weiter um, wobei sie erst jetzt den widerlichen Geruch registrierte. Er musste bereits die ganze Zeit in der Luft gehangen haben. Bislang jedoch hatte sie ihn wohl nur unterschwellig wahrgenommen, so sehr hatte sie das Kunstwerk in seinen Bann gezogen.

Schlagartig wurde ihr klar, dass es sich um Verwesungsgeruch handelte. Sie versuchte, die Quelle des Gestanks auszumachen. Er kam von irgendwo aus dem hinteren Teil des Stalls. Ihre Nase lotste sie schließlich zu einer roten Wildwanne. Da es hier dunkler war als im Rest des Stalls, musste Hella das Plastikbehältnis notgedrungen ans Licht ziehen, wobei sie sich mit der freien Hand die Nase zuhielt.

Mit angehaltenem Atem warf sie einen Blick in die Wanne. Im ersten Moment hielt sie die blutig-faulige, rötlich-gräuliche Masse für Aufbruch von erlegtem Wild und wollte sich schon wieder abwenden. Doch dann stutzte sie und überwand sich, noch einmal genauer hinzuschauen. Täuschte sie sich oder war das dort nicht ein Fötus – diese gekrümmte Haltung und das Köpfchen? Da sie sich scheute, mit bloßen Händen in die stinkende Masse zu greifen, suchte sie den Raum noch einmal ab, in der Hoffnung, etwas zu finden, womit sie den Inhalt besser in Augenschein nehmen konnte. Schließlich fand sie einen Stock.

Erneut hielt sie den Atem an, während sie den Stock in der Wanne versenkte und die halb verwesten Innereien und Organe behutsam auseinanderschob. Was sie sah, räumte sämtlich verbliebene Zweifel aus, dass sie sich geirrt haben könnte. In der Wildwanne hatte Rübsamen die Wolfsföten der toten Fähe entsorgt. Noch bevor Hella die Tatsache richtig verdaut hatte, dass ihr Spürsinn sie nicht getrogen hatte, klingelte ihr Handy. Erschrocken ließ sie den schmierig-blutigen Stock in die Wanne fallen und sah aufs Display. Friederike.

»Es war gar nicht so einfach, ein Blick ins Haus zu werfen, da Rübsamen überall die Klappläden geschlossen hat und sich zu allem Überfluss noch vor fast jedem Fenster dunkle Vorhänge befinden«, plapperte Friederike aufgeregt drauflos. »Nur am Küchenfenster ging's. Und raten Sie, was ich auf dem Küchentisch gesehen habe: ein Märchenbuch und Buntstiftzeichnungen von einem Kind«, sagte Friederike. »Wenn die mal nicht von Valerie sind.«

»Sind sie. Da wette ich meinen Allerwertesten drauf«, sagte Hella und setzte Friederike über ihre Entdeckung ins Bild.

37

Eine gute halbe Stunde später trafen Frensdorf und Bernd mit einem Spezialeinsatzkommando am Gehöft ein. Hella und Friederike hatten ihre Autos auf Geheiß von Bernd einige hundert Meter vom Hof entfernt an einer schwer einsehbaren Stelle hinter einer Baumgruppe geparkt, um im Falle eines Schusswechsels nicht zwischen die Fronten zu geraten. Bernd hatte seinen Zorn über die eigenmächtige Aktion der beiden am Telefon nur mühsam unterdrücken können. Seine Stimme hatte in einer Art und Weise gebebt, wie Hella es bislang noch nicht erlebt hatte. Rübsamen war in der Zwischenzeit nicht aufgetaucht, was aber nicht hieß, dass er nicht doch im Haus auf der Lauer lag und jederzeit zum nächsten Schlag ausholen konnte.

Nachdem die Einsatzfahrzeuge das Grundstück weiträumig umstellt hatten, nahmen mehrere bewaffnete Mitglieder der Spezialeinheit, mit schussfesten Westen und Helmen ausgerüstet, Aufstellung vor dem Hauptgebäude. Die Spezialkräfte bewegten sich lautlos wie Raubkatzen über das Gelände. Aus einer hohen dünnen Wolkendecke fiel leichter Nieselregen. Obwohl sich mehr als ein Dutzend Personen auf dem Grundstück befand, herrschte eine beinahe gespenstische Stille.

Das änderte sich schlagartig, als die Männer auf ein Kommando hin unter lautem Gebrüll zeitgleich das Wohngebäude und den Stall stürmten. Die Inspektion des Stalls war schnell beendet. Ein Mann hatte sich die Wildwanne geschnappt und trug sie ans Tageslicht.

Frensdorf stieg aus dem Wagen aus, um den Inhalt in Augenschein zu nehmen. Der faulige Gestank, der der Wanne entströmte, war so penetrant, dass er sich rasch ein Taschentuch vor Mund und Nase hielt. Es stimmte, was Hella Ohlsen gesagt hatte: Mitten in der Masse aus Eingeweiden und Organen lagen mehrere Föten mit gräulich-beige verklebtem Fell. Sie sahen aus wie kleine Hundewelpen. Frensdorf zählte vier. Einer von ihnen lag rücklings obenauf. Die rosa Nabelschnur hatte sich um die Hinterbeine gewickelt. Die winzigen Körper waren fertig ausgebildet, was darauf schließen ließ, dass die Wölfin hochträchtig gewesen war und unmittelbar vor der Geburt gestanden hatte. An den runden Köpfchen hafteten daumennagelgroße dreieckige Ohren. Die Augen der Föten waren geschlossen und die Pfötchen wiesen helle Krallen auf.

Einer der Männer, die das Haupthaus durchsucht hatten, trat an den Polizeidirektor heran. »Alles sauber. Zielperson nicht gefunden«, meldete er. Er hatte seinen Helm unter den Arm geklemmt, trug aber noch seine schwarze Sturmhaube mit dem Sehschlitz, aus dem Frensdorf ein Paar wache dunkle Augen entgegenblickten. Ein weiter Zugriffsbeamter überreichte dem Polizeidirektor wenig später ein Märchenbuch, zwei Kinderzeichnungen und eine Packung Buntstifte. Es waren die Dinge, die Friederike durch eins der rückwärtigen Fenster auf dem Küchentisch hatte liegen sehen.

Eine der Zeichnungen zeigte ein Mädchen mit hellen Zöpfen sowie einen schwarzhaarigen Mann und eine Frau mit kurzen blonden Haaren vor einem Haus stehend. In der linken oberen Ecke lachte eine knallgelbe Sonne auf das Trio herunter. Einige horizontal ausgeführte Striche in Blau im oberen Drittel sollten augenscheinlich den Himmel andeuten. Der Mann und die Frau waren beide fast genauso groß wie das Haus. Sie lachten, ebenso wie das Mädchen.

Auf dem zweiten Bild war dasselbe blonde Kind zu sehen, diesmal allein, umgeben von dunklen Tannen und riesigen Laubbäumen. Sie schienen das Mädchen regelrecht zu verschlucken. Auch blickte das Kind auf dieser Zeichnung weitaus weniger fröhlich drein als auf dem ersten Bild. Sein Mund war nur ein schmaler Strich. Aus seinen blauen Augen kullerten Tränen. Der Hintergrund war gänzlich in schwarzen und grauen Tönen gehalten, was die düstere und traurige Note des Bildes verstärkte. Obwohl der Zeichenstrich ungelenk wirkte, waren die Botschaften, die die Bilder enthielten, für Frensdorf unzweifelhaft.

»Darf ich?«, fragte Bernd und deutete auf das Märchenbuch in der Hand des Polizeidirektors.

»Ja, selbstverständlich.« Frensdorf reichte es ihm.

Bernd blätterte durch die vergilbten Seiten. Noch während er in die Betrachtung des Buchs vertieft war, näherte sich ein drittes Mitglied der Spezialkräfte dem Polizeidirektor. Er hielt einen roten Strickpulli mit Zopfmuster in seinen behandschuhten Händen. »Den haben wir in einer Kommode im Flur gefunden«, sagte er.

Frensdorf erkannte das Stück vom Fahndungsfoto wieder. »Der gehört Valerie«, bedeutete er Bernd.

Bernd nickte. »Demnach dürfte es keinen Zweifel mehr geben, dass Rübsamen das Mädchen auf seinem Hof festgehalten hat«, sagte er.

»Ja. Jetzt müssen wir nur noch ihn selbst -«

Ehe Frensdorf den Satz beenden konnte, gab ein Mitglied der Spezialeinheit durch: »Dunkelgrüner Lada nähert sich dem Grundstück.«

Frensdorf und Bernd eilten zurück zu ihrem Wagen. Durch die Windschutzscheibe sahen sie wenige Augenblicke später einen Lada älteren Baujahrs auf das Gehöft zufahren.

»Das ist Rübsamen«, konstatierte Frensdorf.

Plötzlich verlangsamte der Fahrer das Tempo. Vor der Zufahrt blieb er stehen. Eine Weile tat sich nichts. Nur das Tuckern seines Diesels erfüllte die Stille. Dann auf einmal ließ der Fahrer die Scheibe herunter.

»Was hat der vor?«, fragte Frensdorf.

Bernd zuckte mit den Achseln.

Rübsamen streckte seinen Kopf aus dem Fenster. Sein kantiger Schädel war umgeben von einem silbergrauen Haarkranz. Er trug eine altmodische eckige Brille, mit einem goldfarbenen Gestell, das an den oberen Kanten leicht abgeschrägt war. »Da seid ihr ja endlich. ... Allein habt ihr euch wohl nicht her getraut, was?«, brüllte er den Männern aus Leibeskräften entgegen. »Nur im Rudel wagt ihr es, hier aufzukreuzen, ihr feigen Bestien.« Er lachte schrill. »Aber, das ist gut! ... Das ist sogar sehr gut! ... So muss ich euch nicht länger suchen, sondern kann euch alle auf einen Streich erledigen.« Seine Linke fuhr durch die Luft. »Sieben auf einen Streich«, präzisierte er. Er brach erneut sekundenlang in schrilles Gelächter aus. »*Als es abzog und zählte, so lagen nicht weniger als sieben vor ihm tot und streckten die Beine. Bist du so ein Kerl? sprach er und musste selbst seine Tapferkeit bewundern, das soll die ganze Stadt erfahren*«, rief er mit verzerrter Stimme.

»Der scheint wirklich vollkommen irre zu sein«, murmelte Bernd. In fassungslosem Entsetzen schüttelte er den Kopf.

»Glaubt ja nicht, ich wüsste nicht, wer ihr seid«, fuhr Rübsamen laut schreiend fort. »Ich sehe es euren widerlich gelben Augen an: Den Pakt mit dem Teufel seid ihr eingegangen, verwandelt euch des Nachts, um uns in Stücke zu reißen und zu verschlingen. ... Ja, geifert nur, ihr gefräßigen Dämonen der Hölle.« Seine Stimme bebte vor Erregung. »Doch ich rieche eure Angst bis hierher. ... Recht so, denn ich habe schon einen von euch getötet und heute werde ich euch alle töten.«

»Mit dem *einen* meint er wahrscheinlich die Wölfin«, warf Bernd ein.

Frensdorf zog eine gequälte Grimasse. »Hoffentlich. Nicht, dass wir irgendwo noch eine menschliche Leiche finden.«

Von Rübsamen unbemerkt hatte sich unterdessen ein Teil der Spezialkräfte lautlos schräg von hinten an den Lada herangeschlichen.

»Wollt ihr meinen Gürtel sehen? ... Wartet, ich zeige euch meinen Gürtel«, setzte Rübsamen seine Tirade fort. Sein Kopf verschwand im Wageninneren.

»Von was für einem Gürtel faselt der?«, fragte Frensdorf irritiert. »Den schwarzen Gürtel in Karate?«

Bernd musste trotz der Anspannung lachen. »Nein, ich vermute, dass er den Gürtel des tapferen Schneiderleins meint, den der dem Märchen zufolge mit den Worten bestickt hat, gleich sieben Fliegen auf einen Streich erschlagen zu haben.«

»Oh Gott«, stöhnte Frensdorf. »Das hatte ich gar nicht mehr auf dem Schirm. Das wird immer verrückter.«

Plötzlich riss Rübsamen die Tür auf und sprang mit seinem Jagdgewehr im Arm aus dem Auto. Sein kurzärmliges kariertes Hemd hing aus der Hose. Seine Füße steckten in schlammverschmierten Schuhen.

»Scheiße«, fuhr Frensdorf auf. »Von wegen Gürtel. Wegducken!«

Breitbeinig stellte Rübsamen sich vor seinen Wagen. »Na, was ist? ... Warum kommt ihr nicht näher?«, brüllte er den Einsatzkräften, die ihm gegenüber im Schutz ihrer Autos Position bezogen hatten, entgegen. »Schleicht euch nur an. Ihr werdet schon sehen, was ihr davon habt.« Wieder lachte er schrill und fuchtelte dabei mit der Waffe in der Luft herum. Ein Schuss löste sich und krachte in die fahle Wolkendecke. Es hatte aufgehört zu nieseln. An einigen Stellen schimmerte zartes Sonnenlicht hindurch. »Ha, ha, ha. Seht ihr, ich fürchte mich nicht vor euch«, schrie Rübsamen und riss das Gewehr herunter. Er lud ruckartig durch und setzte auf eins der Fahrzeuge an.

Nur Sekundenbruchteile später zerriss ein zweiter Schuss die Luft. Bernd hielt unwillkürlich den Atem an. Über den Rand des Armaturenbretts sah er, wie Rübsamen zu Boden ging.

»Gut gemacht, Jungs«, sagte Frensdorf und schnaufte erleichtert durch. Er richtete sich wieder auf. Auch Bernd stieß hörbar die Luft aus und fuhr sich einmal kräftig übers Gesicht.

Rübsamen wand sich schreiend am Boden. Ehe er sich besinnen konnte, waren zwei Einsatzkräfte bei ihm, um ihm die Waffe abzunehmen und ihn festzusetzen.

38

Betrübt sah Hella Bernd hinterher, als er den Wagen bestieg, um ins Altenheim nach Herbstein zu fahren, wo Rübsamens ehemaliger Hausarzt lebte. Dessen Namen hatte die Kripo alten Krankenakten von Rübsamen entnommen, der nach seiner Schussverletzung im Krankenhaus lag, wohl aber nicht lebensgefährlich verletzt war, wie Hella mitbekommen hatte. Frensdorf hatte Zeynep damit beauftragt, dem alten Herrn im Altenheim einen Besuch abzustatten und nach Rübsamens Krankengeschichte zu befragen. Das jedenfalls hatte Hella dem Telefonat entnommen, das Bernd heute früh mit Frensdorf geführt hatte. Bernd hatte spontan angeboten, Zeynep zu begleiten, und Frensdorf konnte oder wollte ihm das offenbar nicht abschlagen, vermutlich aus Dankbarkeit für das, was Bernd in den letzten Tagen für den Polizeidirektor geleistet hatte. Hella nahm an, dass Bernd Frensdorf seine weitere Unterstützung bis zu ihrer geplanten Abreise am morgigen Tag auch deshalb so großzügig angeboten hatte, um einen Grund zu haben, ihr aus dem Weg zu gehen.

Sie konnte akzeptieren, dass der Polizeidirektor ihr und Frau Roth gründlich den Kopf gewaschen hatte. Immerhin hatten sie sich unnötig in Gefahr gebracht und die Sache hätte wahrlich ganz anders ausgehen können. Dass Bernd ihr aber in den Stunden, die seit der Festnahme von Rübsamen vergangen waren, unablässig die kalte Schulter zeigte, traf sie hart. Am gestrigen Abend war er bis zwanzig Uhr im Präsidium geblieben, hatte sich dann nur kurz frisch gemacht und war anschließend allein auswärts essen gewesen. Er war erst spät in der Nacht in die Ferienwohnung zurückgekehrt, hatte es dann aber vorgezogen, auf der Wohnzimmercouch zu nächtigen. Beim Frühstück hatte er ihr dann deutlich zu verstehen gegeben, dass sie mit ihrer eigenmächtigen Aktion diesmal entschieden zu weit gegangen sei und er erst einmal Zeit bräuchte, darüber nachzudenken, wie es mit ihnen beiden weitergehen könnte. Hella hatte das Gefühl gehabt, jemand habe ihr einen Schlag in die Magengrube versetzt. Ihr war klar, dass sie sich sein Vertrauen verspielt hatte, und es tat ihr leid. Trotzdem hoffte sie, dass er ihr verzeihen und ihrer Beziehung noch eine Chance geben würde. Insgeheim wünschte sie sich, dass es Bernd ein wenig milder stimmte, wenn er und Zeynep bei ihrem Besuch im Altenheim die fehlenden Mosaiksteinchen zur Lösung des Falls fänden.

Seufzend wandte sie sich vom Fenster ab und ging zur Küchenanrichte, um sich einen Tee zu machen. Sie nahm den Wasserkocher hoch, goss sich eine Tasse auf und sah nach der Uhrzeit, um den Teebeutel rechtzeitig wieder entfernen zu können. Nur zu gerne würde sie Mäuschen im Altenheim spielen, dachte sie, auch wenn sie mit diesen tristen Sackbahnhöfen des Lebens alles andere als positive Gefühle verknüpfte. Auch für ihren Vater war in einem Seniorenstift in Wiesbaden Endstation gewesen, nachdem ihre Mutter und sie ihn dort nach seinem schweren Schlaganfall im Herbst letzten Jahres schweren Herzens untergebracht hatten. Doch eine Pflege zu Hause hätte sie beide heillos überfordert. Vier Monate hatte ihr Vater in dem Heim verbracht, bevor ihn Anfang März, trotz intensiver Betreuung ein zweiter Schlaganfall endgültig aus dem Leben gerissen hatte. Obwohl sie darauf vorbereitet gewesen waren, war es für ihre Mutter und sie ein großer Schock gewesen, der noch immer nachklang. Hellas Vater war der ruhende Pol in ihrem Leben gewesen. Es war insbesondere sein Verdienst, dass Hella sich nach dem Tod ihrer jüngeren Schwester Carla, die im Alter von elf Jahren bei einem Autounfall ums Leben gekommen war, nicht dauerhaft in ihrem Kokon aus Trauer und Schuldgefühlen verkrochen hatte. Hella war lange Zeit fest davon überzeugt gewesen, dass allein sie für das Unglück verantwortlich zeichnete, das ihrer Schwester an jenem fraglichen Abend widerfahren war. Hella, die zwei Jahre älter war als ihre Schwester, war Hand in Hand mit Carla durch die Straßen von Wiesbaden-Kloppenheim, dem Vorort, in dem sie lebten, gebummelt, als sie plötzlich über den Feldern einen schwebenden Luftballon entdeckte. »Schau mal, Carla, der Ballon«, hatte Hella erfreut ausgerufen und gen Himmel gezeigt. Carla hatte sich daraufhin lachend von ihrer Hand losgerissen und war auf die Straße gelaufen, um den Ballon zu fangen, geradewegs in ein herankommendes Auto. Dass Carla auf der Stelle tot gewesen war und somit nicht hatte leiden müssen, konnte Hellas Schmerz über den Verlust nicht lindern. Ihr Vater hatte jedoch nicht lockergelassen und sie unermüdlich darin bestärkt, ihr junges Leben nicht dauerhaft unter einem Trauermantel zu begraben, bis sie sich schließlich ganz allmählich wieder geöffnet hatte. Ihm hatte sie es in erster Linie zu verdanken, dass sie gelernt hatte, sich durchzubeißen, selbst, wenn das Leben noch so viele Hindernisse und Schicksalsschläge bereithielt. Die Schuldgefühle waren zwar nie gänzlich verschwunden. Aber sie hatte sich im Laufe der Jahre mit ihnen arrangiert, auch wenn ihr bewusst war, dass ihre Zurückhaltung, sich längerfristig auf eine enge Beziehung mit einem Mann einzulassen, vermutlich auch daher rührte. Die Angst, erneut einen geliebten Menschen zu verlieren, saß tief und nur Bernd hatte es bisher vermocht, ihre harte Schale mehr, als nur ein bisschen zu knacken. Sie war sich dessen bewusst und hoffte daher inständig, dass sich zwischen ihnen bald alles wieder einrenken würde. Gedankenverloren trank sie ihren Tee und machte sich dann daran, die ersten Sachen für die Heimreise zu packen.

39

»Da vorn ist es«, sagte Zeynep und zeigte auf eine geschlossene Zimmertür am Ende des Flurs im zweiten Stock, hinter der sich das kleine Appartement verbarg, in dem Dr. Hartmut Riedel, Rübsamens langjähriger Hausarzt, seit nunmehr knapp zehn Jahren lebte. In den Gängen hing die typische Geruchsmischung nach Desinfektions- und Putzmitteln, abgestandenem Essen und Kaffee, die vielen Altenheimen anhaftete.

Auf Zeyneps Klopfen hin erklang aus dem Inneren des Appartements ein deutlich hörbares »Herein!«

»Ah, die Herrschaften von der Kripo sind da«, sagte Riedel mit einem breiten Lächeln, als Bernd und Zeynep eintraten. Die Heimleitung hatte ihn auf ihren Besuch vorbereitet. Er saß in einem großen Ohrensessel, an dem ein Gehstock lehnte. »Sie gestatten, dass ich sitzen bleibe.« Er reichte Zeynep und Bernd nacheinander die Hand. »Das Aufstehen fällt mir schwer.«

Sein Gesicht war von tiefen Falten durchzogen. Doch seine blauen Augen blitzten hellwach. Er trug ein frisch gebügeltes weißes Hemd, eine dunkelgraue Strickjacke und eine schwarze Cordhose. Sein Gebiss war makellos und sein silbergrauer Bart war ordentlich gestutzt. Trotz seiner zerbrechlichen Gestalt strahlte er Würde aus und Bernd empfand sogleich große Sympathie für den alten Herrn.

»Kommen Sie nur. ... Kommen Sie nur. Setzen Sie sich.« Riedel wies auf den kleinen Tisch in der Fensternische. »Sie dürfen sich die Stühle gerne auch heranholen«, erklärte er.

Während Bernd sich zwei Stühle griff und sie in einem angemessenen Abstand vor Riedels Sessel stellte, sah sich Zeynep in dem kleinen Appartement um. Neben dem

Ecktisch und den drei Stühlen war der Raum mit einem Pflegebett samt Nachtschränkchen, einem Kleiderschrank, einer Wäschekommode und einem Sideboard ausgestattet. Die Möbel wirkten einfach, aber praktisch und solide. Auf dem Sideboard thronte ein großer Fernseher. Das Telefon stand auf dem Nachtschrank, in Griffweite zum Ohrensessel. Ein Ölgemälde, das eine Landschaftsszene zeigte, zierte die Wand über dem Bett. Neben dem Eingang befand sich eine zweite Tür, die mutmaßlich ins Bad führte. In der Fensternische blühten gleich mehrere Topfpflanzen um die Wette.

»Ich hatte früher einen großen Garten«, erklärte Riedel, der ihrem Blick gefolgt war. »Ich würde es nicht aushalten, wenn ich nur von toten Möbeln umgeben wäre«, fügte er mit einem Lächeln hinzu. »Möchten Sie etwas trinken? Ich habe uns frischen Kaffee machen lassen.« Er zeigte auf die Thermoskanne und die drei Tassen, die auf dem Tisch bereitstanden.

Bernd und Zeynep hatten inzwischen Platz genommen und schüttelten den Kopf.

»Aber vielleicht möchten Sie ja eine Tasse?«, fragte Zeynep. Sie stand noch einmal auf, ging zum Tisch, füllte aufs Geratewohl eine Tasse und reichte sie Riedel.

»Vielen Dank. Das ist sehr reizend von Ihnen«, sagte er. »Also, wie kann ich Ihnen weiterhelfen?« Er nahm schlürfend einen Schluck Kaffee, bevor er die Tasse samt Untertasse mit leicht zittriger Hand auf dem Nachtschrank abstellte.

»Es geht um Hans Rübsamen«, eröffnete Zeynep das Gespräch.

»Der Hans.« Riedel nickte freudig. »Ein feiner Kerl«, sagte er. »Was ist mit ihm?«

Zeynep sah kurz zu Bernd, bevor sie antwortete. »Leider

mussten wir Herrn Rübsamen festnehmen. Er wird unter anderem beschuldigt, ein Kind entführt und auf einen Menschen geschossen zu haben«, sagte sie geradeheraus.

Riedel wurde blass. »Ein Kind entführt. ... Ach du meine Güte.« Er schlug die Hände an die Wangen. »Aber warum? ... Hans liebt Kinder über alles.« Er sah fassungslos von Bernd zu Zeynep.

»Er hat dem Kind nichts angetan«, fügte Bernd schnell hinzu, um ihn zu beruhigen. »Das Mädchen ist inzwischen wieder wohlbehalten bei ihren Eltern.«

»Gott sei Dank.« Riedel nickte erleichtert. »Sitzt er im Gefängnis?«, erkundigte er sich.

»Nein, zurzeit liegt er noch im Krankenhaus«, sagte Zeynep.

»Im Krankenhaus?« Erneut machte sich Schrecken auf Riedels Gesicht breit.

»Ja, er wurde bei der Festnahme verletzt«, erklärte Zeynep. »Er ist aber bereits auf dem Wege der Besserung«, fügte sie hinzu. Rübsamen hatte die Not-Operation gut überstanden und würde, sobald seine Wunden ausreichend verheilt wären, in eine psychiatrische Klinik verbracht werden. »Herr Dr. Riedel, Sie waren bis zu Ihrer Pensionierung Rübsamens Hausarzt, nicht wahr?«, setzte Zeynep die Befragung fort.

»Ja, ich kenne Hans seit seiner frühen Kindheit«, antwortete Riedel. Er schien sich wieder gesammelt zu haben. »Ich war damals in Herbstein frisch niedergelassen und Hans und seine Eltern gehörten zu meinen ersten Patienten. Hans war damals sechs und gerade eingeschult worden. ... Ein schüchterner, sensibler Junge mit einer hohen künstlerischen Begabung«, sagte Riedel mit unverkennbarem Stolz, als spräche er von seinem eigenen Sohn. Er wedelte mit seinem knotigen Zeigefinger durch die Luft, um seine Worte zu unterstreichen. »Hans wollte Bildhauer werden. Aber sein Vater wollte das nicht.« Riedel wiegte bedauernd den Kopf.

»Gab es damals schon Anzeichen, dass Hans Rübsamen unter einer psychischen Erkrankung leiden könnte?«, fragte Zeynep.

Riedel zögerte. »Sie wissen, dass das unter die ärztliche Schweigepflicht fällt«, belehrte er sie und legte zu Bernds stillem Vergnügen einen strengen Unterton in seine Stimme.

»Ja, natürlich«, entgegnete Zeynep freundlich. »Aber Sie würden uns und Herrn Rübsamen sehr helfen, wenn Sie mir die Frage beantworteten.«

»Also gut«, setzte Riedel nach einigem Nachdenken an. »Wie ich schon sagte, Hans war ein sehr sensibles Kind ...« Er räusperte sich und trank einen Schluck Kaffee, bevor er fortfuhr.

»Möchten Sie vielleicht ein Glas Wasser?«, fragte Bernd.

»Nein, danke. Sehr freundlich von Ihnen. Es geht schon«, sagte Riedel. Er hüstelte noch einmal und lächelte Bernd an. »Hans war als Kind nie ernsthaft krank, bis auf die üblichen Zipperlein, die Kinder so haben. Sie wissen schon: Windpocken, Scharlach und dergleichen. Er wirkte bisweilen aber sehr verschlossen, regelrecht in sich gekehrt. Ich habe dem zunächst keine Bedeutung beigemessen, da ich ihn, wie gesagt, für ein schüchternes Kind hielt.«

Bernd und Zeynep vermieden es, den alten Herrn in seinem Redefluss zu unterbrechen und nickten ihm aufmunternd zu.

»Eines Tages – Hans war mit seiner Mutter wegen einer fiebrigen Erkältung bei mir, da war er etwa sieben Jahre alt –, sah ich beim Abhören seiner Lunge, dass er zahlreiche frische Striemen auf dem Rücken hatte. Ich fragte ihn und seine

Mutter, woher die kämen, bekam aber von beiden keine zufriedenstellende Antwort. Ich habe mir den Kopf darüber zermartert, wie ich herausbekommen könnte, ob der böse Verdacht, den ich hatte, stimmte. Doch bald hatte mich der Praxisalltag wieder eingeholt und ich habe die Sache auf sich beruhen lassen, auch, weil ich nicht riskieren wollte, dass der halbe Landkreis sich gegen mich verschwor, wenn ich behauptet hätte, dass Karl Rübsamen seinen Sohn schlug, ohne es beweisen zu können. Ich war noch ein junger Arzt damals und baute mir gerade eine Existenz auf.« Er sah Bernd und Zeynep an, als hätte er Sorge, sie würden jeden Moment über ihn richten.

»Das verstehen wir vollkommen«, sagte Zeynep freundlich, um ihn zum Weiterreden zu animieren.

»Nun, leider blieb es nicht bei diesem einen merkwürdigen Vorfall. Schon wenig später erschien Hans erneut in meiner Praxis. Er hatte sich einen Finger gebrochen, den rechte Mittelfinger, glaube ich. ... Ja, es war der rechte Mittelfinger. Die Kapsel war ebenfalls angerissen«, fügte er nach kurzem Nachdenken hinzu und trank erneut einen Schluck Kaffee.

Bernd staunte über Riedels phänomenales Gedächtnis. Immerhin war Rübsamens ehemaliger Hausarzt, wie sie wussten, bereits Mitte achtzig.

»Er war so tapfer, der kleine Kerl, hat keinen Mucks gesagt, als ich ihm den Finger gerichtet und geschient habe«, sagte Riedel. »Auf meine Frage, wie dies nun wieder passiert sei, bekam ich erneut keine vernünftige Antwort. Doch diesmal ließ ich nicht locker und bohrte so lange nach, bis Hans Mutter mir gestand, dass ihr Mann Hans von Zeit zu Zeit schlug und ihm den Finger gebrochen hatte, da Hans, statt beim Hof mit anzupacken, seine Zeit lieber mit Holzschnitzereien vertrödelte, wie sie es ausdrückte. Ich war natürlich entsetzt und wollte umgehend die Polizei und das Jugendamt informieren. Doch sie hat mich angefleht, nichts zu sagen, da ihr Mann seine Wut sonst nur noch mehr an Hans auslassen würde. Ich war hin- und hergerissen. Schrecklich war das. ... Aber schließlich habe ich mich ihrem Wunsch gebeugt. Was sollte ich machen? ... Karl Rübsamen war ein Mann mit Einfluss. Er hätte nicht nur Hans, sondern auch mir das Leben zur Hölle gemacht und dafür gesorgt, dass ich meine Praxis dichtmachen könnte.« Er zuckte betreten mit den Schultern. Ein müder Ausdruck trat auf sein Gesicht. »Wenn ich jetzt doch einen Schluck Wasser bekommen könnte«, wandte er sich an Bernd. »Ich bin das viele Reden nicht mehr gewohnt und mein Hals ist wie ausgedörrt. Auf dem Sideboard stehen Gläser.« Er zeigte hinter Bernd.

Bernd stand auf und kehrte kurz darauf mit einem Glas Leitungswasser aus dem Bad zurück. Er reichte es Riedel, der mit gierigen Schlucken trank.

»Und dann passierte das mit Mogli«, fuhr Riedel fort, nachdem er seinen Durst gelöscht hatte. Er sah jetzt wieder etwas frischer aus.

»Mogli?«, wiederholte Zeynep.

»Ja, Hans Hund, ein wunderschöner Mischling mit beigem Fell und Schlappohren. Er war Hans Ein und Alles. Die zwei klebten zusammen wie Pech und Schwefel«, sagte Riedel. »Na ja, auf jeden Fall war Mogli eines Tages verschwunden. Es hieß, er sei einem Reh in den Wald hinterhergelaufen und von dort nicht mehr aufgetaucht.« Riedel schüttelte in der Erinnerung an damals den Kopf. »Stellen Sie sich vor«, fuhr er fort. »Karl Rübsamen hatte seinem Sohn weisgemacht, dass Mogli im Wald einem Wolf begegnet sei und der ihn gefressen habe, obwohl jeder im

Dorf wusste, dass Hans Vater den Hund erschossen hatte, um seinen Sohn dafür zu bestrafen, dass der nicht von der Kunst lassen wollte. .... Ist das nicht entsetzlich. Was für ein grausamer Mensch war das! Und Hans hat sich nicht davon abbringen lassen, diesen Humbug zu glauben.« Riedel war blass und sein Atem beschleunigte sich, so sehr schien ihn die Erinnerung an das, was damals geschehen war, zu quälen.

Bernd hatte Sorge, es könnte den alten Mann überfordern, wenn sie die Befragung fortsetzten. »Noch Wasser?«, fragte er.

Doch Riedel schüttelte den Kopf und redete bereits weiter. »Der Junge war so traumatisiert, dass er Zwänge entwickelte, indem er mehrmals täglich unter sein Bett und in alle Schränke schaute, ob sich dort vielleicht ein Wolf verbergen würde. Auch fing er an, sich intensiv mit Märchen zu beschäftigen, und sprach immerfort davon, dass im Märchen stets das Gute über das Böse siegen würde und er fest daran glaubte, dass dies in der Wirklichkeit auch so sei. Ich war damals überzeugt, dass es ihm vielleicht helfen würde, wenn er so dächte, und hatte gleichzeitig gehofft, dass sich sein Spleen mit der Zeit legen würde. Kinderpsychiater gab es damals noch nicht, schon gar nicht hier auf dem Land, und ich war nur ein einfacher Hausarzt, hatte selbst keine Kinder und war daher mit der kindlichen Seele nur bedingt vertraut.« Er holte tief Luft. Sein Atem hatte sich wieder beruhigt. »Und so war es dann auch. Als Hans in die Pubertät kam, hörte er auf, über Märchen zu phantasieren, und seine Zwänge legten sich. Und als er schließlich Marie, seine zukünftige Frau, kennenlernte, - eine ganz reizende und liebenswerte Person, die Hans in seinen künstlerischen Ambitionen und bei der Arbeit auf dem Hof, der nach dem Tod seiner Eltern an ihn übergegangen war, nach Kräften unterstützt und entlastet hatte, wann immer es ging – war ich mir sicher, dass er sein Trauma endgültig überwunden hatte.« Er machte eine Pause. »Offensichtlich habe ich mich getäuscht. ... Hätte ich doch nur ...« Er brach ab und schien sich für einen Moment in seinen Erinnerungen zu verlieren.

Bernd und Zeynep ließen ihn gewähren. Er hatte ihnen bereits so viele Informationen geliefert, dass sich für sie nun alles zu einem logischen Bild zusammenfügte.

Bernd musste sich zudem gezwungenermaßen eingestehen, dass Hella mit ihren Vermutungen tatsächlich einen Volltreffer gelandet hatte, auch wenn dies seine Enttäuschung über ihren unverzeihlichen Vertrauensbruch nicht im mindesten linderte. Als er sich in sie verliebt hatte, war ihm klar gewesen, dass Hella einen enorm starken Willen hatte und sich von einem einmal eingeschlagenen Weg nur ungern abbringen ließ, was ihm durchaus auch imponierte. Dennoch hatte sie diesmal eine Grenze überschritten und wider besseres Wissen Menschenleben gefährdet. Er mochte sich zwar nicht vorstellen, wie sein Leben ohne Hella aussähe. Aber so konnte es mit ihnen nicht weitergehen. Wie selten zuvor in seinem Leben war er völlig ratlos, was er machen sollte. Zeyneps Stimme holte ihn wieder in die Gegenwart zurück.

»Herr Dr. Riedel?«, sagte Zeynep und berührte sanft das Knie des Arztes. »Es ist nicht ihre Schuld, was vorgefallen ist. ... Das konnte niemand vorhersehen«, bekräftigte sie.

Riedel sah sie an und nickte schwach, wirkte aber nicht überzeugt. Zeynep berichtete ihm daraufhin in aller Ausführlichkeit, was sich in den letzten acht Tagen in Herbstein zugetragen hatte, in der Hoffnung, damit seinen Seelenfrieden wenigstens ein bisschen wiederherstellen zu können.

40

Die Heimfahrt war die Hölle gewesen. Bernd hatte sich die ganze Zeit über noch immer in eisiges Schweigen gehüllt, während Hella ihr Gesicht hinter einer Sonnenbrille verborgen hatte. Die dunklen Gläser hatten ihr dabei nicht nur als Schutz gegen die strahlende Frühlingssonne gedient, die sie durch die Windschutzscheibe geblendet hatte. In Wiesbaden angekommen, hatte Bernd ihr das Gepäck bis vor die Haustür getragen und war dann mit der Bemerkung, dass er noch zu keiner Entscheidung gekommen sei, wie es mit ihnen weitergehen könnte und dass er es daher vorzöge, wenn sie erst einmal getrennte Wege gingen, direkt weiter zu seiner Wohnung nach Wiesbaden-Auringen gefahren. Hella hatte geschluckt und ihn ohne ein Wort des Abschieds ziehen lassen.

Nachdem sie ihren Briefkasten geleert und die Post ungeöffnet auf den kleinen Tisch neben der Garderobe geschmissen hatte, blieb sie unschlüssig in der Diele stehen. Sie kam sich einsam und verlassen vor und dieses Gefühl behagte ihr gar nicht. Dennoch schwor sie sich, lieber an ihrem Stolz zu ersticken, als um Vergebung zu betteln. Ja, sie hatte einen großen Fehler gemacht und ja, es tat ihr leid. Aber sie würde deswegen nicht bei Bernd zu Kreuze kriechen. Dann war es das eben. Wütend kickte sie ihre weinrote Reisetasche in die Ecke.

Sie atmete tief durch, schluckte den Kloß in ihrer Kehle hinunter und nahm sich vor, das zu machen, was ihr am besten half, wenn sie schlecht drauf war: sich mit Arbeit ablenken. Sie pellte sich aus ihrem Sommerblouson, hängte ihn an die Garderobe und stieg die kleine Wendeltreppe hinauf zu ihrem Büro, um ihren PC anzuwerfen. Während der Computer die

E-Mails hochlud, die während ihrer Abwesenheit in ihrem Postfach eingetrudelt waren, ging sie ins Wohnzimmer und riss die Terrassentür auf, um Jagger in den Garten zu lassen. Sommerlich warme Luft strömte herein, den Duft von frisch gemähtem Gras im Gepäck. Hella sah Jagger kurz dabei zu, wie er sein Territorium in Beschlag nahm, und verschwand dann wieder im ersten Stock.

Sie kämpfte sich eine geschlagene Stunde mit finsterer Miene durch ihren E-Mail-Eingang, beantwortete dringliche Anfragen, löschte unnötige Mitteilungen und brachte sich auf den neuesten Stand, als das Summen ihres Handys, das neben der Tastatur lag, sie aus ihrer Konzentration riss. Zögerlich nahm sie es hoch. Sollte Bernd ...? Nein, welch irrige Annahme. Nicht Bernd hatte ihr eine Nachricht geschickt, sondern Martina Herold.

Hella entsperrte das Mobiltelefon und öffnete die Mitteilung. Sie enthielt ein von einer Wildkamera aufgenommenes Schwarz-Weiß-Foto, auf dem ein Wolf zu sehen war. Der Fußzeile am unteren Rand des Bildes zufolge war das Foto in der vergangenen Nacht entstanden. Während Hella den Text las, den Herold dazu geschrieben hatte, machte ihr gebrochenes Herz einen freudigen Hüpfer:

»Hallo Frau Ohlsen, ist das nicht großartig: Unser Rüde ist noch da und scheint munter und wohlauf! LG M.H.«

»Phantastisch! Hoffentlich bleibt er! Und vielleicht bekommt er im nächsten Frühjahr eine zweite Chance, ein Rudel zu gründen. LG HO«

»Wenn er bis dahin nicht von einem Auto überfahren wird oder sich der nächste „Weltenretter" dazu berufen fühlt, ihn abzuknallen, stehen seine Chancen nicht schlecht. :-)«

»Ich drücke Ihnen und ihm die Daumen!«

Wenigstens ein Lichtblick, dachte Hella, als sie das Handy wieder beiseitelegte und sich erneut ihren E-Mails widmete. Die Freude währte jedoch nur so lange, bis sie bei einem Artikel landete, den ihr Ingo Meersbusch, der Leiter der Rechtsabteilung im Hessischen Umweltministerium, geschickt hatte, und der ihre Laune sofort wieder beträchtlich in den Keller sausen ließ. In dem Artikel äußerte ein auf Landschaftsökologie spezialisierter Wissenschaftler die Meinung, dass die Wolfspopulation in Deutschland längst eine Größe erreicht habe, die es rechtfertige, überzählige Tiere abzuschießen. Ingo Meersbuschs PS setzte dem noch eins drauf: »Der Minister ist stinksauer auf dich, nachdem er erfahren hat, dass du bei der Geschichte im Vogelsberg mal wieder deine Finger im Spiel hattest, ohne ihm ein Sterbenswörtchen zu sagen. Die Medien haben ihm in den letzten Tagen die Bude eingerannt und mit Fragen gelöchert. Er kam zeitweilig schön ins Schwimmen. Mach dich morgen also auf was gefasst. LG Ingo :-)«

Hella stöhnte. Das konnte ja heiter werden.

Als sie am nächsten Morgen um kurz nach sieben ihr Büro betrat, nachdem sie die halbe Nacht wach gelegen und über Bernd und sich nachgedacht hatte, war ihr Vorzimmer bereits hell erleuchtet. Ihr Mitarbeiter Tobias teilte ihr mit einem halb amüsierten, halb mitleidsvollen Blick mit, dass sie sich um halb neun beim Umweltminister einzufinden habe. Es war nicht das erste Mal, dass Hella, seit Tobias für sie tätig war, zu ihrem Vorgesetzten zitiert wurde. Er wusste daher, was ihr blühte.

»Spar dir deinen Kommentar«, sagte Hella, »ich weiß bereits Bescheid. Ingo hat mich per Mail vorgewarnt«, erstickte sie die Bemerkung im Keim, zu der Tobias angesetzt hatte.

Kurz vor halb neun fand sie sich im Vorzimmer des Ministers ein. Karsten Helmke gehörte der FDP-Fraktion an. Er war neununddreißig Jahre alt, im vergangenen Jahr zum zweiten Mal zum Hessischen Umweltminister einer schwarz-gelben Landesregierung ernannt worden, seit kurzem Jagdscheininhaber und galt als *karrieregeil*.

Nachdem er Hella eine Viertelstunde hatte warten lassen, bat er sie zu sich herein. Ohne sich mit einer langen Vorrede aufzuhalten, schob er ihr einen Artikel über den Schreibtisch hinweg zu.

Mit einem flüchtigen Blick erkannte Hella, dass es der Beitrag war, den Friederike anlässlich der Vorfälle im Vogelsberg geschrieben hatte. Er war an diesem Morgen in den Wiesbadener Nachrichten erschienen.

»Ich nehme an, Sie wissen, was drinsteht«, sagte Helmke mit finsterer Miene.

Hella nickte, ohne den Artikel eines weiteren Blickes zu würdigen.

»Was fällt Ihnen ein, sich derart aus dem Fenster zu lehnen. Hier ...« Helmke drehte das Zeitungsblatt zu sich herum und tippte mit dem Zeigefinger auf eine gelb markierte Passage im Text. »*Allein in Hessen verenden jährlich rund 37.000 Schafe, Ziegen und Kälber aufgrund von Erkrankungen oder Unfällen und landen als so genannte Falltiere in den Tierkörperbeseitigungsanlagen. Das sind etwa sechs Prozent der Bestände. Hochgerechnet auf ganz Deutschland kann man davon ausgehen, dass sich die jährlichen Verluste bei Weidetieren in einer Größenordnung von bis zu einer halben Million bewegen*, machte die Hessische Landestierschutzbeauftragte, Dr. Hella Ohlsen, deutlich. Zum Vergleich: Dem Hessischen Landesamt für Naturschutz, Umwelt und Geologie zufolge fielen hessenweit im Jahr 2022 zwanzig Nutztiere Wölfen zum Opfer. 2023* *gab es lediglich acht dokumentierte Übergriffe von Wölfen auf Weidetiere. Das bedeutet, dass in unserem Bundesland Wölfe für einen lächerlich geringen Verlust an Ziegen oder Schafen verantwortlich sind. Unter diesem Gesichtspunkt von einem „Ende der Weidetierhaltung" durch den Wolf zu sprechen, wie es viele Landwirtschaftsverbände tun, halte ich folglich, gelinde gesagt, für maßlos übertrieben, so Ohlsen weiter«*, las er vor.

»Ich habe keine Geheimnisse ausgeplaudert. Die Zahlen sind für jedermann öffentlich zugänglich«, verteidigte sich Hella. Sie lehnte sich zurück und schlug die Beine übereinander. Ihr Respekt vor Helmke, der aus Ihrer Sicht eine nur allzu durchschaubare Klientelpolitik betrieb und die Bevölkerung gerne mit provokativen Thesen aufwiegelte, die eher an den rechten Rand des politischen Spektrums gehörten als zu einer liberalen Partei, hielt sich in Grenzen. Sie spürte, wie sich der gesammelte Unmut der letzten Tage in ihr zu einer dunklen Wolke auftürmte, die nur darauf wartete, sich entladen zu können.

Der Minister schnalzte ungehalten mit der Zunge. »Sie wissen selbst, dass das nur die halbe Wahrheit ist. Mag ja sein, dass es in Hessen in jüngster Zeit vergleichsweise wenig Wolfsübergriffe gab. Aber erstens kann sich das jederzeit ändern. Und zweitens sieht es in andere Regionen Deutschlands ganz anders aus. Es dürfte außerdem inzwischen sicher auch bis zu Ihnen durchgedrungen sein, dass Wolfsrisse insgesamt gesehen zunehmen, und zwar deutlich. Indem Sie die Dinge verharmlosen und vorgeben, als hätten wir es nicht mit einem gefährlichen Raubtier zu tun, sondern mit liebenswerten und rücksichtsvollen Mitgeschöpfen, wiegen Sie die Bevölkerung in einer falschen Sicherheit. Und ganz abgesehen davon verbitte ich mir, dass Sie derartige Informationen ohne Absprache mit mir in die

Öffentlichkeit hinausposaunen und damit den Anschein erwecken, es handele sich um von meinem Ministerium gedeckte Aussagen«, herrschte er Hella an.

»Bei allem Respekt, Herr Minister, aber ich unterliege nicht Ihrer Weisung und kann sagen, was ich will. Außerdem habe ich ausdrücklich nur in meinem Namen gesprochen. Welche Schlüsse die Leser der Wiesbadener Nachrichten daraus ziehen, liegt nicht in meiner Verantwortung und ist mir, ehrlich gestanden, auch völlig schnuppe. Über kaum einem anderen Berufsstand haben die Bundes- und die Landesregierungen über Jahre das Füllhorn derart ausgeschüttet, wie über die Landwirte. Und auch bei den durch Wölfe verursachten Schäden wird den Schäfern großzügig unter die Arme gegriffen, auch wenn Wolfsrisse streng genommen unter die Kategorie unternehmerisches Risiko fallen.« Hella hatte sich vorgelehnt und stützte sich mit den Unterarmen auf dem Schreibtisch ab. »Mal ganz ehrlich: Das Problem ist doch nicht der Wolf, sondern das System, das Nutztiere nur als Wirtschaftsfaktor sieht. Hier politisch den Hebel anzusetzen, wäre langfristig gesehen viel sinnvoller und würde für die betroffenen Tiere zugleich erheblich weniger Leid bedeuten.« Hatte dieses Land angesichts von Kriegen, hohen Lebenshaltungskosten und Wohnraumknappheit derzeit eigentlich keine anderen Probleme als ein paar tote Schafe, dachte sie wütend, schluckte diese weitere Spitze jedoch herunter.

»Ich muss Ihnen doch nicht sagen, dass es sich für die überwiegende Zahl der Schafhalter, die ihre Zuchten im Nebenerwerb betreiben, nicht lohnt, in einen umfassenden Herdenschutz zu investieren oder auf umständlichem bürokratischem Wege Ansprüche auf Schadenersatz durch Wolfsrisse geltend zu machen. Oder warum tragen sich Ihrer

Meinung nach immer mehr Schäfer mit dem Gedanken, ihre Herden abzuschaffen?« Helmke war sichtlich um Fassung bemüht, da er merkte, dass sich Hella von ihm wie immer nicht einschüchtern ließ.

»Mit Verlaub, Herr Minister. Sie wissen genauso gut wie ich, dass die drastische Abnahme der Schafbestände in Deutschland kein neues Phänomen ist und zuvorderst nichts mit dem Einwandern der Wölfe zu tun hat, sondern unter anderem mit der Abschaffung der Mutterschafprämie durch die EU vor fünfundzwanzig Jahren, was dazu geführt hat, dass Schafhalter keine Förderung mehr für die Produktion von Wolle, Milch oder Fleisch erhalten haben und die Marktpreise in den Keller gegangen sind. Seither haben sie nur noch Anspruch auf eine Flächenprämie, wie andere Landwirte auch. Da aber viele Schäfer kein eigenes Land haben, können sie somit nicht von der Flächenprämie profitieren, während die, die Land besitzen, mit gestiegenen Pachtpreisen zu kämpfen haben. Und erlauben Sie mir in dem Zusammenhang noch folgende Bemerkung: Erstaunlicherweise hat die Zahl der Schafhalter und Schafe in den letzten Jahren sogar leicht zugenommen, und zwar, weil die Preise für Lammfleisch wieder angestiegen sind – und das, trotz der gleichzeitig zunehmenden Ausbreitung der Wölfe. Komisch, nicht wahr!«

Helmke holte Luft, um etwas zu erwidern.

Doch Hella redete einfach weiter. »Darf ich Sie außerdem daran erinnern, dass Halter von Weidetieren entsprechend der guten landwirtschaftlichen Praxis dazu verpflichtet sind, ihre Herden in eigener Verantwortung zu schützen, und zwar völlig unabhängig vom Auftreten des Wolfs. Vor diesem Hintergrund finde ich es überdies, wenn ich mir die Bemerkung erlauben darf, mehr als zynisch, wenn

Landtagsabgeordnete der AfD die Rückkehr der Wölfe, die wir Menschen aus ihren angestammten Lebensräumen verdrängt haben, mit der Einwanderung von Flüchtlingen vergleichen und Sie dem als Liberaler in keiner Weise widersprechen. Und, um es noch einmal klipp und klar zu sagen: Ich denke nicht daran, mir einen Maulkorb verpassen zu lassen, sondern werde auch in Zukunft für das eintreten, wofür mich das Land Hessen vor zehn Jahren eingestellt hat.« Hella hielt es nur noch mit Mühe auf ihrem Stuhl. Helmkes unverblümte Art, mit der er sich vor den Karren der Agrarlobby spannen ließ, um seine Karriere voranzutreiben, ging ihr gewaltig gegen den Strich und sie hatte nicht vor, mit ihrer Meinung hinter dem Berg zu halten. Nicht zum ersten Mal dankte sie dem Schicksal dafür, dass ihre Stabsstelle nicht nur eine selbstständige Organisationseinheit außerhalb der Abteilungsstruktur des Umweltministeriums bildete und sie somit weisungsunabhängig agieren konnte, sondern dass sie zudem über einen eigenen Etat verfügte, den sie nach Lust und Laune für ihre Öffentlichkeitsarbeit, Gutachten und Studien verwenden konnte.

Die Kiefer des Ministers fingen an zu mahlen. Um seinen Mund bildete sich ein weißer Ring. »Sind Sie fertig?«, fragte er gepresst und zog demonstrativ eine Akte zu sich heran.

»Fürs Erste ja«, sagte Hella und stand unaufgefordert auf. »Ich wünsche Ihnen noch einen schönen Tag«, fügte sie hinzu, bevor sie die Tür bestimmt, aber leise hinter sich zuzog.

Epilog

Drei Monate später

Claudia Kleinke packte die restlichen Sachen in den Umzugskarton und verschloss den Deckel. Obwohl sie die treibende Kraft hinter der Entscheidung gewesen war, das Ferienhaus in Herbstein wieder zu verkaufen, schaute sie nun doch ein wenig wehmütig in den Garten. Der von der Hitze des Sommers versengte Rasen glich einer Steppe. Und auch heute kannte die Spätsommersonne keine Gnade mit der vertrockneten und dürstenden Natur. Die Stauden im Beet ließen traurig die Köpfe hängen. In einer Stunde sollte der Möbelwagen kommen, der ihre Habseligkeiten zurück nach Wiesbaden transportierte. Über kurz oder lang wollten sie und Dirk sich wieder ein Ferienhaus zulegen. Wann und wo stand allerdings noch nicht fest. Sie waren noch zu sehr damit beschäftigt, die Ereignisse vom Frühsommer zu verarbeiten.

Claudias Blick wanderte zu ihrer Tochter, die auf dem Boden kniete und malte. Valerie hatte in der letzten Zeit Fortschritte gemacht. Dennoch hatte sie noch nicht vollständig zu ihrem alten Ich zurückgefunden. Fremden gegenüber legte sie nach wie vor eine große Scheu an den Tag und sprach fast ausschließlich mit ihren Eltern. Und beinahe jede Nacht wachte sie, von Alpträumen geplagt, auf. Gegen den erbitterten Widerstand seiner Frau hatte Dirk durchgesetzt, dass Valerie, wie gewohnt mit Bea an ihrer Seite, in ihrem eigenen Zimmer schlief und sie sie nicht zu sich ins Ehebett holten. Das hatte ihnen auch die Wiesbadener Kinderpsychologin, die Valerie betreute, geraten. Die Tatsache, dass Valerie sich in der Therapie mehr und mehr öffnete, weckte in Claudia und Dirk aber immerhin die Hoffnung, dass sich Valerie eines Tages so weit von ihrem Trauma erholen würde, dass sich ihre Schweigsamkeit in wenig vertrauter Umgebung mit der Zeit verlöre und sie wieder ausreichend Vertrauen zu Menschen aufbaute. Bis dahin war es nach Aussagen der Psychologin aber noch ein weiter Weg, sodass Claudia und Dirk sich unter anderem dazu entschlossen hatten, Valerie erst im kommenden Jahr einzuschulen.

»Was malst du da, mein Schatz?«, fragte Claudia und warf einen Blick auf das Blatt, vor dem Valerie hockte und das sie eifrig mit ihren Buntstiften bearbeitete.

Malen war in den letzten Wochen zu Valeries Lieblingsbeschäftigung geworden. Ihre Zeichnungen, die häufig dieselben Motive zeigten, sagten mehr als tausend Worte. Manche ihrer Bilder waren bedrückend, wenn sie sich zum Beispiel allein in einem Zimmer zeichnete, mit Augen, aus denen große Tränen kullerten. Aus den Bildern, gepaart mit den zurückhaltenden Kommentaren, die Valerie dazu abgab, schloss die Psychologin, dass Rübsamen das Mädchen zeitweilig eingesperrt hatte, um zu verhindern, dass es davonlief, bis zu dem Tag, an dem er offensichtlich vergessen hatte, den Schlüssel im Schloss ihrer Kammer herumzudrehen. Valerie hatte die Gelegenheit genutzt und war daraufhin, so viel schien inzwischen sicher, in den Wald geflüchtet, in der Hoffnung, allein zurück nach Hause zu finden. Abgesehen von der Isolation, die Rübsamen ihr zugemutet hatte, schien der Landwirt sie aber anständig behandelt zu haben. Er hatte ihr ausreichend zu essen und zu trinken gegeben und ihr offensichtlich jeden Abend Märchen vorgelesen. Das jedenfalls schlussfolgerte die Psychologin aus Valeries bruchstückhaften Erzählungen. Rübsamens wahnhafte Anfälle, die ihn von Zeit zu Zeit überkommen hatten und während er wie im Fieber wirres Zeug von sich gegeben hatte, hatten Valerie dagegen nachhaltig irritiert und eingeschüchtert. Wie lange sie nach ihrer Flucht allein im Wald herumgeirrt war, ließ sich ebenfalls weiterhin nur vermuten. Über diese Phase ihres Verschwindens weigerte Valerie sich zu sprechen. Die entsetzlichen Ängste angesichts der fremden und unheimlichen Geräusche wilder Tiere, der Dunkelheit, der Kälte und der Einsamkeit, die sie während dieser Stunden mit großer Wahrscheinlichkeit ausgestanden hatte, saßen tief. Vermutlich hatte sie aber tatsächlich die Höhle in den Uhuklippen aufgesucht, in der Friederike die kleine Holzfigur gefunden hatte. Mehrere von Valeries Bilder zeigten ein schwarzes Loch in einem Meer aus grauen Gebilden, die spitz und bedrohlich in den Nachthimmel ragten und den Schluss zuließen, es handele sich um die Felsformation. Als die Polizei Valerie das Holzfigürchen gezeigt und gefragt hatte, ob sie es wiedererkennen würde, hatte sie genickt, wenngleich sich nicht klären ließ, ob sie die Nacht in der Felsspalte ausgeharrt oder sich zum Schlafen in das Gebüsch verkrochen hatte, in dem die beiden jungen Wanderer sie am nächsten Tag gefunden hatten.

Aber es gab auch heitere Bilder in hellen Tönen mit einer fröhlichen Valerie und mit Bea an ihrer Seite, auf einer grünen Wiese vor einer Schaukel stehend, unter einem strahlend blauen Firmament, an dem die Sonne lachte.

Heute war so ein Tag, an dem Valerie guter Stimmung zu sein schien. Das Bild, an dem sie eifrig malte, während ihre Zunge sich unablässig in ihrem Mundwinkel bewegte, zeigte sie an der Hand ihrer Eltern. Auch dieses Motiv hatte sie schon einige Male zuvor gewählt. Diesmal jedoch hatte sie dem Bild zwei weitere Personen, einen Mann und eine Frau, hinzugefügt.

»Wer ist das?«, erkundigte sich Claudia. Sie hatte sich zu Valerie auf den Boden gekniet. »Sind das Ivonne und Sebastian?«

»Nein.« Valerie schüttelte heftig den Kopf. »Der Polizist und seine Frau.«

»Du meinst, Herr Frensdorf und Zeynep?«, fragte Claudia.

»Ja.« Valerie sah ihre Mutter aus ihren großen blauen Augen an und nickte.

»Zeynep ist nicht seine Frau, Liebes. Sie arbeitet nur für Herrn Frensdorf.« Im selben Moment klingelte es an der Haustür. Claudia erhob sich. »Das wird er sein. Komm!« Lächelnd reichte sie Valerie die Hand und zog sie hoch.

Gemeinsam gingen sie ins Erdgeschoss, um Frensdorf zu öffnen. Doch Dirk, der noch einmal alle Räume abgegangen war, um zu schauen, dass sie auch wirklich nichts vergessen hatten, war ihnen zuvorgekommen. Frensdorf stand bereits in der geöffneten Haustür. Er trug Zivil.

»Ah, das ist ja meine kleine Heldin«, begrüßte er Valerie. Er beugte sich herunter und strich dem Mädchen sanft über die Wange. Anschließend begrüßte er Claudia. Sie lächelte ihn, an Dirks Schulter gelehnt, an. Frensdorf war erleichtert, die drei so zu sehen, und er hoffte von Herzen, dass sie so glücklich und sorgenfrei wie irgend möglich in die Zukunft blicken konnten.

»Ich wollte mich nur noch einmal persönlich von Ihnen verabschieden und Ihnen alles Gute wünschen«, sagte Frensdorf.

»Danke, das ist sehr lieb von Ihnen. Wir sind Ihnen wirklich unendlich dankbar für alles, was Sie für uns getan haben«, bekräftigte Claudia mit einem aufrichtigen Gesichtsausdruck.

»Danken Sie nicht mir. Danken Sie all denen, die mit dazu beigetragen haben, dass Valerie wieder wohlbehalten aufgetaucht ist«, gab sich Frensdorf bescheiden.

Dirk lächelte. »Das werden wir tun.«

Eine kurze verlegene Pause trat ein, während Valerie dem Polizeidirektor das Bild reichte, das sie in den Händen hielt.

»Ist das für mich?«, fragte Frensdorf.

Valerie nickte und umklammerte die Hüfte ihres Vaters.

»Das dort rechts, das sind Sie und Zeynep«, sagte Claudia und zeigte auf die beiden Figuren am Bildrand.

»Du hast uns aber perfekt getroffen«, lobte Frensdorf Valerie im Brustton der Überzeugung, während er das Bild eingehend betrachtete. Er spürte, wie seine Augen feucht wurden, und zwinkerte ein paar Mal, um seine Rührung zu verbergen. »Das wird einen Ehrenplatz in meinem Büro bekommen. Das verspreche ich dir. Und weißt du was? Vielleicht kommst du mich mal besuchen und schaust es dir an. Was hältst du davon?«

Wieder nickte Valerie stumm. Aber ihre blauen Augen strahlten.

Frensdorf gab sich einen Ruck. »So, jetzt muss ich aber los. Die Arbeit wartet.« Noch einmal strich er Valerie über die Wange. Anschließend drückte er Claudia und Dirk die Hand und wandte sich dann zum Gehen. Auf dem Bürgersteig drehte er sich noch einmal um und winkte.

Petra Spielberg
studierte Publizistik, Romanistik und Politikwissenschaften in Münster, Westfalen. Nach dem Studium schlug sie eine journalistische Laufbahn ein. Seither arbeitet sie für gesundheits- und wirtschaftspolitische Fachverlage deutschlandweit und war zeitweilig auch als freie Korrespondentin in Brüssel tätig. Seit 2011 lebt sie in Wiesbaden.

Besuchen Sie uns:

EDITION-TZ.DE

Danksagung

Von der Idee zu einem Krimi bis zu seiner Fertigstellung sind zahllose kleine und große Schritte zurückzulegen. Auf dem Weg dorthin haben mich auch bei meinem zweiten Hella-Ohlsen-Roman viele Menschen begleitet. Ihnen allen möchte ich an dieser Stelle herzlich für ihren Beitrag zum erfolgreichen Entstehen dieses Buchs danken.

Bei meinen Recherchen zur Seite gestanden haben mir insbesondere die hessische Landestierschutzbeauftragte Madeleine Martin, der Wolfsexperte Rüdiger Schmiedel, die ehrenamtliche Wolfsberaterin Maren Nowak, Dominik Möller und Wolfgang Keller von der Polizeidirektion Osthessen sowie mein treuer Reisebegleiter zu den Schauplätzen des Krimis Jürgen Domas.

Ein Roman wäre allerdings nichts ohne einen kritischen Blick von außen. Mein besonderer Dank für ihre wertvollen Anregungen als Erstleser gilt neben einigen der oben genannten vor allem Martin und Stephanie Habedank, Nina Stölting, Mathias Toischel und Barbara Sauer-Kopic.

Danken möchte ich zuletzt natürlich auch dem TZ-Verlag, ohne den ich dieses Buchprojekt so nie hätte realisieren können.